L'Impasse

Du même auteur

Aux Éditions Plon

2012 – Les Gardiens du temps, 2011.

Aux Éditions Alphée

Le Gardien du crâne de cristal, 2009.

Aurélie
de Gubernatis

L'Impasse

ÉDITIONS HÉLOÏSE D'ORMESSON SUSPENSE

www.editions-heloisedormesson.com

ISBN 978-2-35087-253-7

Pour dormir tranquille,
il faut n'avoir jamais fait certains rêves.

Alfred de Musset, *Lorenzaccio*

29 mai 1995

Dès que je franchis la porte de cette salle de la faculté de médecine Paris-V que je connais si bien, l'odeur de bois ciré me pétrifie. D'ici quelques instants, le sujet d'examen va nous être distribué. Au cours des prochaines heures se joue l'avenir d'une promotion d'étudiants. Mon destin est entre mes mains, c'est un sentiment à la fois angoissant et enivrant.

D'aussi loin que je me souvienne, j'ai toujours voulu être médecin. Dire que je prends mes études à cœur est un euphémisme. Mon bac en poche, j'ai réussi à enchaîner toutes les années. À chaque session, lorsque la date des partiels approche, l'anxiété s'insinue, me pétrit comme une boule de pain. Je deviens une créature mi-femme, mi-robot, et je me coupe du monde. Jusqu'où la transformation m'amènera-t-elle ? Je refuse toute sortie, je me désintéresse de toute conversation qui n'est pas en rapport avec mes révisions. Seules exceptions, mon job au McDo, trois soirs par semaine – mon unique source de revenus –, et la séance de cinéma hebdomadaire avec Agathe.

Cette année, je n'ai pu m'empêcher de commencer ma phase d'apnée dès le mois de décembre. Lorsque Agathe, qui en plus d'être ma colocataire est aussi ma meilleure amie, s'en est aperçue, elle m'a lancé un regard incrédule. J'ai réalisé que je m'enfonçais un peu plus encore dans une spirale de travail qui devait m'engourdir, j'avais froid dans mes os, mais je ne pouvais rien y faire. Agathe incarne la joie de vivre avec son rire en cascade, moi je reste en marge de cette vie étudiante dont beaucoup profitent avec une frénésie jubilatoire. L'université me pèse comme un carcan de souffrance. Si j'étais un animal des fables de La Fontaine, je serais immanquablement la fourmi. *Carpe diem*, c'est pour les autres.

Toute à mes pensées, je remonte le couloir central et rejoins la table où figure mon nom : Estelle Montaigne. Assise quatre rangées devant, Agathe se tourne vers moi, rassemble ses cheveux bouclés en un chignon dans lequel elle pique un crayon de papier, et m'adresse un sourire d'encouragement. Je lui réponds d'une crispation des lèvres, elle éclate de rire et s'attire tous les regards. Elle a un charme irrésistible. Toujours dans son ombre, je suis une figurante. Je fais le désespoir de notre coiffeur qui compare la splendide chevelure auburn d'Agathe à ce qu'il appelle ma pelote de laine jaunasse. Plaisanterie médiocrement drôle, qui a fini par vraiment m'agacer. Je ne suis pas retournée chez lui depuis quelques mois. Ni chez un autre, d'ailleurs. Alors moi aussi j'attache mes cheveux, mais seulement lorsque je me retrouve seule dans ma salle de bains. Le miroir, embué après la douche, me renvoie une image floue qui me convient parfaitement.

Un mouvement dans l'allée me ramène à ma préoccupation première. Les sujets circulent enfin. Un léger tremblement de la main dans laquelle je tiens mon stylo trahit ma tension. Je n'ai pourtant pas de raison de m'inquiéter. Dans la perspective du concours, j'ai travaillé régulièrement, avec acharnement même. Les premiers admis choisissent leur spécialité ainsi que leur lieu d'affectation en internat, les autres se voient attribuer des postes de seconde zone. Je vise psychiatrie à Paris, spécialité pour laquelle il n'y a que deux places libres et, d'après un sondage personnel, cinquante candidats potentiels. L'idée d'un éventuel échec est insoutenable.

Mon regard glisse vers mon voisin, Josselin de Montalban. Depuis la première année, nous sommes côte à côte aux examens : Montalban/Montaigne, il n'y a pas plus proche. J'essaie de maîtriser cette jalousie mesquine que j'éprouve à son égard. Ce n'est pas tant son physique de Kennedy junior qui me fascine que cette aptitude à collectionner les meilleures notes de la promo. Mais je n'arrive même pas à lui en vouloir. Il est une icône inaccessible qui évolue en altitude, au-dessus de tout le monde. Il y a lui, et les autres. Si j'étais un homme, je lui envierais tout, de sa décontraction à son QI. J'essaie de lui trouver des défauts, seulement il n'en a pas. Si ce n'est ses pieds, trop grands. Mais personne ne remarque son 48 deux tiers, une pointure hors norme qui l'oblige à se faire confectionner des chaussures sur mesure.

Il ne sait pas que je l'observe depuis des années comme un animal de laboratoire. Il m'a toujours fascinée. Aucune envie de terminer dans son lit, mais plutôt dans son cerveau. Si je me laissais aller, je le trépanerais, le disséquerais. Comment obtient-il en une heure de travail ce qui m'en demande cinq ? S'il y a une injustice sur terre, il l'incarne.

Dans quelques secondes, le surveillant va me tendre la feuille d'examen pour le passage en septième année de médecine. Cette nuit, j'ai dormi tout au plus une heure, je fournis un effort considérable pour paraître sereine. Josselin, lui, n'a pas besoin de se composer un visage. Il est détendu et ne connaît pas les affres du stress.

Il ne peut pas savoir que je le regarde. Ses yeux sont fermés et sa tête bouge au rythme d'une musique intérieure. J'aurais presque envie de le gifler. Ne pourrait-il pas au moins faire semblant d'être inquiet, par solidarité, par générosité ou par respect tout simplement ?

Comme s'il avait entendu mes pensées, il ouvre ses paupières et me sourit de ses yeux vert amande pailletés d'or. Il me souhaite bon courage au moment où l'examinateur me tend le sujet, et je marmonne un bref « pareil pour toi ». Je scrute une dernière fois cette salle tout en panneaux de bois sculptés, qui a accueilli et formé des centaines de médecins, dont certains se sont forgé une réputation bien au-delà de nos frontières. Qui de nous dans cette salle aura les honneurs d'un prix Nobel ? Ma montre affiche 8 h 15, le temps est compté maintenant. Je rassemble mes esprits et, après un bref regard vers Josselin qui lit son sujet en tapotant son stylo sur la table, je me lance à mon tour.

Il ne me faut pas plus de trois secondes pour saisir l'horreur de la situation.

Dans un premier temps, je ne veux pas y croire. Il doit y avoir une erreur, il ne faut pas que je panique. Mais à chaque nouvelle lecture de l'énoncé, mon rythme cardiaque atteint des pics himalayens. Je dois me rendre à l'évidence : ce sujet porte intégralement sur la seule impasse que j'ai faite. Bien involontairement, de surcroît. Et à mesure que le texte s'imprime de façon indélébile dans mon esprit, je remonte le cours du temps pour revenir à la première semaine de mars, où je suis restée clouée au lit durant quatre jours. Une mauvaise grippe. J'avais bien tenté une incursion héroïque en cours le troisième jour malgré les remontrances d'Agathe qui, alitée aussi, m'interdisait de me lever. Mais au bout d'une heure, ma bonne volonté s'était évanouie en même temps que ma température était remontée, et au moment où je cherchais à me lever pour rentrer chez moi, je m'étais effondrée en heurtant le coin de table avec en prime cinq points de suture sur la pommette et un large hématome qui avait mis en valeur mon teint de convalescente.

Je passe mon doigt sur ma cicatrice. La douleur est partie mais l'empreinte est restée, dans ma chair, et aussi dans ce que j'ai de plus précieux, mes études. Je réalise que je n'ai pas rattrapé l'intégralité des cours. Agathe m'a dépannée le premier jour. Lorsqu'elle a été malade à son tour, nous avons demandé à une autre amie de nous photocopier le reste. Je revois encore cette écriture en pattes de mouche, indéchiffrable, qui couvrait le papier à m'en donner la nausée. Un torchon que j'avais mis de côté avec l'intention de me procurer un vrai cours. Puis le temps avait filé, et chose inconcevable pour moi… j'avais oublié.

Une seule impasse. Petite, mais capitale.

Ma tête repose entre mes mains glacées, le plancher se dérobe, le soleil a disparu, je suis seule au monde, pétrifiée, broyée, anéantie. J'en veux à la terre entière, j'en veux à cette cohorte d'étudiants qui se gaussent à chaque fin d'examen de leur réussite triomphale malgré leurs impasses abyssales. Force est de constater que mon système ne vaut pas mieux que le leur. Je me déteste, je les déteste.

Je ne parviens plus à cacher ma peine, ma colère ou mon désarroi. Une larme s'écrase sur la feuille, une autre, puis un chapelet d'autres, lorsque je sens un regard qui se pose sur moi comme une brûlure. C'est Josselin. Il a tout compris et tente de m'encourager. Ses yeux se sont durcis, ses paillettes se sont envolées. Sa bouche m'ordonne d'écrire, ses paroles se noient au milieu de mes larmes. Je veux me lever pour partir. Ma défaite coule dans ma gorge comme du vinaigre. Josselin me retient par la manche et me force à me rasseoir. L'examinateur me rappelle à l'ordre : « Interdiction de sortir avant une heure ! » C'est le règlement. Il paraît que c'est pour éviter l'affolement, la panique, pour prendre le temps de bien lire le sujet. Je ricane.

Je l'ai parfaitement lu, mon sujet ! C'est plié, foutu…

Je cherche Agathe. Elle a fait l'impasse également, pour les mêmes raisons que moi. En bonnes copines, nous avons toutes les deux oublié de récupérer ce cours. Je me souviens à peine du titre du chapitre. Elle se retourne et me fixe avec des yeux rougis, tout en gardant une certaine grâce dans sa détresse. J'en suis bien incapable. Ce n'est pas seulement un examen que je loupe, c'est une partie de moi qui disparaît. Je suis comme amputée d'un bras ou d'une jambe. Personne ne pourra jamais comprendre ce que je ressens, c'est irrationnel.

Dans un sursaut de dignité, je me redresse, j'attrape mon stylo. Une image de ma mère se dessine en surimpression sur ma copie blanche. Son sourire candide et ses errements l'ont toujours amenée à prendre de mauvaises décisions. Cette vision agit comme une décharge d'adrénaline. Je ne veux pas reproduire ses erreurs. Hors de question que je capitule. Si le sujet ne me convient pas, je vais en inventer un autre. Le prof verra bien que je suis bonne élève, qu'il s'agit juste d'un accident, que je ne mérite pas d'être recalée. Et même si je connais la sanction d'un hors-sujet, je bâtis de toutes pièces mon propre examen.

Durant près de quatre heures, j'écris, je me laisse emporter par les mots, par mes lettres, rondes et généreuses, et je lève la tête à quelques minutes de la fin de l'épreuve. Je contemple les trois feuilles que j'ai noircies. Je suis fière de moi, j'ai assumé jusqu'au bout. Advienne que pourra.

Josselin attire mon attention et me demande si ça a marché. Je marmonne un « non » légèrement agressif et mon regard l'éclaire sur l'ampleur du désastre.

Soudain, sa main fait tomber par terre mes feuilles, qui se mélangent aux siennes. Il ramasse ses copies couvertes d'une écriture élégante et me les tend avec un sourire entendu. Je saisis avec précaution le paquet et remarque, ahurie, que mon nom apparaît dans le cache, en haut à droite. Je secoue la tête, je veux lui rendre ce qui lui appartient. Sans se préoccuper de mes gesticulations, il inscrit son nom sur mon devoir. Avec stupéfaction, je prends alors conscience qu'il a volontairement échangé nos copies.

L'examinateur a repéré notre petit manège et soupçonne une tentative de communication entre nous. Il tend un cou de saurien et remonte l'allée dans notre direction. Ma crainte d'être accusée de tricherie me fige en statue de sel et coupe court à toute velléité de protestation à l'égard de Josselin. La sonnerie retentit, annonçant la fin de l'épreuve, et le murmure se transforme en brouhaha général. Comme si j'avais fixé une caméra au plafond, je m'observe à travers un prisme : j'ai rangé mes affaires et j'ai en main le passeport pour la première place du concours. Seulement, cette victoire ne m'appartient pas. Je coule un regard vers l'examinateur qui scrute chacun de nos gestes. Si je dénonce la supercherie, nous serons rayés, Josselin et moi, de la faculté de médecine. Ce serait injuste pour chacun de nous. Lui, parce qu'il a désiré m'aider, et moi parce que je n'ai rien demandé. Je m'observe une dernière fois à travers cette caméra, mais en réalité je n'ai d'autre choix que celui de vivre avec mes remords cette victoire qui n'est pas la mienne. Je n'ai pas le temps de tergiverser, Josselin a déjà rendu sa copie, signé la feuille de présence et disparu de mon champ de vision.

Il me faut comprendre. Pour quelle raison a-t-il décidé de sacrifier son année et de sauver la mienne ? Je me précipite pour déposer mon devoir, bousculant au passage une rouquine qui me lance un regard furibond. Sans même m'excuser, je descends précipitamment les escaliers de marbre gris pour me diriger vers la sortie.

Je pousse brutalement la porte principale et aperçois Josselin qui enfourche une moto garée sur le trottoir. Je cours vers lui à toutes jambes, je pose ma main sur son bras avant qu'il démarre. Il retire son casque et m'adresse un sourire qui me fait tourner la tête.

– Tu veux bien m'expliquer ce qui t'a pris ? parviens-je à bredouiller dans un soupir essoufflé qu'il interprète comme un sanglot.

– Tu n'as pas à t'en vouloir, tu n'y es pour rien…

– Mais tu réalises que tu as fichu ton année en l'air ! Pour moi… ?

Et je reste un temps à le sonder. J'attends qu'il termine ma phrase, j'espère qu'il va enchaîner, déclarer sa flamme contenue depuis des semaines ou des années. Rien d'autre ne peut justifier son geste. À cet instant-là, ce n'est plus un animal de laboratoire que j'ai devant moi, mais un homme terriblement séduisant.

Pendant une fraction de seconde, je crois que le conte de fées est à ma portée, que je peux prendre les traits d'une jeune femme attirante. Il suffit d'un mot de sa part pour que je m'anime, pour que je vive enfin, pour que l'existence se révèle pleine de promesses.

Mais son regard est comme un poignard. J'y lis une monumentale méprise : son sourire ne m'est pas adressé, c'est tout simplement chez lui une façon d'être. Honteuse d'avoir pu soupçonner une sotte histoire d'amour, j'esquisse un mouvement de recul. Et son attitude me désarçonne à nouveau. Il me prend par les épaules, m'attire à lui et m'embrasse de ses lèvres chaudes et douces. Mes yeux se ferment…

– Pardonne-moi, Estelle.

Je rouvre les yeux. Qu'est-ce qu'il me raconte ? Qu'ai-je à lui pardonner alors qu'il m'offre mon passage en septième année ? C'est à moi de lui demander pardon. Je viens de lui voler une place qui lui revient. Il m'empêche de lui répondre en plaquant un doigt sur ma bouche. Je deviens folle, je n'en peux plus d'être sage, j'étouffe depuis tant d'années, j'ai envie de me jeter à son cou, de le supplier de m'aimer.

Mais il ignore tout des signes que je lui envoie et brise d'une phrase cet instant magique :

– Je n'ai pas le temps de t'expliquer, Estelle… Tu es une fille formidable… Te voir pleurer tout à l'heure, ça m'a fait comprendre tellement de choses… Poursuis, fonce… Tu mérites d'aller jusqu'au bout de tes rêves… Je t'appelle…

Il remet son casque après un dernier baiser et, sans m'avoir laissé le temps de lui demander si « fille formidable » signifie « je suis amoureux de toi » et si « comprendre tellement de choses » signifie « on peut vivre une histoire ensemble », sa moto disparaît au coin de la rue.

Stoïque, je me persuade qu'il va réapparaître pour m'embrasser, il vient de le faire deux fois, aucune raison de s'arrêter là. Mais c'est Agathe qui se matérialise devant moi. Elle a assisté à la scène, de loin, et affiche un air interrogateur : elle meurt d'envie que je lui raconte tout. J'en aurais exigé autant de sa part, nous n'avons jamais eu aucun secret entre nous. Je viens de vivre plus d'émotions en trois heures que durant les dix dernières années. Les seules embardées de mon cœur ont été en tout et pour tout un baiser sur la joue de la part de mon meilleur ami le jour de mes douze ans et une aventure sans lendemain un soir où j'avais trop bu. Cette désillusion a suffi à me convaincre de ma totale inaptitude à séduire un homme, ce qui se confirmait encore une fois aujourd'hui.

Les quelques mots que Josselin a prononcés tournent en boucle dans ma tête. « Fille formidable », « comprendre tellement de choses », « je t'appelle ». J'ai la frustrante intuition d'avoir eu droit au côté tragique d'une séparation sans avoir goûté aux vertiges de l'amour. À part un baiser en coup de vent.

Mon divorce virtuel est interrompu par Agathe qui secoue ma manche.

– Mais enfin, Estelle, réponds ! Tu es partie en trombe après la sonnerie… C'est toi qui lui courais après ou c'est lui qui t'a embrassée ?

– Eh bien… Tu vas trouver ça un peu bizarre…

Comment lui raconter les choses le plus rationnellement possible ? J'intègre doucement que ces quelques heures vont bouleverser le cours de mon existence. Il y aura l'Estelle d'avant l'examen et l'Estelle d'après l'examen. Peut-on subir une mutation génétique en quatre heures de temps ?

Agathe me suggère de poursuivre mes explications.

– Vous êtes sortis ensemble ? insiste-t-elle.

Je hausse les épaules en signe d'impuissance.

– Pas vraiment. Si on te dit que tu es une « fille formidable », tu penses que c'est une déclaration ?

– Tout dépend du contexte, répond-elle d'un air connaisseur. Si un mec te met dans son lit pour la première fois et te raconte ce genre de chose, ça veut juste dire que tu es un bon coup!

– Et sinon?

– Dans tous les cas, c'est pas bon signe!

Je fais mine de partager son avis, moins par conviction que pour masquer mon premier mensonge par omission à l'égard de mon amie. Comment lui avouer que tout le mérite de mon succès futur revient à Josselin? J'ai tellement honte de ce qui vient de se passer… La perspective d'avoir à justifier le brillant résultat que je vais obtenir me terrifie.

– Et toi, tu es amoureuse? me taquine-t-elle.

Cette question fait rebondir toutes les contradictions comme une boule de flipper. En grande habituée à les refouler que je suis, il m'est impossible de contenir les émotions qui me submergent.

Ce matin, la peur de rater mon examen a ouvert une brèche dans laquelle se sont engouffrées crainte, espérance, joie, colère, frustration, amertume. Suis-je amoureuse de Josselin? Je n'en ai aucune idée. Si je l'étais, je m'en serais aperçue avant. Oui, j'ai eu envie de lui rendre au centuple son baiser, mais n'est-ce pas simplement parce que je découvre qu'un homme s'intéresse à moi au point de sacrifier une année d'études? N'est-ce pas l'unique façon de le remercier pour ce qu'il m'offre?

Je m'entends répondre d'une voix caverneuse:

– Je n'en ai aucune idée…

– Menteuse, chantonne Agathe en riant, je vois bien que tes yeux brillent différemment aujourd'hui…

Je secoue la tête. Où peut-elle bien voir la moindre lumière dans la chape brumeuse qui m'enserre?

– On ne tombe pas amoureux comme ça, d'un coup ! rétorqué-je avec fermeté.

– Ma pauvre chérie, ils t'ont vraiment abîmée… Tu m'étonnes que tu veuilles faire psy !

Et le plus naturellement du monde, comme si notre conversation tournait autour de la recette du tiramisu, elle me prend le bras et me guide vers le métro. Trop anéantie, je décide de ne pas réagir à ses propos. Elle fait probablement allusion à mes parents, et je ne tiens pas à ouvrir une nouvelle boîte de Pandore. Dans un brouillard, je l'entends babiller, et je me contente d'émettre quelques sons pour ponctuer son monologue.

Au moment de poser le pied dans la rame qui s'arrête devant nous, sa question me sort de ma torpeur :

– Comment ça a marché pour toi ? Je t'ai vue pleurer. Je suppose que nous allons récolter une superbe note éliminatoire qui va nous obliger à retourner assister aux cours de l'abominable M. Brisdoux. Tu as remarqué qu'il n'interroge que les filles en jupe, histoire de les faire monter sur l'estrade ? Et son regard pervers et les poils qui dépassent de son nez, quelle horreur !

Elle part d'un grand éclat de rire qui m'arrache un sourire malgré mon déchirement intérieur. J'hésite à tout lui expliquer – l'idée de devoir mon examen à quelqu'un d'autre m'est insupportable – mais je choisis finalement de mentir :

– Agathe, il faut que je te dise quelque chose.

Le ton de ma voix est grave, je poursuis sans oser la regarder dans les yeux et je fixe deux gamins qui font les idiots sur un strapontin.

– Je pense avoir bien réussi ce matin…

Je laisse ma phrase en suspens.

– C'est impossible, s'exclame-t-elle, l'exam portait intégralement sur le cours que nous n'avons pas rattrapé… Tu ne peux pas savoir comme je m'en mords les doigts…

Je me racle la gorge, avant de trouver la force d'ajouter une excuse bidon :

– La dernière fois, quand tu es sortie avec Maxence pour la soirée, je me suis plongée dans le déchiffrage des pattes de mouche, il n'y en avait pas tant que ça pour finir… Ça nous avait paru insurmontable au début parce qu'il y avait tous les autres cours qui s'ajoutaient à ceux-là…

– Mais pourquoi tu ne m'en as pas parlé ? Moi j'avais oublié jusqu'à leur existence…

– Et toi, pourquoi tu fais porter la faute aux autres ? Personne ne t'a forcée à sortir à trois jours des examens.

Je lève les yeux au ciel, je sais qu'un fossé se creuse entre nous, mais je préfère cette fausse trahison plutôt que l'aveu d'un succès volé. Agathe desserre imperceptiblement l'étreinte de son bras qu'elle a passé sous le mien comme si nous étions deux sœurs. Ça me brise le cœur, mais je m'en tiens à ma version. Je suis depuis toujours le Jiminy Cricket de notre relation, la voix de la raison, celle qui égrène les conseils et organise les plannings de travail. Elle ne peut pas m'imputer la responsabilité de ses sorties, de ses flirts – que je qualifierais de nombreux – et du temps qu'elle n'a pas consacré à ses révisions. Et pour tenter de remonter dans ma propre estime, à défaut de la sienne, je m'empresse de taire qu'Agathe, en échange, a partagé avec moi sa joie de vivre, ce qui, dans le désert de ma vie familiale et sentimentale, est considérable.

*

Le jour des résultats, tandis que j'entends Agathe me féliciter d'être major de promo alors qu'elle est recalée, j'apprends que Josselin est parti vivre aux États-Unis. Il aura fait irruption dans ma vie comme une comète et se sera évanoui en me laissant un goût amer. Je fonds en pleurs dans les bras de mon amie sans savoir ce qui me détruit le plus : la honte de prendre une place qui n'est pas la mienne, le sentiment d'avoir trahi ou la frustration d'avoir été embrassée puis délaissée.

De nos jours

Vendredi

Je regarde ma montre, agacée. Mon rendez-vous de 19 heures à l'hôpital Sainte-Anne est en retard. Ce n'est pas dans les habitudes de ma petite patiente qui attend religieusement nos entretiens hebdomadaires, comme si j'étais le seul repère stable de sa jeune existence. J'appelle le secrétariat.

– Sophie, Anne Legendre est-elle arrivée ?

J'entends mon assistante avaler gloutonnement un de ces monstrueux bonbons qui l'empêchent de parler.

– Et puis, cessez une bonne fois pour toutes de vous goinfrer de ces cochonneries bourrées de colorants, dis-je, irritée par ses lamentations sur son poids et par son incapacité à prendre la moindre décision pour y remédier.

– Le patron ne vous a pas prévenue ? demande-t-elle d'un ton apeuré à la seule évocation du grand chef qui chapeaute le service.

– Prévenue de quoi ? lancé-je en m'affaissant sur mon fauteuil, fatiguée de subir encore la mauvaise communication entre médecins.

– Il a modifié les séances de thérapie avec Mlle Legendre et lui a proposé un traitement par ECT…

– Il a quoi ? hurlé-je dans le téléphone en me catapultant hors de mon siège.

Sophie évite sagement de s'immiscer dans nos discussions doctrinales et prend des pincettes pour me répondre.

– Je suis désolée qu'il ne vous en ait pas informée lui-même.

– Il est dans son bureau ?

– Oui, mais je vois qu'il est en communication, voulez-vous que je le prévienne ?

– Ça ne sera pas nécessaire, je m'en charge !

Furieuse, je raccroche et me précipite dans le couloir en claquant la porte. L'interne qui prend la relève pour le week-end me dévisage, stupéfait, et se contente d'un bref signe de tête en guise de salut. Je marmonne trois mots incompréhensibles avant de filer vers l'antre de Jean Duquesnes, vénéré comme un dieu, craint comme le diable. Devant la porte sur laquelle figurent son nom et sa qualité de chef de service, je prends le temps d'ajuster ma blouse, de recoiffer les mèches blondes qui dépassent de mon chignon. Je cherche des phrases de politesse que je sais inutiles, car ce ne sont pas celles-là qui me viendront en premier. Je frappe trois coups secs et pousse la porte.

Le téléphone collé à l'oreille, Jean Duquesnes se retourne, surpris de l'intrusion. Lorsqu'il me voit, son regard s'adoucit, mais mon air de taureau qui pénètre dans l'arène lui ôte tout espoir de causerie récréative.

– Oui, Michel, j'ai bien compris… On en reparle tout à l'heure, il y a une tornade qui vient de rentrer dans mon bureau, ça a l'air urgent, je te rappelle dans un instant.

Il me fixe de son œil de patriarche qui accepte avec bienveillance les remontrances de ses poulains.

– Docteur Montaigne, que me vaut un tel empressement frisant l'inconvenance ?

– Comment avez-vous osé faire ça sans m'en parler ?

J'ignore la chaise qu'il me désigne. Il pousse un soupir contrarié avant de se caler contre le dossier de son fauteuil et de joindre les mains sous son menton.

– Vous faites allusion à Anne Legendre, je suppose ?

– On ne peut rien vous cacher ! Anne Legendre est ma patiente depuis plus d'un an. Vous n'aviez pas le droit de modifier son traitement sans me consulter. Vous avez profité…

– C'est vrai, Estelle, j'ai profité de votre absence parce que votre entêtement à ne pas expérimenter les ECT est une insulte à votre intelligence ! Nous en avons discuté des dizaines de fois et vous refusez d'admettre qu'ils peuvent soulager certains de nos malades. Anne Legendre est votre patiente, mais n'oubliez pas que, jusqu'à nouvel ordre, c'est moi qui dirige le service. Dans ce cas précis, je connais le dossier de la jeune fille aussi bien que vous, et j'ai estimé qu'il était temps d'essayer un autre traitement. Elle l'a d'ailleurs accepté sans difficulté…

– Bien sûr qu'elle l'a accepté. Vous savez qu'elle est fragile et s'en remet les yeux fermés à quiconque la prend en charge.

Je m'effondre dans le siège que Duquesnes me suggère une nouvelle fois. La semaine a été éprouvante. J'ai été contrainte d'assumer, en plus de mon travail, une partie des responsabilités d'un confrère absent. Pas un seul soir je ne suis rentrée avant que mon fils soit couché.

Ma colère se dissipe devant le sourire de cet homme qui a agi envers moi comme un père depuis mon entrée à Sainte-Anne. Pas comme celui qui est censé être le mien parce qu'il se trouvait dans le lit de ma mère le jour de ma naissance.

Duquesnes fait le tour du bureau et vient s'asseoir à côté de moi.

– Je vois que vous êtes surmenée, dit-il d'une voix douce. Vous répugnez l'électroconvulsivothérapie parce que cette pratique rappelle les électrochocs que l'on utilisait de façon barbare, je vous le concède. Mais enfin, Estelle, ouvrez les yeux, nos méthodes ont changé.

– Vous négligez les effets secondaires. Anne voulait reprendre ses études en septembre, les pertes de mémoire l'en empêcheront.

– Les traitements prescrits à ce jour n'ont pas amélioré son état. Laissons-lui la chance de vivre normalement. Les premiers mois risquent d'être difficiles, mais tentons ce traitement qui sera peut-être efficace sur le long terme.

– Vous auriez pu m'en parler, tout de même, dis-je en me redressant, avec une fermeté retrouvée.

– Ne soyez pas de mauvaise foi, Estelle…

Mon sourire est un signe de capitulation qui ne lui échappe pas. Il me prend la main comme j'aurais aimé que mon père le fasse.

– Vous savez que je pars à la retraite dans deux ans.

J'acquiesce. L'espoir qu'il prononce la phrase la plus importante de toute ma carrière me fait trembler comme une feuille. L'aboutissement de vingt ans de travail zélé.

– J'aimerais que vous me succédiez, seulement vous n'êtes pas la mieux placée. Trop jeune. Vos adversaires vont jouer là-dessus. Je vous soutiendrai du mieux que je peux. Vous êtes la seule candidate en laquelle je me retrouve. Passionnée, dévouée, intuitive. Mais têtue. Ça risque de vous jouer des tours… bien plus que vous ne l'imaginez.

Il fait allusion à une autre patiente à laquelle je m'étais liée et que je m'étais obstinée à vouloir sauver alors que l'aide dont elle avait besoin dépassait le champ de mes compétences. Cela m'avait valu un blâme de la part de mes supérieurs.

– Tâchez de vous en souvenir, ajoute Duquesnes, ça me crèverait le cœur de voir Plagnier vous coiffer au poteau.

– C'est un arriviste !

– Comme tous ceux qui veulent faire carrière... Et il sait y faire, il flatte, il caresse dans le sens du poil ! Vous devriez vous en inspirer...

Sournois, ambitieux, Plagnier passe son temps à serrer des mains et à cirer les pompes. Qu'il puisse être le futur chef de service me révolte.

– C'est un lèche-bottes, dis-je, à court d'arguments, ne voulant pas rapporter les erreurs qu'il a commises dernièrement.

Duquesnes se lève et ouvre la porte pour me congédier.

– Peut-être, mais il plaît ! Et vous, Montaigne, mettez-y un peu plus de formes. N'oubliez pas que nous vivons en société, qu'il existe des règles, des codes... Allez, filez maintenant !

Tête baissée, je fulmine tout en regagnant mon bureau.

Garée dans la contre-allée de l'avenue Foch, j'attends Agathe au pied de son immeuble depuis un quart d'heure déjà. Elle est incapable d'être ponctuelle. Je plisse le front en simulant une contrariété que je suis loin d'éprouver : il m'est impossible de lui en vouloir. Elle doit être en train de choisir une paire de chaussures parmi la centaine que contient son dressing, de changer de boucles d'oreilles, de repasser un trait de crayon sur ses yeux. Elle va surgir d'un instant à l'autre, ravissante, avec sa bonne humeur contagieuse.

J'en profite pour faire le ménage dans ma messagerie. Avec un sourire attendri, je réécoute le message de David avant de l'effacer : « Ne te préoccupe pas du repas ce soir, va directement chercher ton amie. J'emmènerai Tim manger une pizza, il adore la quatre fromages… Amusez-vous bien entre filles et embrasse Agathe pour moi. À tout à l'heure, ma chérie, passe une bonne soirée ! » L'amour que David porte à notre fils me touche, je les imagine tous les deux se raconter des histoires autour d'une pizza géante.

La sonnerie de mon portable interrompt mes pensées. Il s'agit d'un numéro masqué. J'hésite à prendre l'appel, je ne voudrais pas être dérangée par mon travail à cette heure-ci. Je décroche tout de même :

– Allô !

C'est le souffle d'une respiration qui me répond.

– Je ne vous entends pas, qui est à l'appareil ? demandé-je d'une voix ferme, en cherchant à masquer mon inquiétude.

Seul l'écho lointain de ma voix me répond, et je coupe la communication. J'ai déjà été confrontée à ce genre de désagrément peu après avoir intégré le service de psychiatrie de l'hôpital Sainte-Anne. Un de mes patients en consultation externe m'avait suivie et avait réussi à se procurer le numéro de mon domicile. Il savait que je vivais seule et tous les soirs, à vingt heures précises, m'appelait sans prononcer un mot. Ce n'est que plus tard, au cours d'une séance de travail, que j'ai compris qu'il s'agissait de lui. Un lépidoptérophile, pris la main dans le sac plusieurs fois pour avoir agrafé aux murs de sa maison, outre des papillons, les chats de ses voisins. Il n'avait jamais cherché à me faire du mal, mais voulait simplement entendre ma voix qui le rassurait. L'incident avait été clos après une mise au point, mais l'évocation de cette période me fait encore froid dans le dos. Je frictionne mes bras dénudés pour évacuer la tension.

Je sursaute quand j'entends frapper à la vitre. Avec soulagement, je découvre Agathe, perchée sur des talons de dix centimètres, vêtue d'une robe en soie rose rehaussée d'une étole argentée. Elle esquisse un petit pas de danse sur le trottoir pour me faire admirer la fluidité du tissu. Je pousse un soupir d'amusement et déverrouille les portes. Elle monte élégamment dans la voiture et me serre dans ses bras en plaquant deux gros baisers sur mes joues.

– Je suis presque à l'heure ! lance-t-elle pour tester ma bonne humeur.

– J'ai juste eu le temps de lire le Vidal, une bricole !

– Toujours impeccable, ta voiture… On dirait mon bloc opératoire !

Agathe est fascinée par mon organisation et moi par son charme, sa vitalité, son originalité. Comme si elle m'avait entendue, elle rabat le pare-soleil et vérifie son maquillage dans la glace. Sa féminité est une œuvre d'art qui m'a inspirée à bien des égards. Je revois les nombreuses séances chez un « vrai » coiffeur, chez une esthéticienne ou dans une boutique où Agathe donnait des instructions. À une époque où je me sentais seule et gauche, elle a su comprendre mon besoin de me construire une image et m'a aidée à devenir femme. Elle est pour moi comme une sœur qui a comblé ma solitude. Jusqu'à ce que je rencontre David, elle était la seule personne en qui j'aie confiance. Elle ne sait pas à quel point je suis fière de son parcours : tirant parti de son goût pour la perfection et l'harmonie, elle exerce un métier qui lui va comme un gant, chirurgien esthétique.

Je klaxonne furieusement une moto qui me fait une queue-de-poisson, et me déhanche pour attraper sur la banquette arrière une boîte estampillée du logo de Vuitton. Je profite d'un feu rouge pour la glisser sur les genoux d'Agathe.

– Joyeux anniversaire ! dis-je, avec une pointe d'excitation dans la voix.

– Mais c'est dans trois jours ! s'exclame Agathe en posant ses mains sur le gros nœud de satin marron.

Elle m'interroge du regard.

– Allez, ouvre-le…

Je l'observe en coin, et son excitation m'amuse. À l'aube de ses quarante ans, elle a gardé toute la fraîcheur de la jeune fille que j'ai connue étudiante. Le feu passe au vert, j'enclenche la première lorsqu'elle pousse un cri de joie et comprime ma main, posée sur le levier de vitesse :

– Non mais Estelle… c'est énorme ! Carrément énorme. Comment tu as su ?

Elle jette la boîte à ses pieds et exhibe la dernière création du célèbre maroquinier, un sac en cuir verni, rose tendre, parfaitement assorti à la robe qu'elle porte.

– J'adore, c'est fou… Je l'avais remarqué dans *Paris-Match* la semaine dernière au bras de Sharon Stone. Officiellement, il n'est pas encore sorti en France. Pas normal que les Américaines aient la priorité sur les Françaises ! Ils ne l'avaient pas encore reçu à Paris… Comment tu as fait ?

Il est vrai que ce sac n'ornera pas les vitrines parisiennes avant quelques jours.

– Tu as couché avec le responsable de la fabrication ? suggère-t-elle, hilare.

– Uniquement pour te faire plaisir…

L'air sceptique, elle me scrute de la tête aux pieds en jaugeant ma capacité de dérision. Elle comprend d'emblée que je blague et part d'un éclat de rire.

– J'ai cru un instant que tu étais capable d'enfreindre ta sacro-sainte fidélité dans le couple.

Agathe et moi n'avons pas la même définition du mot mariage. Pour elle, c'est une notion qui se décline à deux ou plus. D'ailleurs, son mari n'a pas totalement apprécié sa façon de voir les choses, et sa romance avec un médecin ophtalmo n'a pas duré plus de six mois.

Elle me raconte la soirée *inoubliable* que j'ai manquée lorsqu'elle a voulu me présenter des amis italiens de passage à Paris le mois dernier, mais je l'écoute d'une oreille distraite, beaucoup plus intéressée par la place de parking que je viens de trouver à deux pas du Procope. À peine sorties de la voiture, nous déambulons bras dessus, bras dessous, en direction du plus ancien restaurant de la capitale. Et tandis que nous en poussons la porte, elle hoche la tête en avouant :

– Si tu avais vu sa carrure !

– Tu parles duquel ?

Elle sourit et me chuchote :

– Je n'ai pas pu choisir…

Nous suivons un maître d'hôtel à l'air revêche et aux manières efféminées. Agathe, au bord de la crise de rire, se mord les lèvres pour ne pas vexer l'éphèbe en costume noir qui nous tend la carte.

– Tout l'inverse de celui-ci ! ajoute-t-elle en s'étranglant lorsqu'il fait demi-tour avec la démarche de Miss Monde pour accueillir d'autres clients.

Quelques minutes plus tard, il revient prendre notre commande. J'adopte un visage impassible pour tempérer les hoquets qui secouent Agathe, incapable de dire un mot, et lui fais part de nos choix. Elle reprend une grande inspiration avant de susurrer :

– Dis donc, ma chérie, on a beaucoup parlé de moi tout à l'heure, mais j'ai l'impression que tu ne m'as pas confié tes derniers secrets !

Elle se repousse dans le fond de la banquette pour observer ma réaction.

– Je ne vois pas à quoi tu fais allusion.

– Allez… Je n'ai pas fait tant de manières pour te parler de mes deux Italiens… Tu peux tout me dire, je suis une tombe !

Je secoue la tête, les paumes tournées vers le ciel en signe d'incompréhension. Elle insiste :

– David était aux États-Unis la semaine dernière, tu n'en aurais pas profité pour revoir une vieille connaissance ?

J'écarquille les yeux. Où veut-elle en venir ?

– Oui, David était à New York et c'est lui qui a rapporté ton sac, si tu veux tout savoir…

– Je l'adore, ton mari !

À son air mutin, j'ai la certitude qu'elle me cache quelque chose. Sa question ne me paraît pas anodine et j'ai envie d'en savoir plus.

– Pourquoi aurais-je revu une vieille connaissance ? Qu'est-ce que tu vas imaginer ?

Toute droite sur son siège, Agathe inspecte une tache invisible sur la nappe blanche, et à sa façon de lever la main comme si elle avait à se défendre, je sais qu'elle ment lorsqu'elle me répond :

– Je me demandais si ta vie sentimentale était aussi calme que tu veux bien le faire croire, c'est tout.

Sa réponse n'est pas convaincante. D'ailleurs, elle change aussitôt de sujet pour me parler de sa semaine difficile à la clinique, entre les liftings, les opérations du nez, des paupières, des seins… Elle est intarissable sur la dernière technique de lipoaspiration et, lorsqu'on nous sert un carpaccio de saint-jacques, je ne distingue plus que de la chair suppliciée dans mon assiette. Je sais qu'il est inutile d'insister, Agathe ne dira plus un mot.

Au cours de notre soirée, nous rions avec nostalgie à l'évocation d'anecdotes et autres souvenirs. Le temps passe à une vitesse vertigineuse, mais Agathe est une magicienne qui dispose du pouvoir de retarder les effets du vieillissement. Elle se concentre soudain sur mon visage et fait un check-up des « travaux à prévoir ». Heureusement, une lumière tamisée allège le devis. Elle me propose une palette de soins – offerts gracieusement – que je peux utiliser dès maintenant pour réduire les pattes-d'oie qui commencent à sillonner le coin de mes yeux. Elle peut intervenir avant que ce soit *irrémédiable*, dit-elle sur un ton de procureur qui requiert une condamnation à mort. Je renvoie l'audience de mon procès à une date ultérieure et notre conversation reprend un cours plus léger.

Il est plus de vingt-trois heures lorsque nous regagnons la voiture et que nous empruntons le boulevard Saint-Germain en direction des quais. Mon téléphone sonne, j'ai toujours une pointe d'angoisse à l'idée qu'il puisse s'agir d'un problème avec mon fils. Je décroche rapidement.

– Estelle Montaigne !

– Vous êtes bien le docteur Estelle Montaigne ? demande une voix masculine.

– Oui, c'est moi-même.

– Ah, docteur, si je m'attendais à une chose pareille, s'égosille la voix qui ne m'est pas inconnue. C'est Nicolas Delambre, l'interne de garde à Sainte-Anne.

– Oui, Nicolas, je vous écoute… Que se passe-t-il ? Pourquoi m'appelez-vous à une heure pareille, il y a un souci dans le service ?

– En réalité, je ne savais pas qu'il s'agissait de votre numéro de portable. Le samu a amené aux urgences un homme qui a fait une tentative de suicide, et comme il n'avait aucun papier sur lui, j'ai appelé le dernier numéro qu'il avait composé sur son téléphone… et il s'agit du vôtre !

Mon cœur s'emballe à l'idée que l'homme en question puisse être David. C'est lui qui m'a appelée en dernier. Des images horribles de son corps inanimé se superposent aux phares de la voiture devant moi. J'imagine notre petit garçon de huit ans réfugié dans un coin de sa chambre après avoir découvert son père étendu par terre. Je me gare le temps de comprendre ce qui arrive.

– Est-ce qu'il est accompagné d'un petit garçon ?

– Non, il est seul.

– Pourrait-il s'agir de mon mari ?

– Je n'en ai aucune idée, docteur, je ne connais pas votre mari !

Pour quelle raison David aurait-il tenté de se suicider ? Non, c'est impossible, j'aurais perçu son mal-être avant qu'il en arrive à de telles extrémités. Se pourrait-il qu'il m'ait envoyé une succession d'appels au secours et que moi, psychiatre, je n'aie pas su détecter sa détresse ?

– Est-ce qu'il a les yeux bleus ?

– Pardonnez-moi, docteur, mais ce n'est pas ce que j'ai regardé en premier !

Je fulmine de poser des questions aussi idiotes. Je vois Agathe qui me tend son téléphone, mais dans la panique je n'y prête pas attention et je hausse les épaules pour qu'elle me laisse en paix.

– Allez vérifier s'il a une tache de naissance foncée au creux du cou côté droit.

– Ne quittez pas, docteur, j'y vais tout de suite.

Je perçois la précipitation de ses pas sur le lino de l'hôpital et soudain la voix étouffée de David me parvient dans l'habitacle de la voiture. Je crie son nom et Nicolas, affolé, me répond qu'il n'est pas encore aux côtés du patient. Je lutte contre Agathe qui cherche à m'arracher mon portable. Lorsqu'elle parvient enfin à me coller son téléphone contre l'oreille, j'entends David à l'autre bout du fil. Le timbre calme de sa voix m'apaise immédiatement :

– Estelle, tout va bien, je suis à la maison avec Tim… Nous t'attendons.

Je m'efforce de retenir mes larmes, tellement soulagée de le savoir en sécurité.

– David… Je ne comprends pas, j'ai reçu un appel de l'interne de l'hôpital qui me signale l'admission d'un patient pour tentative de suicide, et… j'ai craint un instant que ça puisse être toi !

– Qu'est-ce qui a pu te faire penser une chose pareille ?

– Il se trouve que je suis la dernière personne qu'il a appelée avant de… passer à l'acte.

Tout en prononçant cette phrase, je revois le numéro masqué qui s'est affiché sur mon portable en début de soirée. Il ne s'agissait peut-être pas d'une erreur mais d'un appel au secours. Mon téléphone, posé sur le tableau de bord, résonne des phrases inaudibles de Nicolas.

– David, il faut que je te laisse, ne m'attends pas, je vais m'arrêter d'abord à l'hôpital, je dois savoir de qui il s'agit. À tout à l'heure…

Je reprends la communication avec l'interne.

– Je sais qu'il ne s'agit pas de mon mari, je viens de l'appeler à la maison !

– Effectivement, répond-il d'une voix essoufflée, l'homme n'a pas de tache de naissance dans le cou.

Il s'agit d'une personne qui n'est pas enregistrée dans mon répertoire et qui dispose néanmoins de mon numéro. Je suis rassurée que ce ne soit pas un proche, pourtant je sens cette boule qui me noue le ventre et qui, loin de disparaître, enfle au point de me vriller le corps de douleur.

– J'arrive, Nicolas, je dois en avoir le cœur net!

– Je vous attends, docteur.

Je raccroche. Le soulagement ressenti en entendant la voix de David a laissé rapidement place à une autre angoisse que je ne parviens pas à identifier.

– Je t'accompagne à l'hôpital si tu veux, propose Agathe.

J'accepte d'un hochement de tête et me réinsère dans la circulation. Je calcule rapidement l'itinéraire pour rejoindre au plus vite le 14e. Comme un automate, je vois défiler le boulevard Raspail puis l'avenue René-Coty. Agathe essaie de briser le silence avec quelques phrases qui sonnent creux, mais elle renonce devant mon mutisme. Les minutes s'égrènent lentement et les lumières de l'hôpital apparaissent enfin au bout de la rue. Je me gare sur le parking réservé aux médecins et me dirige rapidement vers les urgences. Obnubilée par l'identité de l'inconnu en salle de réanimation, je me surprends à retenir le détail insolite du cliquetis métallique que font les talons d'Agathe en me suivant.

Nicolas m'attend à l'entrée pour me guider, comme si je ne connaissais pas les lieux. Son visage est livide. Il semble affecté par ma propre inquiétude. Notre déambulation le long des couloirs me paraît interminable. Mon esprit prend à nouveau des chemins de traverse et se concentre sur nos tenues légères qui apportent une note discordante dans cet univers de souffrance.

Nicolas nous précède lorsque nous pénétrons dans la salle de réanimation, sa silhouette me cache la physionomie de l'homme endormi. Je fais le tour du lit pour mieux distinguer ses traits. Il a une barbe de trois jours, des marques de strangulation. Tentative de suicide par pendaison. Malgré le traumatisme, l'harmonie de ce visage fait jaillir un souvenir vieux de vingt ans. En même temps que moi, Agathe met un nom sur le corps devant nous.

Elle pousse un cri et porte ses mains à la bouche tandis que je m'entends dire :

– Josselin de Montalban !

– Vous le connaissez ? demande Nicolas. C'est un membre de votre famille, un ami peut-être ?

Je baisse la tête en me demandant ce qu'il est convenable de répondre.

– Non… On va dire un ami.

– Il avait des problèmes ?

– Il faut croire, Nicolas…

J'espère, par cette pirouette, ne pas avoir à justifier le genre de relation que nous avons pu entretenir. De vagues sourires sur les bancs de la fac, des conversations anodines au détour d'un verre ou d'un repas au resto U… Rien qui puisse indiquer que nous étions proches. Rien de sérieux jusqu'à cet échange de copies qui a brouillé les pistes. Je ne sais toujours pas si je lui en ai voulu ou si au contraire je lui en ai été reconnaissante. Depuis ce jour-là, j'ai perpétuellement l'impression d'avoir emprunté la vie d'un autre. Et lorsque je vois Josselin en face de moi, j'ai la sombre impression qu'il n'est pas revenu dans ma vie par hasard. Est-ce bien lui qui m'a appelée juste avant sa tentative de suicide ? Qu'avait-il d'important à me dire qu'il n'ait pas osé m'avouer avant de vouloir basculer dans l'autre monde ? Est-ce le destin qui nous a réunis ?

Toutes ces questions me désarçonnent, et c'est Nicolas qui fait diversion.

– Ne vous inquiétez pas, il est tiré d'affaire. Il n'aura aucune lésion neurologique, il a été secouru à temps.

Je réalise que mes souvenirs m'ont propulsée dans une autre époque et que j'en ai oublié de m'enquérir de l'état de santé de Josselin.

– Que s'est-il passé ?

– Nous avons très peu d'informations, c'est un livreur de pizzas qui est entré au moment où il se pendait à la mezzanine du salon. Ce gars lui a sauvé la vie. À quelques secondes près, c'est un cadavre qu'on aurait trouvé. On peut dire que ce soir, son ange gardien a veillé sur lui !

Je retrouve enfin mes réflexes de médecin et me saisis de la fiche de Josselin pour vérifier le protocole que lui a administré Nicolas : Anafranil, Seroplex, Xanax, un cocktail d'antidépresseur, d'anxiolytique et d'hypnotique pour assommer un cheval. Je me tourne vers Nicolas :

– Vous n'y êtes pas allé de main morte, pas étonnant qu'il dorme comme un bébé ! dis-je avec une pointe de reproche dans la voix.

– Vous trouvez peut-être que j'ai forcé la dose, mais vous n'étiez pas là quand on l'a amené. Ils ont dû se mettre à trois pour le maîtriser, il était furieux et se débattait comme un beau diable. Un brancardier a pris un coup de poing dans l'épaule et la blouse d'un autre a été arrachée. Pas commode, votre copain, mais si on l'a empêché de se suicider, je peux comprendre qu'il soit en colère d'être encore parmi nous…

Je marmonne une vague excuse puis ajoute :

– On baissera progressivement tout ça, transférez-le dans mon service dès que possible.

– Bien sûr, docteur, lorsqu'il sera sorti des soins intensifs.

– N'oubliez pas d'informer la famille…

– Vous ne préférez pas vous en charger ? me demande Nicolas, qui ignore que je ne connais rien de la vie de cet homme.

– Je vous laisse vous en occuper, ce sera plus facile maintenant que vous connaissez son nom.

– Certainement, docteur…

Un air de Queen s'échappe de la poche d'un vêtement. Aucun de nous trois ne réagit, et durant quelques secondes le temps semble suspendu à cette mélodie mythique. Ça finit par m'agacer, je lance sèchement à Nicolas :

– Vous ne décrochez pas ?

– Ce n'est pas le mien !

Nous nous tournons vers Agathe qui hausse les épaules et je comprends enfin qu'il s'agit du téléphone de Josselin. Je me précipite sur sa veste et parviens à me saisir de l'appareil avant qu'il passe en messagerie. J'entends une bordée d'injures :

– Putain, Josselin, tu décroches enfin ! Je t'ai laissé quinze messages, c'est quoi ce bazar à la maison ?

– À qui ai-je l'honneur ?

Un silence trahit la surprise de mon interlocuteur.

– Xavier Berthier, un ami de Josselin, vous voulez bien me le passer, s'il vous plaît ! demande la voix impatiente.

– Ça va être difficile, je suis le docteur Estelle Montaigne, M. de Montalban est aux urgences de l'hôpital Sainte-Anne, il vient de faire une tentative de suicide. Mais sa vie n'est plus en danger.

– Allez, passez-moi Josselin et dites-lui que cette plaisanterie n'est pas drôle !

Cette réponse me déconcerte, j'adopte un ton plus ferme.

– Monsieur, il ne s'agit absolument pas d'une plaisanterie.

J'entends alors au bout du fil :

– Je l'ai seulement laissé une demi-heure pour aller chercher une bouteille de vin… et la porte était grande ouverte quand je suis rentré. Un couteau sur les marches de la mezzanine, les pizzas jetées par terre… J'ai pensé qu'il était sorti sur un coup de tête et qu'il errait dans les rues pour user son chagrin sur les trottoirs… Je pensais qu'il avait les ressources pour surmonter tout ça… Il a toujours été plus fort que tout le monde…

– Vous êtes un ami ?

– Oui… Josselin habite chez moi depuis quinze jours… J'ai proposé de l'héberger à son retour de Madagascar… Il a accepté puis s'est mis en tête de louer un appartement. Il devait emménager la semaine prochaine. C'était une erreur d'imaginer qu'il pourrait vivre seul après ce qui lui est arrivé… J'ai bien essayé de le dissuader en lui proposant de rester avec moi le temps qu'il voudrait. Puis-je le voir ?

J'observe le corps allongé devant moi et j'ai du mal à réaliser qu'il s'agit du Josselin que j'ai connu, le garçon brillant, drôle, inventif, débordant de vitalité et d'énergie. Lorsque son ami fait allusion à un drame, je ne peux croire qu'il ait été touché. Pas lui ! Il semblait invincible, né sous une bonne étoile. Pour un peu, je m'attendrais à le voir surgir de son lit, habillé d'une combinaison noire, d'une cape et d'un masque, en héros de *comics*, prêt à défendre la Terre contre d'abjectes créatures du Mal. C'est une sorte de rêve, alimenté par son départ précipité pour les États-Unis, qui se brise. Je réalise à quel point la frustration que j'ai ressentie à l'époque est encore présente, à quel point elle a sommeillé en moi comme un virus prêt à se réveiller à la première occasion…

Je n'ai jamais eu les explications auxquelles j'estimais avoir droit et c'est une décharge violente d'émotions contradictoires qui me traverse. Il a disparu avant que j'aie pu lui exprimer mon indignation, ma colère ou mes remerciements. Il m'a spoliée de mon échec avec cette terrible impression d'être une voleuse de carrière. Nicolas et Agathe m'observent tandis que je m'évente avec la fiche de Josselin. Je tente de maîtriser ma voix et réponds le plus calmement du monde :

– Non, je suis désolée, il est en soins intensifs. Je vous ferai savoir quand les visites seront autorisées. Pouvez-vous me donner les coordonnées de son épouse pour que je la prévienne ?

Sa réponse me glace le sang :

– Il est veuf. Il a perdu sa femme il y a six mois… Elle était enceinte de leur unique enfant. Il ne lui reste plus que sa mère…

Mon visage change d'expression. Agathe, qui n'a rien entendu de notre conversation, m'interroge du regard pour connaître le motif de ma contrariété. Je lui fais signe que je lui en parlerai après. Je murmure à mon interlocuteur que je suis désolée et lui demande d'apporter un nécessaire de toilette et des affaires de rechange. Lorsque je raccroche, je vois qu'Agathe est en effervescence. Elle me prend par le bras et m'entraîne à l'écart :

– Écoute, Estelle, je ne t'ai pas tout dit, il faut que je t'explique quelque chose…

Elle va commenter à coup sûr les mensurations de Josselin, mais là je n'ai pas envie de plaisanter. Je la rabroue avant la fin de sa phrase :

– S'il te plaît, Agathe, attends d'être en voiture !

Mon air de gardienne de prison lui cloue le bec et je reviens vers Nicolas.

– Je vais y aller, surveillez-le bien, je m'en charge demain. Sa mère est son unique parente, trouvez son numéro dans le répertoire du portable et prévenez-la. Proposez-lui également un rendez-vous pour dix heures, après ce que je viens d'apprendre, je tiens à la rencontrer.

Je me fends d'un sourire en lui souhaitant bon courage pour la nuit de garde et, d'un mouvement du menton, je lui désigne la sortie. Je m'apprête à lui reprocher son indélicatesse, mais son rictus m'alerte immédiatement.

– C'est Josselin qui te met dans un tel état?

Elle acquiesce et ce qu'elle m'apprend me fait dresser les cheveux sur la tête.

Les bras ballants, Agathe me fixe avec des yeux de biche affolée.

– C'est moi qui ai donné ton numéro de téléphone à Josselin, dit-elle, gênée.

– Tu veux dire qu'il t'a contactée et t'a demandé mes coordonnées ?

– C'est ça !

Ma voix monte immédiatement d'une octave.

– Et tu lui as donné sans m'en parler ?

– Je pensais que ce serait une belle surprise pour toi, après toutes ces années. Il y a une chose que je ne t'ai jamais avouée et je ne sais pas si tu me le pardonneras…

La solennité de son ton me fait peur, j'appréhende ses révélations. Il y a toujours un moment dans la vie où *l'on sent* que les choses ne seront plus jamais comme avant. Elle pose sa main sur mon bras et me fixe avec une intensité troublante.

– Tu te souviens du jour où il t'a embrassée à la sortie de l'examen ?

Si je m'en souvenais ? Dix-sept ans d'interrogations ! Je hoche la tête et elle poursuit avec précaution, comme si elle marchait dans un champ de mines.

– Il est revenu le soir à l'appartement et il voulait te voir…

La surprise me coupe le souffle et ma bouche s'ouvre et se ferme sans émettre un son.

– … Tu n'étais pas là et je lui ai dit que je ne savais pas où tu étais sortie…

Je la fixe avec horreur tandis qu'elle poursuit ses explications :

– … Il voulait te remercier, grâce à toi il avait compris beaucoup de choses, et il partait aux États-Unis le lendemain…

Son départ sans explications m'a beaucoup perturbée. Savoir que Josselin avait souhaité me rencontrer remet en cause toutes les théories que j'avais échafaudées. Peut-être n'était-il pas aussi indifférent que je l'avais imaginé. D'une voix rauque, je parviens à articuler :

– Et pourquoi tu ne lui as pas dit où j'étais ?

– Quand je l'ai vu t'embrasser, j'ai pensé qu'il allait te blesser, faire de toi une conquête de plus… J'ai voulu te protéger. Il ne s'attachait à personne et, te connaissant, tu n'aurais pas supporté d'être rejetée. Tu semblais si forte mais tellement fragile à la fois. Il ne t'aurait rien apporté de bon !

Ainsi, Agathe s'était elle aussi méprise sur la nature de ce baiser. C'était un baiser d'adieu qui clôturait une relation amicale et non une proposition brutalement avortée. Si je m'étais confiée à mon amie le jour de l'examen, j'aurais inversé le cours de ma vie. Agathe aurait compris que Josselin espérait ma réussite universitaire sans arrière-pensée, elle lui aurait indiqué l'endroit où je travaillais ce soir-là, il m'aurait retrouvée deux rues plus loin…

Lorsque je compare mes aspirations de jeune fille à la vie que je mène aujourd'hui, je trouve une parfaite concordance. Mes vœux les plus chers ont été exaucés, je n'ai aucune raison d'en vouloir à Agathe. Pourtant je m'adresse à elle avec une violence inouïe :

– Mais qui es-tu pour me dire ce qui est bon pour moi ? Si tu étais une vraie amie, tu m'aurais permis d'être seule juge de mes besoins. Qui te dit que je n'avais pas envie de faire l'amour avec lui, ne serait-ce qu'un soir !

Je passe de l'hystérie à l'apathie en quelques secondes tandis que je rends Agathe responsable de ma jeunesse platonique. Je sais que mes propos sont injustes mais je ne peux m'empêcher d'ajouter :

– Je suis certaine que tu étais jalouse ! Pour une fois, on me regardait moi… et pas n'importe qui… celui que tu n'avais jamais réussi à te taper malgré tes nombreuses tentatives !

– Ma pauvre Estelle, je n'avais pas l'intention de tout te dire, mais tu me donnes l'occasion de libérer ma conscience : lorsque je lui ai finalement indiqué l'adresse du McDo où tu travaillais ce soir-là, étonnamment il était beaucoup moins pressé de venir te rejoindre et il n'a pas refusé le verre que je lui ai proposé. Tu veux savoir comment nous avons terminé la soirée ?

Je les imagine tous les deux, enlacés sur notre vieux canapé rouge. Je visualise Josselin en train de l'embrasser avec ces mêmes lèvres que j'avais goûtées quelques heures plus tôt. Je ferme les yeux de douleur et de jalousie.

– Pas la peine, dis-je d'une voix blanche. D'ailleurs, à force de considérer les mecs comme un bien de consommation courante, tu les épuises plus vite que tes paquets de cigarettes. Pas étonnant que tu sois seule !

Nous nous faisons face sur le parking de l'hôpital comme deux coqs de combat et j'ignore ce qui nous a emportées si loin. Les lèvres d'Agathe tremblent de colère :

– Ma chérie, tu as raison de m'en vouloir, car si tu t'étais envoyée en l'air ce soir-là, tu n'aurais pas épousé l'unique mec qui t'a demandée en mariage. Avec ton David, depuis dix ans, avec la régularité d'une horloge suisse, chaque journée est identique à celle qui précède, il te fait jouir le samedi soir après *Champs-Élysées* parce qu'il peut dormir le lendemain, il t'emmène un week-end sur quatre à Deauville chez belle-maman, et avec son humour de rottweiler, vous devez passer des soirées palpitantes ! Estelle, réveille-toi avant d'être vieille…

Je sais que nous venons de franchir un point de non-retour. Sans un mot de plus, je me dirige vers la voiture, m'installe au volant. Lorsque, après avoir fait demi-tour, je passe devant celle qui fut mon amie durant plus de vingt ans, je lui jette par la fenêtre son étole argentée qui traînait sur le siège.

Mortifiée par notre dispute, je conduis comme un automate en suivant hypnotiquement la voiture devant moi et me retrouve sur les quais de Seine. Aux Invalides, je réagis enfin, tourne à gauche pour rejoindre plus loin l'avenue de Breteuil. Les phares, les clignotants, les néons, les enseignes m'éblouissent. J'ai hâte de retrouver l'univers réconfortant de mon appartement. Je traverse le parking de la copropriété en vitesse, impatiente de retrouver mon cocon. Mais une fois allongée dans mon lit sur le dos, je suis incapable de trouver le sommeil, tandis que David dort paisiblement à mes côtés. Je fixe au plafond les lumières de la place de Catalogne qui se reflètent par les baies vitrées. L'immeuble en arc de cercle m'avait d'emblée séduite par sa modernité, intégrée au paysage, sa transparence et sa légèreté. Nous avions donné notre réponse le jour même où nous avions visité ce duplex de quatre-vingts mètres carrés à quelques encablures de mon travail. Mais dans la nuit qui se déchire comme un voile, mon environnement protecteur m'apparaît d'une terrible fragilité.

J'en veux à la terre entière de faire surgir un fantôme après dix-sept ans d'absence. Le chaos qu'entraîne son intrusion me laisse perplexe. Comment expliquer le trouble que je ressens ? D'où me vient cette persistante intuition qu'il représente un danger et que je devrais l'orienter vers un confrère ?

Je n'ai pas changé de position depuis une heure pour ne pas réveiller David, mes membres commencent à s'engourdir. Doucement je repousse son bras et me lève sans un bruit. J'enfile un gilet puis me dirige vers la chambre de Tim pour m'assurer que tout va bien. J'ai besoin de le regarder dormir, de caresser ses cheveux, de déposer un léger baiser sur son front. J'entrouvre la porte et me glisse furtivement au pied de son lit. Dans l'air flotte le doux parfum de l'enfance. Je souris en le découvrant pelotonné entre les pattes de son ours préféré. Je l'écoute respirer. La régularité de son souffle me rassure. Une petite veilleuse déverse une lumière tamisée et je fais l'inventaire de ses objets familiers : une affiche d'*Harry Potter*, un déguisement de pirate accroché au mur, une lampe phare qui éclaire son bureau multicolore, un pouf ultra-confortable pour lire les BD qu'il adore. Surtout *Astérix*.

Du bout du doigt, je suis le contour de son visage de petit garçon et je m'approche si près de sa peau que je peux sentir le fin duvet de sa joue. Une tendresse immense m'envahit et je meurs d'envie de le serrer fort contre moi. Seul le risque de le réveiller m'en empêche et je ressors sur la pointe des pieds.

Dans la cuisine, je prépare un thé. Je regarde longuement les feuilles noires gonfler au contact de l'eau brûlante et, la tasse à la main, je me faufile dans la pénombre du salon. Mon esprit se disperse dans les vapeurs de jasmin, et les paroles d'Agathe reviennent, cinglantes, comme une violente bourrasque d'hiver.

Que nous est-il arrivé ? Notre amitié, qui a traversé deux décennies sans autre remous que celui des réjouissances, vient d'être pulvérisée après que le nom de Josselin a été prononcé. Un pan de ma vie s'effondre et j'ai l'étrange sentiment que ce n'est qu'un début, comme si, au plus profond de moi, je savais que plus rien ne serait comme avant.

Que s'est-il passé dans la vie de Josselin ?

Il est dans l'antichambre de la mort. Il y a échappé par miracle, pourtant je pressens qu'il est condamné. Comment puis-je en être si sûre ? Avec cette tournure d'esprit, ne suis-je pas la première à le pousser un peu plus encore vers cet autre monde ? Cette évidence m'effraie. Je pose la tasse vide sur la table basse en bois blond et me laisse glisser sur le parquet que je caresse du bout des doigts comme s'il s'agissait d'une sculpture. J'entoure mes jambes de mes bras, pose le menton sur mes genoux. Je sais que je n'ai pas le choix. Josselin a sauvé ma carrière, il m'a permis de devenir ce que je suis aujourd'hui. J'ai une dette envers lui. Je dois la payer.

Je connais l'ampleur de la tâche qui m'attend. Je dois réussir à lui insuffler l'inestimable soif de vie, cette combinaison d'espoir et de confiance qui permet de repousser toutes les limites. Je dois lui bâtir un futur dans lequel il pourra faire ses premiers pas de convalescent. Faire d'un mourant en sursis un vivant à temps plein. Je n'ai pas le choix, il m'a confié son destin. La tête sur le canapé, je finis par m'endormir et la vision de Josselin et Agathe enlacés s'estompe comme par magie.

Samedi

Dès huit heures du matin, Nicolas m'a confirmé le rendez-vous à Sainte-Anne avec Mme de Montalban. Je lui avais laissé le soin de la prévenir que son fils était hospitalisé. Il avait réchappé à sa tentative de suicide, mais nécessitait encore une surveillance constante. Apprendre aux proches à décoder les signes d'une éventuelle rechute fait partie de notre métier. Les aider à déculpabiliser aussi. En tant que mère, j'imagine aisément la détresse que cette femme peut éprouver.

J'en suis à ce stade de mes réflexions lorsque je me gare sur le parking de l'hôpital. Je suis en avance, je fais un détour par la salle réservée aux médecins et me sers un café serré dans l'espoir qu'il m'aidera à faire passer cette migraine avec laquelle je me suis réveillée. Les explications que j'ai dû donner à David, surpris de me trouver endormie dans le salon, n'ont fait qu'accroître mes maux de tête. Josselin a quitté le service de réanimation. Je me dirige vers sa chambre et entrouvre la porte avec appréhension.

Son visage est tourné vers la fenêtre. Je fais le tour du lit silencieusement. Son sommeil est entrecoupé de soubresauts. Il est aussi beau que dans mon souvenir, seules quelques ridules au coin des yeux trahissent les années.

L'interne de garde me rejoint et fait le compte rendu de la nuit :

– Tout s'est bien passé, il a dormi profondément, sauf vers trois heures du matin, où il a été particulièrement agité.

Les barrières accrochées au lit empêchent Josselin de tomber. Je n'ai aucun reproche à formuler à Nicolas Delambre, il a appliqué les consignes de sécurité. Mais voir Josselin comme un animal en cage me soulève le cœur.

– Soyez gentil de les ôter, dis-je en fixant les barres métalliques, je préfère qu'on les remette seulement en cas de besoin.

J'ignore son regard interrogatif et poursuis :

– Il s'est réveillé ce matin ?

– Vers huit heures, il a réclamé à boire et s'est rendormi sans prendre son petit déjeuner.

– Il n'a rien dit pour les barrières ?

– Non, il n'a pas dû les remarquer.

Connaissant le tempérament énergique de Josselin, je suis étonnée qu'il n'ait pas réclamé de pouvoir bouger librement.

– Il doit être particulièrement sensible aux médicaments. Ça expliquerait son absence de réaction et le fait qu'il dorme autant. On va diminuer les doses. Vous me tenez au courant ?

– Bien sûr, docteur.

Je vérifie rapidement les prescriptions administrées aux autres patients du service puis m'installe à mon bureau. Quelques instants plus tard, on m'annonce l'arrivée de Mme de Montalban. Je me lève pour aller à sa rencontre dans le couloir. Ma première impression est celle d'une femme élégante à la démarche étudiée. Tailleur pantalon ivoire, maquillage discret, elle a l'air de sortir d'un magazine. J'admire son visage dont la beauté défie le temps et m'étonne de ne pas y déceler des marques de chagrin. J'éprouve une immédiate antipathie.

Je m'attendais à découvrir une mère empressée venue au chevet de son fils, essoufflée, habillée avec le premier vêtement trouvé dans sa penderie, les paupières gonflées de larmes. Au lieu de ça, je me trouve face à une femme au regard clair, attentive au moindre de mes gestes, d'une extrême froideur.

Je brise la glace en m'efforçant de sourire :

– Josselin a eu beaucoup de chance.

– Ah, vous trouvez ? Comment appelez-vous le fait de perdre sa femme et son bébé !

La brutalité de la réplique me désarçonne. Je bredouille des mots d'excuse :

– Oui, j'ai connaissance du drame qui a frappé votre fils. Qu'il soit en vie relève néanmoins du miracle. Si le livreur de pizzas était arrivé quelques secondes plus tard, nous vous aurions donné rendez-vous à la morgue ce matin, madame.

Elle semble réfléchir puis évacue l'information d'un revers de main.

– Venons-en aux faits. Comment va-t-il ?

Je pèse mes mots avant de répondre :

– Physiquement, il va le mieux possible après une tentative de suicide par pendaison.

Je vois qu'elle encaisse le coup. Tout de même. Je poursuis avec plus de douceur :

– Il n'aura aucune séquelle neurologique ou autre. Les cervicales n'ont pas subi de dommages importants. Il éprouvera seulement des douleurs musculaires et ligamentaires pendant une bonne semaine. Maintenant qu'il est sorti d'affaire, il faut l'aider. Et pour cela, j'ai besoin d'en savoir plus sur les événements marquants des derniers mois et des dernières années.

Elle hausse les épaules avec dédain.

– Vous les psys, c'est toujours pareil, vous pensez pouvoir sauver le monde et, quand il arrive un drame, vous vous révélez impuissants.

– Vous avez une meilleure solution ?

– Il n'y a pas de solution, il n'y a que des victimes et des tragédies humaines.

Je la fixe avec stupeur. Son regard trahit une souffrance enfouie.

– Mais encore ?

– Josselin constitue le dernier maillon d'une malédiction !

Je me cale contre le dossier de mon fauteuil. Cette femme est déconcertante. Je m'attends à livrer une guerre des tranchées pour obtenir la moindre information et voilà qu'elle jette en pâture ce qui aurait nécessité six mois de consultation chez d'autres. À défaut d'empathie, son efficacité aura au moins cet avantage. Je devine une femme qui a appris à se battre. Derrière cette façade luxueuse, une guerrière m'épie.

Je la regarde avec un soupçon de bienveillance.

– Je vous en prie, continuez.

– Vous allez probablement être choquée par ce que je vais vous dire…

Le dos droit, elle croise les jambes et abandonne nonchalamment sur le bureau une main soigneusement manucurée avec une énorme émeraude à l'annulaire. Elle adopte une respiration calculée, consciente qu'elle m'a appâtée : pour un psy, une malédiction, c'est du petit-lait.

– Vous allez trouver ça odieux, mais je suis soulagée que l'enfant de Josselin soit mort avant de naître !

Elle guette ma réaction. Elle cherche un adversaire à sa taille. Elle a beaucoup à dire mais ne se confiera qu'à celui ou celle qu'elle jugera à la hauteur. S'émouvoir serait un aveu de faiblesse. Préparée à ce genre de provocation, je ne cille pas. Après un hochement de tête, elle poursuit :

– Les hommes de la lignée Montalban meurent tous dans leur quarantième année : l'arrière-grand-père de Josselin, son grand-père puis son père. Josselin attendait un fils… Il n'aurait pas été épargné.

Elle détourne le regard, se lève et s'approche de la fenêtre. Je fouille dans le tiroir de mon bureau et sors un magnétophone pour enregistrer notre conversation.

– Vous permettez ?

– Non.

– Pardon ?

– Vous avez bien compris. Je ne vous autorise pas à enregistrer.

Je dois maintenir le lien avec elle pour en apprendre le plus possible. Calmement, je réponds :

– À votre convenance. Poursuivez sur l'enfant de Josselin, si vous voulez bien. Est-ce le premier qu'il ait cherché à avoir ?

– Josselin a pensé qu'en s'exilant au bout du monde il échapperait aux ravages de sa lignée. Enfin, s'il s'était vraiment senti à l'abri de la malédiction, il aurait fondé une famille bien plus tôt. Il a systématiquement mis fin à ses relations quand elles devenaient sérieuses. Jusqu'à ce qu'il rencontre cette jeune fille dont il est tombé éperdument amoureux, au point d'envisager un avenir. Les récents drames lui ont prouvé qu'il avait tort. Il n'avait pas d'avenir.

Son détachement me stupéfie. Elle semble rapporter un fait divers qu'elle aurait lu dans un journal.

– Et Josselin a trente-neuf ans ?

– Exact… Mais quelle importance.

Je frappe du plat de la main sur la table. Elle sursaute et me fusille du regard. Je tonne :

– Au contraire, c'est d'une importance capitale ! Et maintenant, vous allez arrêter votre manège. Comme toute mère se rendant au chevet de l'enfant qu'elle a failli perdre, vous souffrez. Et si vous croyez en une malédiction familiale, pourquoi avoir accepté de donner naissance à un enfant condamné d'avance ?

Ma voix a des accents de tempête. En malmenant cette femme au premier rendez-vous, je prends des risques. Mais je n'ai pas le choix, le temps est compté. Elle rétorque :

– Vous pensez que l'on raconte ce genre de choses au début d'une histoire d'amour ? Vous croyez que mon mari m'a courtisée en m'annonçant que nos enfants seraient menacés ? Vous croyez vraiment ça ?

Elle délaisse enfin son attitude cérémonieuse, mais se ressaisit immédiatement :

– J'ai tout appris après la naissance de Josselin. C'est comme si j'étais morte ce jour-là. Chaque jour qui passe me rapproche d'une échéance terrifiante, et chaque jour j'apprends à me détacher un peu plus de mon fils. Ce qui est arrivé cette nuit ne me surprend pas. Je m'y suis préparée…

Son aveu me glace le sang. Elle est blême et paraît épuisée. Je me lève.

– Bien, je crois que nous en avons fini pour aujourd'hui. Je vais vous conduire jusqu'à la chambre de votre fils, mais auparavant, j'ai besoin de vos coordonnées – portable, fixe et mail si vous avez. Il est possible que je vous sollicite pour obtenir d'autres renseignements.

Elle acquiesce et me tend une carte. Alors que je m'apprête à la saisir, elle retient son geste :

– Cela me surprend que vous ayez tout de suite appelé mon fils par son prénom. On pratique ce genre de familiarités dans votre service ?

Je plisse le front puis j'ajoute avec une amabilité forcée :

– J'ai connu Josselin à la faculté de médecine, nous avons fait nos études ensemble jusqu'à ce qu'il parte aux États-Unis.

Elle fait mine de réfléchir.

– Rappelez-moi votre nom, madame…

Elle laisse sa phrase en suspens. Je corrige.

– Docteur Estelle Montaigne.

J'ai martelé mon nom avec plus de fermeté que je ne l'aurais voulu. Je sais pourtant qu'elle me provoque et je ne veux surtout pas tomber dans son jeu.

– Jamais entendu parler de vous… Il aurait dû ?

– Vous lui demanderez…

Je la précède dans le couloir, la guide jusqu'à la chambre. J'ouvre la porte. Josselin dort toujours.

– J'espère que vous êtes consciente de votre chance ce matin, dis-je sèchement.

Elle ne m'a pas entendue, toute à ses pensées, imperturbable, inaccessible. Comme Josselin à l'époque. Cette idée me fait frissonner. Je referme la porte doucement puis regarde ma montre. Onze heures trente. On est samedi, mon fils m'attend à la maison. Je cherche Nicolas dans le service pour lui donner mes dernières instructions pour le week-end. La récupération de Josselin me préoccupe et je lui demande de m'informer régulièrement des progrès de ce patient pas comme les autres.

Dès que je passe la porte de chez moi, je trouve mon mari et mon fils en pleine agitation. Tim a la tête plongée dans la commode de sa chambre, j'arrive par-derrière et l'attrape par la taille en l'embrassant dans le cou:

– Dis donc, pirate, tu prépares tes affaires pour couler un galion espagnol?

Il pousse un cri de joie et se retourne, des étoiles plein les yeux:

– On va chez papi-mamie pour le week-end. On t'attendait, dépêche-toi, j'ai presque terminé ma valise.

Sa bonne humeur fait chaud au cœur. Si habituellement la perspective de le voir jouer sur la plage de Deauville me réjouit, aujourd'hui j'éprouve toutefois une certaine contrariété. Je rejoins David dans le salon.

– Qu'est-ce qui se passe?

David me serre dans ses bras et m'embrasse sur le front. Je déteste lorsqu'il s'organise avec ses parents sans me consulter. Agacée, je me dégage un peu brutalement. Il adopte une mine contrite pour m'extorquer un sourire.

– Mes parents reçoivent des amis ce soir, ils aimeraient qu'on se joigne à eux. Ils viennent tout juste de me le proposer et je pensais que l'air de la mer te ferait du bien après ta journée éprouvante d'hier.

Je pousse un soupir. Ce week-end improvisé devrait être une excellente surprise, la jubilation de mon fils devrait suffire à me convaincre d'accepter, mais je m'entends répondre que ce n'est pas possible. Je mens merveilleusement bien : j'invoque l'absence d'un médecin, ma présence obligatoire, l'impossibilité d'abandonner le service. David est dépité mais il m'encourage à assumer le métier que j'ai choisi. Ce n'est pas la première fois que je sacrifie un week-end en raison d'un manque de personnel, mais c'est la première fois que c'est faux. Je retrouve mon fils dans sa chambre et lui explique, honteuse, que mon travail m'empêche de les accompagner. Son sourire s'évanouit momentanément, je m'en veux de le décevoir. Je les aide à terminer leurs préparatifs et, une demi-heure plus tard, je leur fais signe de la main sur le trottoir jusqu'à ce que la voiture disparaisse au coin de la rue.

Ce week-end de liberté me grise. Je ne me suis pas accordé quelques heures de repos et de tranquillité depuis tellement longtemps. Je remonte quatre à quatre les marches de l'escalier, jette mes chaussures à l'entrée, et passe cinq minutes à choisir un CD. Après avoir écarté Otis Redding et Al Benson, je me décide pour *Unita*, le best-of d'Indochine. Je ne l'ai pas écouté depuis une éternité et, dès les premières notes de « L'Aventurier », je me retrouve à danser pieds nus dans la cuisine en dévorant une tranche de pain que j'ai tartinée d'un centimètre de *peanut butter*. D'habitude, ce genre d'aliment hypercalorique est exclusivement réservé à Tim et je savoure d'autant plus que je croque dans ce que je me suis toujours interdit.

Après m'être épuisée sur « Trois nuits par semaine » et « Kao Bang », je m'affale dans le canapé, les bras en croix. Les yeux rivés sur le plafond, j'écoute « Le Baiser ». Tout dans cette musique me ramène aux années fac, à l'époque où Agathe militait pour faire reconnaître ce groupe des années 1980 considéré à l'époque comme ringard. Elle jurait à qui voulait l'entendre qu'Indochine connaîtrait une nouvelle heure de gloire et que le boycott radio n'y pourrait rien changer. Pour faire une surprise à mon amie, j'avais eu la folle idée de réserver deux places de concert à Spa, en Belgique, et nous étions parties quatre jours, dont deux passés à faire du stop, entre fous rires et crises d'angoisse selon la tête des chauffeurs. C'était juste après les résultats de nos examens de sixième année. Nous avions toutes les deux besoin de nous changer les idées. J'avais volé la première place d'un concours et la honte me collait à la peau. Nous nous étions étourdies de cette musique aux accents rock et New Age, et la sensualité des textes m'avait renvoyée à la solitude de mon cœur en friche. Agathe avait eu raison pour Indochine. Le groupe avait vécu des années noires avant de connaître la consécration deux décennies plus tard : salle comble à chaque concert, triple disque de platine avec cette compilation et au total plus de dix millions d'albums vendus.

Je fredonne les paroles que je connais encore par cœur.

Qui pourrait m'aider, Qui pourrait sauver mon âme, Je m'en fous, je voudrais te donner un baiser, Je veux te donner, Je veux te donner un baiser…

Qui pourrait m'aider, Qui pourrait sauver mon âme ? Je me redresse d'un seul coup, j'oublie la musique. Josselin a besoin de moi ! Quelque chose m'intrigue dans cette histoire.

À 16 h 30 tapantes, je suis devant le 6 ter, au fond d'une impasse de la rue Vaneau. Je n'ai jamais soupçonné l'existence d'une telle merveille au cœur de Paris. Une maison de maître nichée dans un écrin de verdure derrière une grille en fer forgé recouverte de chèvrefeuille. Je sonne, un rideau s'écarte à l'étage. Que me réserve ce nouvel entretien ? Je me suis annoncée par téléphone en début d'après-midi, mais mon initiative n'a pas été chaleureusement saluée. Il est vrai que ma requête sort des sentiers battus.

Une dame fluette, à la peau fripée, trottine, courbée en deux, jusqu'au portail. Pour me saluer, elle joint ses mains sous le menton et se courbe davantage, au risque de plonger la tête la première dans les anthémis qui bordent l'allée pavée menant jusqu'au perron. Avec un fort accent asiatique, elle m'annonce que Madame m'attend dans le petit salon. Elle me précède et ouvre péniblement la lourde porte d'entrée avant de m'introduire dans une pièce lumineuse aux murs tendus de tissus jaunes. La décoration a vieilli avec son occupante.

Mme de Montalban, dans une bergère Louis XV, tourne le dos à la porte et ne daigne pas se lever. M'entendant sonner, elle s'est probablement précipitée dans les escaliers pour m'accueillir, l'air détaché, en sirotant une tasse de thé. Elle me désigne un fauteuil sur lequel j'ose à peine m'asseoir tant il doit avoir de valeur.

– Je n'imaginais pas que nous nous reverrions si tôt ! lâche-t-elle aigre-douce. Mon fils est réveillé ?

– Il s'est réveillé, mais rendormi presque aussitôt.

– Normal, il ne supporte pas les médicaments. Petit, il a toujours fait des réactions importantes. Selon mon mari, il fallait lui administrer la moitié des dosages habituels.

– C'est une information importante, je vais en avertir le service. J'avais déjà donné des instructions dans ce sens.

Elle secoue la main et un sourire narquois se dessine sur ses lèvres.

– Ce sera inutile…

Elle laisse sa phrase en suspens, comme embarrassée. D'un geste de la tête, je l'invite à poursuivre. Comme elle se tait, j'insiste :

– Pourquoi ce serait inutile de prévenir mon service ?

Elle botte en touche :

– Dans quelques jours ce sera du passé.

J'écarquille les yeux. Cette femme réalise-t-elle la gravité de la situation ? Son fils a tenté de se donner la mort. Soit elle s'en fiche éperdument, soit elle a une idée derrière la tête et me mène en bateau. J'opte pour la seconde hypothèse. Je décide d'ignorer sa remarque. Pour l'instant, je me concentre sur mon objectif en évitant les conflits. Je m'installe confortablement, croise les jambes et la fixe en tentant d'adoucir mon regard.

– Je prendrais bien une tasse de thé également.

Elle sursaute, comme prise au piège de sa bonne éducation.

– Thé glacé ou thé vert ?

– Glacé, je vous prie, par cette chaleur…

Elle se lève promptement. Dans sa précipitation, un pan de son chemisier s'écarte, dévoilant un carré de peau au niveau de la hanche, barré par une cicatrice qui remonte du bas du dos jusqu'au ventre. Accident ? Opération ?

Elle revient quelques instants plus tard avec un plateau en argent sur lequel elle a disposé un verre et une carafe. J'observe la délicatesse avec laquelle elle me sert et j'imagine qu'elle a passé une bonne partie de son enfance dans un pensionnat pour jeunes filles. Elle me tend le verre et m'adresse un sourire dentifrice.

– Que puis-je pour vous ?

Je toussote pour m'éclaircir la voix : j'hésite encore sur la façon de présenter les choses.

– Je vais être franche avec vous, madame, je pense que Josselin est en danger. Il recommencera ! N'importe quand, n'importe où… Impossible de prévoir.

Elle se redresse, visiblement ébranlée.

– Qu'est-ce qui vous fait dire ça ?

– Tout ! Son histoire, son tempérament.

– Un peu simpliste comme explication.

Je mordille ma lèvre. Elle a raison, je dispose de peu d'éléments pour prédire la réaction de Josselin, si ce n'est de quelques indices et d'une intuition qui a fait ses preuves. Mais si j'avais tort ? J'aurai agi en vertu du principe de précaution. Je décide de défendre cette idée qui fait régulièrement la une des journaux télévisés.

– Vous connaissez le principe de précaution, je suppose ?

– Évidemment ! dit-elle, haussant les épaules.

Insinuer qu'elle ignore une théorie qu'on nous assène comme un slogan publicitaire l'irrite. J'en profite.

– Nous ne pouvons pas nous permettre d'écarter le moindre détail qui aiderait Josselin dans sa guérison.

Elle me défie du regard.

– Mon fils n'est pas malade!

– Ne jouez pas avec les mots. Josselin a besoin de soins. Je peux l'aider, mais il me faut votre soutien...

Sa réticence m'étonne. Un christ accroché au-dessus de la porte et la croix qu'elle porte autour du cou m'indiquent qu'elle est croyante. Le suicide a toujours été condamné par l'Église. Serait-ce la raison pour laquelle elle nie cet acte comme s'il s'agissait d'une maladie honteuse? J'approche doucement mon siège et prends sa main. Elle sursaute à mon contact.

– Tout est possible, il faut y croire. Faites-moi confiance. Je connais Josselin...

Son regard se perd au-delà de la porte-fenêtre ouverte sur un rayon de soleil. Elle ne sourcille pas.

– De quoi avez-vous besoin?

Je pousse un soupir de soulagement et me redresse, prête à jouer une passionnante partie d'échecs dont l'enjeu n'est autre que la vie de Josselin.

– J'ai besoin de plonger dans l'enfance de votre fils. Je voudrais voir sa chambre, regarder les albums photos, me faire une idée de sa vie afin de comprendre à quel moment les choses ont basculé.

– C'est pourtant très simple, sa vie a basculé quand il a perdu sa femme enceinte de son fils. Qui se remettrait d'un tel drame?

– Bien sûr, mais je reste persuadée que les événements traumatisants de la petite enfance peuvent expliquer son comportement. Ce serait une erreur de les ignorer.

– Savoir que son père est mort à quarante ans, comme son grand-père et son arrière-grand-père, me semble justifier un état dépressif quand on atteint soi-même cet âge-là. Et que vous regardiez les albums de famille ou les trophées sportifs n'y changera pas grand-chose !

Je masque mon mépris et me demande ce qui la conduit à décliner toute aide. Je finis par penser qu'elle pourrait représenter le pire danger pour Josselin. Elle doit coûte que coûte m'autoriser à explorer les recoins de cette maison. Je louvoie en acceptant son point de vue puis en suggérant l'importance du dialogue avec mon patient. Elle accepte finalement et me conduit jusqu'à la chambre de Josselin.

J'ai le sentiment que je vais pénétrer dans l'intimité de celui que j'ai à peine connu et qui, même si je m'en défends encore aujourd'hui, aura été le seul à me faire vibrer avec une telle intensité. L'air du couloir est empreint du parfum de Josselin, que je reconnaîtrais entre mille.

Mon cœur cogne dans ma poitrine comme si je m'attendais à le découvrir derrière cette porte. Plus qu'une porte, c'est une brèche dans le temps qui s'ouvre.

Lorsque je pénètre dans sa chambre, je comprends pourquoi Josselin est parti aux États-Unis. Il a été élevé dans le mythe américain : poster de New York avec les Twin Towers, gant de base-ball. Très peu de références françaises, à part des classiques de la gastronomie comme Bocuse, Troisgros, Ducasse. Mme de Montalban m'observe, adossée au montant de la porte.

– Vous permettez ? demandé-je en montrant du menton une photographie posée sur la table de chevet.

Elle acquiesce, le regard assombri par un voile de nostalgie. Je prends le cadre. Josselin est assis sur les genoux de son père, la statue de la Liberté en arrière-plan. Leur ressemblance est frappante, ils ont les mêmes yeux rieurs et un sourire franc. Une grande complicité devait les unir.

– C'est moi qui ai pris cette photo, dit-elle. Josselin avait onze ans. Nous avions fait un magnifique voyage au Canada et aux États-Unis qui s'est terminé par la visite de New York. C'est un souvenir inoubliable. Josselin a adoré cette ville. Il se jetait sur les hot-dogs avec cette horrible sauce *sweet relish*, sur les hamburgers, sur les milk-shakes. Il nous a harcelés jusqu'à ce que nous acceptions de retourner au sommet de l'Empire State Building, d'où il pouvait contempler les voitures qui ressemblaient à des fourmis.

Je regarde cette femme avec compassion malgré l'aversion qu'elle m'inspire. Il est sans doute très douloureux de remuer tous ces souvenirs d'un passé qu'elle a idéalisé en figeant le bonheur sur du papier glacé. Je tente une remarque pour l'amadouer.

– Josselin est la copie conforme de son père !

– C'est ce que je pensais jusqu'à ce qu'il change d'orientation. Quelle erreur d'avoir abandonné médecine ! lance-t-elle d'une voix cassante.

Je me retourne, étonnée. Son visage s'est métamorphosé, sa bouche se pince d'un trait. Pas difficile de comprendre que le choix de Josselin n'a jamais obtenu l'approbation maternelle. Quoi de plus normal que d'avoir eu envie de mettre l'océan Atlantique entre lui et sa mère. Je change de sujet.

– Vous avez évoqué ce matin une malédiction familiale. Pouvez-vous m'en dire plus ? Est-ce quelque chose dont on parlait dans la famille ?

Elle pousse un soupir, fait quelques pas en direction de la fenêtre, l'ouvre en grand, puis va s'asseoir sur la chaise près du bureau. Une note de chèvrefeuille emplit la pièce, apportant une fraîcheur délicieuse. Le ronronnement de la circulation me parvient, lointain, étouffé, comme s'il traversait une épaisseur de coton. La voix de Mme de Montalban rappelle celle des présentateurs des années 1950, qui égrenait les drames comme on fait glisser les grains d'un chapelet.

– Mon mari et moi en parlions peu. Son grand-père est mort de la tuberculose en 1939 après s'être engagé dans la « drôle de guerre » à une époque où les hommes mouraient tous trop jeunes. Son fils – le grand-père de Josselin –, qui avait dix-sept ans, n'a eu qu'une idée en tête, venger la France et la mort de son père en s'engageant dans la Résistance. Il s'est fait remarquer en coordonnant un groupe d'hommes dans le maquis bourguignon. Puis il a rejoint l'armée du général de Gaulle à Londres, où il a fait connaissance d'une Américaine, une infirmière, qu'il a épousée juste avant d'effectuer une mission en France. À la fin de la guerre, il était capitaine.

– Il s'est donc engagé dans l'armée ?

– Oui. C'était un idéaliste, déterminé à lutter contre l'envahisseur. Il a consacré sa vie à son pays, et a été très peu présent pour sa famille. Il est mort à la fin de la guerre d'Algérie.

– De quoi est-il mort ?

– Une blessure qui s'est infectée, septicémie, je crois…

– Vous l'avez connu ?

– Non, il est mort à l'hôpital, dans les bras de son fils. Mon mari et moi avons commencé à nous fréquenter plusieurs années après cet épisode douloureux…

Je hoche la tête, contaminée par la tristesse ambiante.

– À quel moment avez-vous compris qu'il s'agissait d'une malédiction ?

– En 1972. Josselin était bébé, nous étions au restaurant. Cette soirée coïncidait avec le dixième anniversaire de la mort de son père. C'est une des premières fois que Jean-Marc s'épanchait sur sa famille. Généralement, il rechignait à aborder ce sujet. Avec la naissance de notre fils, il ressentait le besoin de renouer avec des traditions. Il a assez mal supporté que sa mère retourne vivre aux États-Unis… Il n'a jamais vécu dans une famille unie. Et ce soir-là, il répétait qu'il souhaitait offrir à Josselin autre chose que le modèle qu'il avait connu. Il espérait que nous serions des parents aimants, présents…

Elle émet un petit rire nerveux qui trahit une amère désillusion. Elle reprend, les yeux dans le vide, comme si elle revivait le film de sa vie :

– J'étais mannequin et je venais de faire une série de photos pour *Elle*. Le magazine avait organisé un cocktail au Crillon pour le lancement d'une nouvelle rubrique intitulée « Quoi de neuf » qui mettait les innovations à l'honneur. Le premier numéro était consacré à la médecine et ils avaient invité des professionnels de la santé, dont Jean-Marc. Ça a été le coup de foudre. À minuit, ils ont apporté une pièce montée et les lumières se sont éteintes. Quand tout s'est illuminé à nouveau, nous étions dans les bras l'un de l'autre. Nous ne nous sommes plus quittés.

– Jolie histoire !

– Mon agent m'a cherchée partout pendant trois jours. J'étais censée partir la semaine suivante aux États-Unis puis au Japon... J'ai annulé mes déplacements après que Jean-Marc m'a demandée en mariage. Je n'ai pas tergiversé, c'était l'homme le plus séduisant qui soit.

Je veux bien la croire, au vu des photos accrochées au mur dans la montée d'escalier et dans le salon. Mais cet épisode m'intéresse beaucoup moins que le précédent.

– Pour revenir à cette fameuse soirée au restaurant avec votre mari, que vous a-t-il dit d'autre ?

Elle me regarde, courroucée d'être interrompue. Elle inspecte ses mains, machinalement, avant d'ajouter :

– Mon mari venait de réaliser que son père et son grand-père étaient morts à l'âge de quarante ans. En riant, sur un air de défi, il avait dit, pour me rassurer, qu'il comptait faire beaucoup mieux.

– Semblait-il affecté par ce qu'il venait de découvrir ?

– Non, pas le moins du monde. Pour lui, ça faisait partie des hasards malheureux de la vie. Il n'y a plus pensé. Mais moi, ça m'a poursuivie, j'étais inquiète pour lui. Alors, vous imaginez le jour où il est mort… Il ne me restait plus que mon fils.

Sa voix devient un souffle, une respiration, elle se fige dans le souvenir d'une vie heureuse. Je n'ose plus bouger, de peur de briser ce moment de recueillement, mais c'est elle qui met fin au silence en frappant dans ses mains et en se levant.

– Vous savez tout ! Je vous laisse fureter à votre guise et vous attends en bas si vous avez besoin de quelque chose.

Je me lève et ajoute avant qu'elle ne quitte la pièce :

– Je sais que ce n'est pas facile pour vous, avec ce qui vient d'arriver, et je tiens à vous remercier de vous être confiée… C'est important pour moi de plonger dans le passé de Josselin.

Une nouvelle fois, sa réplique me déconcerte.

Je suis stupéfaite de ce fulgurant changement d'attitude. L'instant précédent, Mme de Montalban s'est montrée affable, coopérative. Lorsque je la remercie, son visage blêmit, son amabilité se volatilise et elle me fixe avec dureté :

– Je l'ai fait parce que vous me l'avez demandé, mais je ne crois pas une seconde que vous puissiez aider Josselin. Que voulez-vous faire avec des photos ? Pfttt. Il faudrait trouver quelque chose de plus… efficace. Si c'est tout ce que vous avez à proposer pour soigner mon fils, alors oui, je crains pour sa vie.

J'essaie de comprendre en quoi j'ai pu la choquer, quel faux pas j'ai commis, mais elle ne me laisse pas le temps de répondre et disparaît dans l'escalier. J'entends son pas décidé résonner sur le carrelage de l'entrée et elle clame le nom du professeur Weber. Je sursaute. Sacha Weber est une éminence en matière de psychiatrie. Il exerce à Cochin. Son curriculum vitae est impressionnant et sa carte de visite n'est pas assez large pour faire figurer tous ses titres. Visiblement, ils se connaissent, car j'entends Mme de Montalban le tutoyer dans le message qu'elle lui laisse. Les choses vont se gâter… Je fais un tour rapide de la chambre de Josselin dans l'espoir de glaner des informations. Je referme la fenêtre avec la désagréable impression de ne pas avoir fait de découverte spectaculaire mais plutôt d'avoir mis les pieds dans le plat en forçant la porte d'un patient. Ma démarche risque de m'être reprochée. Je descends bruyamment les marches de l'escalier pour signaler ma présence. Mon pied se fige lorsque le carillon du portail se fait entendre. Mme de Montalban se précipite sur le parlophone et j'assiste à une explosion de joie :

– Xavier, quelle bonne surprise ! Je suis touchée que tu aies pris la peine de venir… Oui, je t'ouvre tout de suite.

Elle se retourne vers moi, transfigurée, le visage rayonnant.

– C'est Xavier Berthier, l'ami de Josselin ! Il est merveilleux…

J'acquiesce, avec une pointe de lassitude. Je n'ai plus grand-chose à faire, sinon prendre congé.

– Voilà, je ne vous dérange pas plus longtemps et je vous remercie encore de m'avoir reçue. Nous nous reverrons à l'hôpital, je suppose…

– Rien n'est moins sûr !

Je lui tends une main qu'elle ignore pour accueillir l'ami de son fils en se précipitant dans ses bras. Je les observe tous les deux. Elle lui tapote le dos, lui, surpris d'une effusion à laquelle il ne semble pas habitué. Il esquisse une grimace, gêné d'être accaparé et de me voir en retrait, manifestement en train d'attendre. Une fois libéré, il s'approche de moi en souriant :

– Nous n'avons pas été présentés… Xavier Berthier.

Dans son dos, Mme de Montalban m'adresse un signe d'adieu désinvolte et disparaît.

– Je suis le docteur Estelle Montaigne, nous nous sommes parlé hier soir…

Il se frappe le front en réalisant qui je suis.

– Oui, bien sûr, vous êtes le médecin de Sainte-Anne! Comment va Josselin ? Est ce qu'il a le droit de recevoir des visites ?

– Il est tiré d'affaire. Je me rends immédiatement à l'hôpital, vous pouvez m'y retrouver si vous voulez.

Il pousse un soupir de soulagement.

– Je n'ai pas pu dormir de la nuit, j'ai sifflé les deux bouteilles de vin que j'étais allé chercher.

– J'en aurais bien eu besoin aussi ! dis-je en pensant au thé qui s'est avéré un maigre lot de consolation.

Il me décoche un clin d'œil comme si nous nous connaissions depuis longtemps et je comprends que ses traits tirés ne sont pas que la conséquence d'un manque de sommeil. Mme de Montalban, qui s'est retirée dans le petit salon, l'invite à la rejoindre. Xavier me regarde descendre les marches du perron et m'interpelle :

– J'en ai pour quelques minutes et je vous retrouve.

Je lui rends son sourire et m'éclipse, trop heureuse de m'en aller. Dans la voiture, je m'affale sur le siège en poussant un soupir de soulagement. Le charme extérieur de cette maison est un leurre. À l'intérieur, tout est calculé, disposé, agencé sans âme ni chaleur. L'antre d'une vouivre serait plus accueillant.

Un odieux pressentiment m'assaille. Je suis certaine que Josselin est en danger, mais j'ignore pourquoi. D'ordinaire je suis imperméable aux croyances, mais il faut reconnaître que des hasards malheureux jalonnent l'histoire de la famille Montalban. L'anniversaire de Josselin est à la fin du mois. Si j'en crois les dires de sa mère, cette date, loin d'être une réjouissance, sonne au contraire comme un glas.

J'arrive en courant dans le long couloir gris de l'hôpital comme si j'avais peur de ne pas retrouver Josselin en vie. Lorsque je rentre dans sa chambre, je suis soulagée de le trouver endormi.

Sa respiration est douce et régulière, son visage a retrouvé des couleurs. L'interne me fait savoir qu'il a pu prendre son repas à midi, même s'il n'a pas eu la force de le terminer. Je vérifie que les nouvelles prescriptions ont été respectées. Sa tension et sa température sont bonnes. Dos à la porte, je m'assieds à côté de lui, sa main dans la mienne. J'ai conscience que percevoir le sang qui circule dans ses veines n'a rien de professionnel. Sa peau me fait l'effet d'un électrochoc. Un irrépressible besoin de me pelotonner contre lui, de le toucher, de le sentir, m'anime. Je suis des yeux le contour de ses lèvres et je supplie le ciel de m'offrir à nouveau la chance de les retrouver. Sa fragilité me touche, sa beauté me bouleverse. Je me sens responsable de cet être que le destin a placé sur mon chemin.

La mission de veiller sur lui était déjà une évidence, celle de le protéger de la femme qui a cherché à m'intimider devient mon combat. Je pose mon front sur sa main pour qu'il me donne le courage d'aller jusqu'au bout. Absorbée dans mes pensées, je n'entends pas la porte s'ouvrir.

Je n'ai pas le temps de me redresser, une voix qui ne m'est pas inconnue me sort de ma torpeur :

– Mon médecin ne prend jamais mon pouls de cette façon !

Je suis mortifiée d'avoir été aperçue dans cette position, mon visage touchant la main de Josselin. Les joues roses de honte, je me retourne et vois Xavier Berthier, aussi souriant que tout à l'heure. Je maîtrise mon envie de baisser les yeux. C'est lui qui vole à mon secours, conscient de m'avoir mise mal à l'aise :

– Je serai muet comme une carpe. Les amis de mes amis sont mes amis.

Il mime les yeux grands ouverts d'un poisson et une bouche close. Ce clown jovial me fait l'effet d'un baume réparateur. Il enchaîne :

– Ça me rassure de savoir quelqu'un comme vous aux côtés de Josselin, il a besoin d'être dorloté.

– Ce n'est pas de l'avis de tout le monde !

– Vous faites allusion à sa mère ?

– Rien ne vous échappe ! Elle s'oppose à toute initiative de ma part au risque de pénaliser les progrès de son fils.

Xavier a une stature d'athlète et un regard étonnamment doux.

– Vous savez bien qu'elle ne juge pas le médecin mais la femme. C'est une mère possessive, et vous êtes susceptible de lui faire de l'ombre. À coup sûr, elle a remarqué que vous avez le béguin pour son fils!

Je hausse les épaules.

– C'est ridicule, je souhaite seulement lui apporter mon aide.

– Elle estime peut-être que d'autres peuvent le faire mieux que vous!

– Encore une mère étouffante?

– Je vous concède qu'elle n'est pas parfaite, mais elle l'aime.

Je suis agacée qu'il prenne sa défense. Dans un souffle, je lui réponds:

– Alors dites-moi seulement pourquoi elle n'est pas là quand il a besoin d'elle?

– Elle a eu un malaise ce matin à son retour de l'hôpital. Elle est diabétique, insulinodépendante, son médecin lui a interdit de se déplacer avant qu'il ne l'examine!

Je blêmis, puis bafouille:

– Elle m'avait pourtant l'air en pleine forme tout à l'heure, elle vous a sauté dans les bras... Pourquoi n'a-t-elle rien dit?

– Pourquoi vous aurait-elle avoué ses faiblesses, vous ne faites pas partie de la famille!

– Et vous si?

– C'est tout comme, on se connaît depuis le collège avec Josselin. On a tout fait ensemble: les premières filles, le sport, les vacances...

– La fac aussi?

– Ah non, moi c'était école de commerce et lui c'était médecine pour faire comme papa.

Je le regarde, étonnée:

– Ça n'a jamais été un souhait de sa part ?

– Sûrement pas, il était comme moi, il aimait le commerce.

– Il aurait pourtant fait un excellent médecin.

– Probablement, mais son trip était ailleurs. Son univers, c'était les contrats, les transactions, le challenge à l'américaine… Rien à voir !

Cette révélation me surprend, je commence à assembler les pièces du puzzle.

– Pourquoi avoir fait médecine alors ?

– Il avait douze ans quand son père est mort. Il s'est toujours mis dans la tête qu'il devait protéger sa mère, subvenir à ses besoins, remplacer son père absent, plaire à l'unique femme de sa vie. Faire médecine s'imposait…

– … Jusqu'à ce qu'il réalise qu'il avait sa propre vie, complété-je.

– Exactement. Et d'ailleurs, je me suis toujours demandé ce qui l'avait fait changer d'avis aussi brutalement.

Je souris en me remémorant cette journée d'examen qui a modifié le cours de nos existences.

– J'ai l'impression que sa mère n'a pas apprécié !

Son regard se durcit à nouveau.

– Écoutez, j'ai bien compris que le courant n'est pas passé entre vous, mais c'est absurde, on se croirait dans une cour de maternelle !

J'enrage de le voir comparer mon comportement à celui de cette femme.

– Vous avez peut-être raison, dis-je, un brin agacée, mais elle est loin d'être commode.

– Vous savez, ça n'a pas dû être facile pour Tess, et contrairement à ce que vous pouvez imaginer, c'est une femme admirable qui a composé comme elle a pu avec les drames de son existence. Elle ne s'est jamais remise de la perte de son mari, et d'ailleurs elle n'a pas voulu refaire sa vie alors qu'elle était courtisée par la moitié de Paris.

– C'est tout à son honneur, ajouté-je, lèvres pincées, encore plus irritée par le personnage de l'Immaculée Conception qu'il me dépeint.

– Ne vous moquez pas, s'il vous plaît. Elle consacre beaucoup de temps et d'argent aux plus démunis, elle m'inspire le plus grand respect. Tous les hivers, elle est bénévole aux Restos du cœur pour distribuer des repas…

– En tailleur Chanel?

Il ignore ma remarque et son regard se perd par la fenêtre dans un coin de ciel.

– Et surtout, elle a fait quelque chose… quelque chose dont peu de gens peuvent se vanter. C'est une femme admirable…

La sonnerie du téléphone retentit froidement sur le marbre du hall d'entrée. Tess de Montalban se précipite pour décrocher.

– Merci de me rappeler, Sacha... C'est Josselin ! dit-elle, folle d'inquiétude.

– Ce n'est pas la première fois que tu as peur pour ton fils et il s'en est toujours sorti, répond Sacha Weber qui sirote un whisky tout en faisant défiler les chaînes de télé sur son écran plasma.

Tess tressaille d'agacement.

– Tu n'as pas l'air de bien comprendre, Sacha ! Il a fait une tentative de suicide...

– Tu sais ce que j'en pense, Tess, ce n'est plus de mon ressort... Tu dois prendre une décision !

– C'est fait, il est allé trop loin... Il faut que tu l'internes ! Je ne supporte plus de vivre dans l'angoisse.

– Ton angoisse ne suffit pas à justifier son internement...

– Tu dois m'aider avant qu'il ne soit trop tard, il faut le protéger contre son gré, c'est toi-même qui me l'as dit après ce qui est arrivé aux États-Unis. À l'époque on n'y pouvait rien, maintenant il faut agir... Tu comprends, cette opportunité de l'avoir ici, en France, ne se reproduira peut-être plus... Il repartira à nouveau et Dieu sait ce qu'il se passera encore !

Le médecin se redresse, inquiété à son tour par la tournure que prend la conversation. La main qui relève machinalement sa mèche de cheveux trahit sa nervosité.

– Tu es certaine de ton choix ? ajoute-t-il d'une voix résignée.

– Absolument ! Et puis, il y a autre chose…

– Je t'écoute.

– Il y a une petite emmerdeuse, une psy de Sainte-Anne, qui s'est mis en tête d'aider Josselin. Elle est venue à la maison tout à l'heure. Ils se sont connus à la fac, elle semble accro… Ça ne va pas nous simplifier la tâche.

– Amoureuse ?

– Elle en a tout l'air ! Elle veut le prendre en thérapie à l'hôpital… À tous les coups elle va revenir, c'est une fouineuse !

– Laisse-la s'en occuper si tu penses que ça peut être bénéfique pour Josselin, tente Weber nonchalamment, cherchant une échappatoire.

Tess se raidit de colère.

– Tu fais exprès de ne pas comprendre ? Qu'est-ce qui se passera d'après toi si elle découvre la vérité ?

– Comme la fois précédente, je suppose ? lâche le médecin en soufflant comme un pneu qui se dégonfle.

– Tu commences à comprendre la raison de mon appel… Je compte sur toi, tu sais ce qu'il te reste à faire !

Le front barré par la contrariété, Weber capitule.

– C'est bon, je m'en occupe. Je vais faire planer un risque de commission de discipline, ça va la calmer un moment. Mais autre chose m'inquiète, Tess… Au premier soupçon de collusion entre nous, on plonge tous les deux. Est-ce que tu mesures la gravité de ta requête ?

Sacha Weber descend dans le jardin, espérant retrouver au milieu des arbres une quiétude qui l'a abandonné depuis le message de Tess dans l'après-midi. Il sent le piège se refermer sur lui. Il a toujours su que ce jour viendrait. Tess décroise les jambes pour attraper la tasse de thé sur la table basse.

– Je ne peux pas prendre le risque de tout perdre. Tu n'as d'autre choix que de m'aider, tu ne voudrais pas que cette chère Myriam apprenne que tu m'as rejointe tous les jours pendant dix ans à l'heure du café…

– C'est une menace ? tempête le médecin, la pointe de son mocassin enfouie dans la terre grasse.

Debout face à la porte-fenêtre qui donne sur le jardin, Tess éclate de rire avant de boire une gorgée de thé.

– Tu as toujours eu l'habitude de déformer mes propos, trésor, je te demande seulement un petit service… en souvenir de notre amitié passée.

– Écoute-moi bien, articule-t-il entre ses lèvres, je m'occupe de faire transférer ton fils dans mon service et je mets en route une procédure pour qu'il y reste le plus longtemps possible. Mais à la première difficulté, je laisse tomber. Pas question de sacrifier ma carrière pour une histoire de cul.

– C'est tout ce que tu trouves à dire ?

– Déjà bien que je m'en occupe ! Passe signer les papiers à l'hôpital tout à l'heure ! Et après ça tu m'oublies, c'est mon cadeau d'adieu…

« Petite ordure », siffle-t-elle, le visage hermétique, en raccrochant avant qu'il ait eu le temps de terminer sa phrase.

Xavier me fixe, les yeux rouges d'émotion. Je pressens que sa révélation va porter un coup fatal à mon ego. Il prend une inspiration digne d'un plongeur en apnée qui s'apprête à pénétrer dans les eaux noires :

– Le père de Josselin souffrait d'une insuffisance rénale sévère diagnostiquée tardivement. Son état s'est aggravé, il développait régulièrement des infections. Toute la famille vivait au rythme de cette maladie qu'aucun traitement ne guérissait. À moins de bénéficier d'une greffe de rein, il était condamné.

Les idées se bousculent dans ma tête et je repense à la malédiction que Tess de Montalban a évoquée.

– Que s'est-il passé ?

– Refusant la fatalité qui s'abattait sur eux, Tess a fait don d'un rein à son mari, qui avait alors trente-huit ans. Elle lui a sauvé la vie… et sacrifié sa carrière de mannequin.

D'où l'abominable cicatrice qui lui barre le dos et le ventre.

Je regarde Xavier avec l'expression penaude du chien qui vient de voler dans la poubelle. Quelle aurait été mon attitude face à un tel dilemme ? Aurais-je fait preuve de la même générosité ? Aurais-je accepté la souffrance, la mutilation, le renoncement à mon métier pour sauver la vie de l'homme que j'aime ?

– Mais alors, de quoi est mort le père de Josselin ?

C'est au tour de Xavier de pousser un long soupir :

– Ils n'ont vraiment pas eu de chance. Après la greffe, Tess a contracté une infection qui a manqué l'emporter. Puis elle s'est remise tout doucement et la vie semblait leur sourire à nouveau. Un bonheur de courte durée… Vous avez sûrement aperçu les photos des États-Unis.

Je revois le visage rayonnant du père et du fils, qui détonnent avec l'austérité soudaine de Xavier. À la raideur de son cou, aux contractions de sa mâchoire, je crains la suite du récit.

– C'est arrivé le jour de son anniversaire… de ses quarante ans !

Je ne peux m'empêcher de pousser un cri d'effroi.

– Tess avait suggéré qu'ils fêtent ses quarante ans en tête à tête au restaurant. En réalité, elle avait organisé une grande réception avec tous leurs amis dans une propriété à la campagne. Le soir même, Josselin, qui devait être gardé par une baby-sitter, a eu de violents maux de ventre. Jean-Marc a insisté pour l'emmener avec eux, préférant veiller lui-même sur son fils. Tess lui a fait emprunter des détours pour dissimuler leur destination finale. Lorsqu'ils sont parvenus dans un château tout illuminé, une centaine de convives les attendaient. Jean-Marc était fou de joie. Outre leurs amis, les plus grands noms de la médecine et de l'université s'étaient déplacés pour célébrer la renaissance d'un confrère.

Xavier s'interrompt, je lis dans ses yeux une indicible douleur. Il approche une chaise du lit et s'assied lourdement, comme s'il avait présumé de ses forces. Il finit par prendre la main de Josselin. Ce témoignage d'amitié me touche. Je repense à Agathe. Nous aurions agi de la sorte l'une envers l'autre.

Je ne parviens pas à détacher mon regard de Xavier, hypnotisée par la sympathie qu'il dégage. Il semble me supplier de ne pas rouvrir cette page. Je l'encourage, d'un sourire timide mais sincère, et comme si la lumière du jour lui était devenue insupportable, il ferme ses paupières.

– Ce soir-là, on venait féliciter Jean-Marc pour ses travaux, les femmes se pressaient autour de lui, envoûtées par son charme. Il se sentait invincible, immortel. Il était l'homme de la soirée, il était grisé et ivre.

J'imagine parfaitement la suite, je pourrais écrire chaque mot, chaque phrase qu'il s'apprête à prononcer. Mais là encore, je suis en dessous de la réalité…

Cette fois, Xavier ne peut plus s'arrêter, les mots sortent de sa bouche au rythme d'une litanie lancinante, son regard rivé sur Josselin comme s'il lui demandait l'autorisation de divulguer ses secrets les plus intimes. Un long frisson parcourt mes jambes.

– Il a bu, beaucoup trop… Voyant la tournure que prenait la soirée à laquelle assistait leur fils, voyant que Jean-Marc commençait à se comporter de façon un peu légère avec les dames, Tess a suggéré d'abandonner leurs hôtes et de rentrer. Il était déjà deux heures du matin environ. Comme si son honneur était en jeu, Jean-Marc a refusé que son épouse prenne le volant. Des amis ont tenté de le raisonner, mais rien à faire. Tess et Josselin ont refusé de monter avec lui et tous les invités ont assisté au départ précipité de Jean-Marc, fou de colère d'avoir été ridiculisé par sa femme.

– Que s'est-il passé ensuite? demandé-je, connaissant déjà l'issue tragique.

– Quelques minutes plus tard, Tess a commandé un taxi. Ils roulaient depuis une demi-heure environ lorsqu'ils ont aperçu, sur une grande ligne droite, les gyrophares des voitures de pompiers et de gendarmerie. Lorsqu'ils sont arrivés sur les lieux de l'accident, ils ont vu la voiture de Jean-Marc sur le toit. Elle s'était encastrée dans un arbre.

J'ose à peine respirer, suspendue aux lèvres de Xavier.

– Il était mort ?

Il acquiesce d'un air sombre.

– Tess a crié au chauffeur de s'arrêter et s'est précipitée en hurlant vers la voiture, sans plus penser à Josselin, qui l'a suivie et a tout vu… La voiture était carbonisée, de la fumée s'en dégageait encore, la mousse des extincteurs avait envahi la carcasse, les pompiers désincarcéraient le corps noirci de Jean-Marc.

Xavier enfouit son visage dans ses mains. Comment Josselin a-t-il trouvé la force de surmonter un tel drame ? Pendant les années de fac, j'étais loin de me douter qu'il avait traversé une épreuve aussi douloureuse.

Nous n'osons plus parler, les mots paraissent dérisoires. Josselin tousse d'une voix d'outre-tombe et ouvre les yeux. Nous avions presque oublié sa présence. Il se réveille comme d'un songe et mon cœur bascule quand il pose son regard sur moi.

Josselin cligne des yeux et son regard étonné passe de Xavier à moi. Il m'adresse un sourire qui me fait craquer. Alors que je m'apprête à déclarer ma joie de le retrouver, il pose à Xavier une question qui me fait l'effet d'une douche froide :

– Xavier, aurais-tu réussi à débaucher une danseuse du Lido pour adoucir mon retour sur terre ?

Le bon copain toussote, mal à l'aise. Je ne porte pas ma blouse de médecin et Josselin ne peut m'identifier comme faisant partie du personnel hospitalier.

– Joss, je sais qu'on t'a filé pas mal de tranquillisants, mais tu ne reconnais pas ton amie ?

Josselin secoue la tête et me fixe avec intensité. Il détaille mon visage et semble remonter le cours du temps. Nous sommes suspendus à son verdict et le laissons cheminer à son propre rythme. Les secondes passent où l'on entend seulement les bruits familiers d'un grand hôpital. Puis à la fossette qui se dessine au coin de sa bouche, je pressens qu'il a trouvé. Je suis soulagée de lire dans son expression une profonde gratitude. Il pousse un soupir de contentement, comme s'il avait trouvé un havre de paix où panser ses blessures. Il épie mes mouvements, et je respecte son silence d'animal traqué, encore étonné d'être en vie. La lueur que je distingue, cachée derrière tant de douleur, m'incite à croire qu'il a confiance en moi.

Nos retrouvailles silencieuses scellent un pacte dont les bases ont été jetées il y a des années. D'un simple clignement de paupières, Josselin signe un contrat invisible qui nous lie, à la vie à la mort, lui comme patient, moi comme médecin. Il me confie son avenir comme je lui ai confié le mien en acceptant, dix-sept ans auparavant, de prendre la copie qu'il avait rédigée pour moi.

Xavier ne tient plus, il me désigne d'un geste de la main :

– Je te présente Estelle Montaigne, médecin à Sainte-Anne… Vous avez fait une partie de vos études ensemble, je crois ?

Josselin a envie de jouer de son amnésie temporaire et susurre :

– La charmante personne que j'ai sous les yeux ne peut pas être l'étudiante boutonneuse que j'ai connue sur les bancs de la fac… Allez, présente-moi ta délicieuse amie que tu m'as cachée jusqu'à présent !

D'un coup d'œil cabot, il me suggère de jouer le jeu, semblant apprécier le malaise qu'il sent monter chez Xavier qui nous dévisage tour à tour à la recherche de ce qui lui échappe. Mon air faussement contrarié de femme vexée l'incite à élucider le mystère au plus vite :

– Enfin, Joss, tu penses bien que ce n'est pas le moment de te monter un bateau… Je sais que vous ne vous êtes pas revus depuis des années, mais Estelle n'a pas changé à ce point ?

Xavier m'observe en espérant un geste ou une parole qui permettra à Josselin de m'identifier. Au regard de connivence qui illumine mon visage, il comprend qu'il a été dupé. Il se lève en pestant comme un beau diable :

– Non, mais tu es vraiment infernal, toi ! Je te signale que je n'ai pas dormi de la nuit en imaginant ce qui aurait pu t'arriver et toi, tout ce que tu trouves à faire, c'est te foutre de ma gueule.

Au sourire qu'affiche Josselin, la colère de Xavier se dissipe et il pose la main sur son bras :

– C'est vraiment nul… À peine réveillé, tu cherches à épater la galerie !

Josselin hausse les épaules, son regard fixe le mur blanc en face de lui, un voile de tristesse assombrit son visage.

– Qu'est-ce qu'il me reste d'autre ?

Sa remarque jette un froid.

– Bon, excuse-moi, c'était idiot de m'emporter, mais j'ai eu tellement peur, dit-il, la gorge nouée.

Les yeux brillants, Xavier se lève, fourrage dans un sac de voyage et dépose des magazines sur sa tablette.

– Tiens, ça te changera les idées, ça risque d'être un peu long ici !

Josselin les regarde machinalement et le gratifie d'un sourire destiné à le rassurer, puis se tourne vers moi.

– OK, j'ai exagéré, mais il m'a fallu un peu de temps pour faire le rapprochement avec l'autre Estelle, celle de la fac…

Mes joues s'enflamment sous le regard inquisiteur de Josselin qui me détaille des pieds à la tête, je me sens comme l'animal de foire exhibé sur une place de village.

– Assez parlé de moi, dis-je en toussotant. Comment te sens-tu ?

– Surpris d'être là, parmi vous ! J'espérais retrouver Avana…

– Avana, c'est le prénom de ta femme ?

Il acquiesce en silence et deux sillons brillants se forment au coin de ses yeux, qu'il essuie d'un revers de manche. Se sentant de trop, Xavier nous interrompt :

– Bon, je vous laisse un instant, je vais me chercher un café. Qui en veut ?

Tout en le remerciant, je décline. Il s'éclipse sans un bruit et nous nous retrouvons seuls. Ce tête-à-tête me rend nerveuse. Pour la première fois, j'éprouve la gaucherie d'une débutante. Mais je sens qu'il a besoin de se confier, de justifier son geste.

– Elle avait vingt-huit ans… seulement vingt-huit ans… Elle était enceinte de cinq mois. Un matin, elle est allée nager en mer comme elle le faisait tous les jours, elle s'est noyée… Je m'en voudrai toute ma vie de ne pas avoir su la protéger.

Il se tait un instant, reprend la suite de son récit, et j'hésite à l'interrompre pour ne pas le voir, à peine réveillé, sombrer dans la mélancolie.

– Avana était très sportive. Nous nous étions rencontrés sur un parcours de golf. Mon partenaire s'était désisté au dernier moment et elle attendait son moniteur qui était en retard. J'avais immédiatement repéré cette fleur parmi les fleurs exotiques, d'une grâce aérienne. Elle était si jolie, vêtue d'un short beige et d'une tunique blanche qui faisaient ressortir sa peau dorée et ses grands yeux curieux, couleur ambre. Elle semblait perdue au milieu du grand hall, d'une timidité touchante. Je ne sais pas ce qui m'a pris, je me suis dirigé vers elle, on aurait dit qu'elle m'appelait silencieusement, j'ai proposé de remplacer son professeur. Elle s'est mise à rire en disant que je ne savais pas à quelle difficulté je m'exposais car elle était débutante.

Josselin s'interrompt, observe les murs de la chambre, cherche ses mots :

– Elle avait un sourire irrésistible, j'ai immédiatement compris que je ne pourrais plus jamais me passer d'elle. La leçon a duré toute la matinée, je n'avais pas vu le temps passer. Sa présence avait comblé le vide qui m'habitait depuis des années, c'était une magicienne. Tout est allé très vite ensuite. Quelques semaines après notre rencontre, je lui ai demandé de m'épouser, et nous avons habité une petite maison en bois au bord de la mer. C'était la seule condition qu'elle avait émise à ma demande en mariage, que nous habitions au bord de la mer… Elle était excellente nageuse.

La voix atone de Josselin se mue en une longue plainte qui me glace le sang. Je bondis de ma chaise, le prends par les épaules et le force à me regarder dans les yeux :

– Je sais que c'est injuste, Josselin, mais tu dois avoir confiance en la vie. On n'a pas le droit de renoncer. Garde en toi comme un trésor les merveilleux moments que tu as vécus avec elle.

– Je n'arrive pas à y croire, ajoute-t-il dans un souffle. Parfois j'ai l'impression que je vais ouvrir la porte et qu'elle va me sauter dans les bras avec son rire pétillant. Je l'entends tout le temps qui me parle, qui me guide, qui me conseille… J'avais tellement envie de la retrouver, j'étais prêt à tout.

Je prends sa main pour lui insuffler le courage de traverser de longs mois de deuil, de lutte contre l'illusion de la présence de l'être aimé. Ses épaules se relâchent, les traits de son visage se détendent.

– Tu vas apprendre, lui dis-je, ça paraît impossible pour l'instant, mais tu y parviendras. Je te le promets !

Il ébauche un sourire timide, comme un enfant apaisé par des paroles réconfortantes. Je sais qu'il est pétri de remords. J'ajoute doucement :

– C'était une femme active, une femme moderne. Elle n'allait pas changer sa façon de vivre parce qu'elle attendait un enfant, et tu n'avais pas à intervenir.

– Nous attendions un fils…

Avec un pincement au cœur, je me dis que cette femme devait être exceptionnelle pour avoir su le séduire.

– Merci d'être venue, dit-il avec chaleur, en enfermant doucement ma main dans la sienne, c'est bon de te revoir après toutes ces années.

– Tu sais, c'est un pur hasard si tu as été orienté dans mon service. Les pompiers qui t'ont secouru se sont dirigés vers l'hôpital le plus proche. C'est moi qui vais m'occuper de toi. Je veux dire à titre médical, si tu es d'accord.

Il retire sa main, hésitant, et ce qu'il me dit alors aura une influence capitale sur le cours des événements.

Josselin me dévisage, je suis suspendue à ses lèvres. Je prie pour que Xavier se soit perdu dans les étages, que Nicolas Delambre oublie cette chambre, et que toute infirmière comprenne qu'il est interdit d'y pénétrer jusqu'à nouvel ordre.

– Je vais mal, Estelle…

Je voudrais lui dire que tout dépend de lui, mais il m'en empêche d'un geste de la main, devinant que je vais démonter un à un les arguments qu'il s'est façonnés.

– … Si quelqu'un doit fouiller dans mon cerveau pour savoir ce qui déconne, je ne veux personne d'autre que toi! Tu comprends, personne d'autre. C'est à toi que j'ai pensé quand j'étais au plus mal… juste avant…

Mon cœur bondit dans ma poitrine, je parviens tout juste à lui demander:

– Pourquoi as-tu raccroché sans me dire qui tu étais hier soir?

– J'ai eu honte de revenir dans ta vie pour réclamer de l'aide, vingt ans après t'avoir plantée sur un trottoir…

– Tu trouves que c'est mieux de se retrouver aux urgences? lui dis-je sur un ton courroucé.

– Ce n'est pas aux urgences que je pensais arriver mais à la morgue ! lâche-t-il platement.

Lorsque j'entends la porte s'ouvrir et que je vois Xavier entrer avec un gobelet de café fumant, je comprends à regret que notre tête-à-tête touche à sa fin.

– Ta maman est venue ce matin quand tu dormais, dis-je pour le rassurer, elle a eu un empêchement cet après-midi, elle repassera demain.

Il ébauche une grimace.

– J'aurais préféré ne jamais lui faire une telle peine. Elle doit être dans tous ses états !

Je me garde bien d'émettre le moindre commentaire et me contente de répondre :

– Pour l'instant, pense à toi. Je ferai tout ce que je peux pour t'aider.

– Je sais, Estelle, dit-il avec une intonation plus gaillarde. Tu as toujours fait preuve d'une détermination sans faille. En cours, j'admirais ta rigueur, tes interventions, ton honnêteté, ta générosité…

– Tu m'observais ?

Mon air ébahi le fait rire.

– Et comment ! Tu étais un modèle pour nombre d'entre nous.

– Tu étais bien meilleur élève que moi, ajouté-je interdite, je n'avais pas de quoi pavoiser…

– Justement, l'humilité est encore une de tes qualités, et les notes ne sont pas tout. Ton implication dans le travail prédisait ton dévouement professionnel. Pour une fois, le hasard a bien fait les choses et m'a guidé vers l'unique personne en qui j'ai confiance aujourd'hui.

C'est une déclaration de compétence en bonne et due forme : Josselin compte sur le psychiatre que je suis pour l'aider à passer un cap difficile dans sa vie. Il a la délicatesse de ne pas rappeler que je suis médecin, dans cet hôpital, grâce à lui.

Une question me tourmente alors : avait-il échangé nos copies pour sauver mon avenir ou le sien ?

Dimanche

Au réveil, je suis surprise de ne pas trouver David à mes côtés. Je tâte d'une main la place vide et me souviens qu'il est à Deauville avec notre fils. Lorsque je me lève, l'appartement m'apparaît sinistre. Je n'entends pas les bruits habituels de l'expresso qui s'étire dans un jet de vapeur, les dessins animés provenant de la chambre de Tim, les bagarres imaginaires avec le capitaine Crochet.

La délicieuse sensation de liberté m'a désertée. Les deux hommes de ma vie me manquent déjà, j'ai hâte de les retrouver ce soir. Ils vont rentrer avec du sel dans les cheveux et des étoiles plein les yeux. Surtout Tim. Je devrai veiller à ce qu'il ne retire pas ses chaussures remplies de sable au milieu de la chambre ou qu'il n'oublie pas une serviette mouillée au fond de son sac.

Je pousse un morceau de baguette dans le grille-pain puis j'inspecte le réfrigérateur. Désespérément vide. Je sais d'avance comment je vais occuper ma matinée, les courses deviennent une priorité. Installée sur le tabouret de la cuisine, je mords dans ma tartine tout en tournant les pages d'un magazine économique qui évoque la Grèce dans la tourmente. Les mots « récession », « chômage », « dette publique » sont dans toutes les bouches. L'Europe est en crise, la Grèce est au bord du gouffre. Par association, chez moi, le gouffre évoque moins la politique que la santé de Josselin. Comment va-t-il ce matin ?

Quand je l'ai quitté hier soir, il semblait serein. Je passerai le voir avant d'aller faire des courses. Peut-être y croiserai-je madame sa mère ? Les explications de Xavier à son sujet m'ont ouvert les yeux, je la perçois différemment. Le combat qu'elle a mené pour son mari force mon respect.

J'expédie la lecture du magazine, qui regorge d'informations funestes : chute de la Bourse, risques de fermeture des dernières industries métallurgiques françaises, tangage du secteur bancaire. Mon métier, lui, n'est pas en crise. Plus mes concitoyens vont mal, plus les prescriptions d'anxiolytiques augmentent. Les géants pharmaceutiques ont de beaux jours devant eux. D'ailleurs, les artistes, humoristes et autres marchands de bonheur devraient être remboursés par la Sécurité sociale.

Mes délires m'accompagnent jusque dans la salle de bains et je me glisse sous une douche fraîche pour évacuer mes idées noires. Tandis que je me parfume d'une eau aux fragrances fruitées, un terrible pressentiment m'accable : cette journée ne ressemblera pas aux autres. J'enfile un ensemble de lin blanc, des sandales, je descends prendre ma voiture au sous-sol. Direction l'hôpital. En chemin, je repense à Agathe. Consciente du ridicule de notre dispute, je l'appelle.

Répondeur. Elle a dû boycotter mon numéro. Ça ne m'empêche pas de laisser un message d'excuses. Hors de question qu'un homme nous sépare, quel qu'il soit… Je rappellerai dans la journée.

Dans le couloir gris de l'hôpital, je suis interpellée par Nicolas Delambre :

– Ah, docteur, vous voilà, je voulais vous appeler.

Son visage fermé m'inquiète.

– Il y a eu un problème ?

– Oui… enfin non. Votre ami a eu une crise cette nuit, il s'est mis à hurler, il voulait quitter l'hôpital. J'ai dû lui faire une injection de neuroleptique. Maintenant il dort comme un bébé.

Cette nouvelle me fait l'effet d'un coup de massue. Dans mon envie de le voir renaître à la vie, j'ai commis l'erreur de baisser trop rapidement la dose d'anxiolytiques. Je m'en veux d'avoir été si légère, mais Nicolas ne me laisse pas le temps de me lamenter. Ce qu'il m'apprend me fait dresser les cheveux sur la tête.

C'est avec un air détaché que l'interne me signale la présence, à l'accueil, de deux ambulanciers chargés du transfert de Josselin à l'hôpital Cochin dans le service du professeur Weber.

– Vous étiez au courant ? me demande Nicolas.

J'entends à peine sa question tant je suis secouée. Je me souviens vaguement d'avoir suivi une ambulance et entendu en passant devant le bureau un beau ténébreux en blouse blanche faire du gringue à notre hôtesse d'accueil. Des dizaines de questions affluent et m'empêchent d'écouter ses explications. Je comprends que Mme de Montalban mère est à l'origine de ce transfert. J'interprète mieux sa petite phrase perfide hier lorsqu'elle pensait ne pas me revoir à l'hôpital. Voilà pourquoi elle ne cherchait pas à être aimable avec moi.

Une bouffée de colère m'envahit. Je ne dois pas me disperser. Ma priorité est de gagner du temps. Pour ça, je dois me servir de Nicolas. Je penche la tête sur le côté et pointe sur lui un doigt décidé.

– Avec ce qu'il s'est passé cette nuit, je refuse qu'il quitte Sainte-Anne avant d'avoir subi un scanner crânien. Il faut dépister un éventuel œdème cérébral, dis-je d'un ton autoritaire.

Malheureusement pour Nicolas, j'ai l'intention d'intensifier son calvaire en remettant en cause son diagnostic. Il n'en sera que plus convaincant lorsqu'il expliquera aux ambulanciers les raisons du retard.

– Vous auriez dû m'appeler en urgence. Vous avez peut-être confondu trouble du comportement et crise d'épilepsie, un symptôme précurseur d'un accident vasculaire cérébral provoqué par des lésions dues à la strangulation.

Terrorisé à l'idée d'avoir commis une erreur, il ne conteste pas la possibilité que Josselin ait fait une crise d'épilepsie. Je ne lui laisse pas le temps de réfléchir et assène sèchement :

– Dites aux deux gugusses qui se trémoussent à l'accueil que leur patient doit subir des examens complémentaires. Qu'ils reviennent le chercher dans l'après-midi. Moi je me charge de le conduire en radiologie de toute urgence.

Nicolas accuse le coup et acquiesce à toutes mes directives. Il bafouille quelques mots d'excuse qui se heurtent à mon regard sévère.

– Eh bien, ne restez pas planté là, activez-vous ! dis-je brutalement.

Il ne demande pas son reste et disparaît en courant.

Est-ce l'envie de venir en aide à Josselin qui me fait perdre la tête ? Quelle est cette force qui me pousse à prendre des risques insensés ? Tout cela ne relève-t-il pas plus de l'orgueil que de la compassion ?

J'ai gagné trois ou quatre heures mais qu'en faire ? Si Josselin était éveillé, je pourrais lui expliquer qu'il a tout intérêt à rester dans mon service. Seulement il va dormir jusqu'à ce soir et se retrouver entre les griffes de Weber, qui passe plus de temps à soigner son image qu'à soigner ses patients, et qui cultive les névroses de ses malades pour mieux fidéliser sa clientèle. Depuis quarante ans, il règne sans partage sur la plupart des tics, des TOC et autres syndromes répertoriés. Cette perspective me fait horreur.

Plaider ma cause auprès de la mère de Josselin ne marchera jamais. Je pense à une dernière solution… Lorsque je remonte le couloir d'un pas rapide jusqu'à la chambre de Josselin, je n'hésite plus.

Accepter le transfert de Josselin à Cochin, le livrer à Weber, équivaudrait à l'abandonner. Je ne peux m'y résoudre. Seulement je dois agir avant que les deux ambulanciers le prennent en charge. C'est-à-dire maintenant. Le seul moyen de lui laisser le temps de refaire surface et de choisir dignement son traitement, c'est de l'enlever. Je rassemble ses affaires dans le petit sac de sport qui se trouve au bas de la penderie, je fais un tour rapide dans les couloirs et repère devant la porte d'une chambre un fauteuil roulant. Comme une voleuse, j'attends que les lieux soient déserts avant de l'emprunter en douce. J'alpague un aide-soignant et lui fais part de la nécessité de transporter un patient en radiologie. Il m'aide à asseoir Josselin dans le fauteuil et, voyant sa tête pencher lourdement sur le côté, suggère un chariot pour le déplacer. Il me propose gentiment d'aller en chercher un. J'en profite pour embarquer Josselin et gagner le parking d'un pas assuré, en évitant de croiser le regard des visiteurs.

Je ne me pose plus de questions. Ce que je suis en train de faire est un crime. Il s'agit d'un enlèvement passible d'une peine d'emprisonnement d'au moins vingt ans. Seul le témoignage de Josselin permettra de changer la qualification de cet acte, à condition qu'il soit encore en vie pour le fournir…

J'ouvre la portière passager de mon coupé Audi et remarque dans la voiture voisine un homme qui semble patienter en lisant un journal. Je frappe doucement à la vitre, lui montre Josselin en train de dormir et lui demande s'il veut bien me donner un coup de main pour le transporter. Je le gratifie d'un grand sourire puis m'installe au volant et repose un instant mon front sur mes mains jointes.

« Lâche-toi un peu ! » me reprochait souvent Agathe. Eh bien ça y est. Le drame des timides, c'est que quand ils s'emballent, ils n'ont plus de limites.

J'abaisse le siège de Josselin pour qu'il soit mieux installé, attache sa ceinture de sécurité, observe ses paupières qui s'agitent. Même brisé, les yeux cernés, il dégage un charme aristocratique. Depuis dix-sept ans, il ne s'est pas passé un jour sans que je pense à lui, à la douceur de ses lèvres, à l'intensité de son regard. Les années n'ont fait qu'embellir le souvenir de ce baiser.

Son visage tourné vers moi m'appelle, sa bouche esquisse un sourire, je bénis le Solian qui lui accorde un moment de répit dans son sommeil. Je m'approche doucement et pose mes lèvres sur les siennes. J'enfreins tous les interdits, j'en ai tellement rêvé, juste une fois, une dernière fois… et j'éclate en sanglots.

Un coup sec sur la carrosserie de ma voiture m'interrompt.

– Vous allez bien, madame ? me demande le voisin, inquiet.

Les larmes inondent mes joues. Je dois lui sembler plus sympathique que tout à l'heure car il poursuit :

– Si je peux faire quelque chose pour vous, n'hésitez pas… Je suis là encore un petit moment.

Je renifle des mots de remerciements et dis que je suis heureuse d'avoir retrouvé mon mari pour qui je me suis fait beaucoup de souci. Il hoche la tête, compatissant.

Il n'est pas prudent de rester dans les parages. Je n'ai aucune idée du temps qu'ils vont mettre pour constater la disparition de Josselin. Au moment où je démarre, je fais un petit signe de la main au type d'à coté. Je roule jusqu'à chez moi avec un bourdonnement en fond sonore. Je m'inquiète du pull ou de la robe que je vais prendre, je ne dois pas oublier ma crème solaire, mon rouge à lèvres. Pas une minute je n'aborde les vraies questions. Où emmener Josselin ? Que dire à David qui rentre dans quelques heures ? Vais-je être recherchée par la police ?

Je me gare au sous-sol et abandonne Josselin le temps de rassembler quelques affaires. L'ascenseur me semble d'une lenteur abominable et je pénètre dans l'appartement avec l'étouffante sensation d'y être étrangère. J'écarte les doutes qui se mettent en travers de mon chemin et j'embrasse la photo de Tim. Il comprendra. Il est le bonheur et le soleil de ma vie, rien ne pourra changer cela. J'entre dans sa chambre et rédige un mot que je glisse sous son oreiller pour lui dire combien je l'aime. J'explique aussi que je dois m'absenter pour sauver la vie d'un homme. Je rentre dès que possible. Pour David, je griffonne quelques lignes au dos d'une enveloppe publicitaire et l'exercice me semble plus difficile. Mes doigts se crispent, les mots accrochent le papier. Chaque phrase est un mensonge destiné à rassurer mon mari. La mine du stylo se casse. D'un geste rageur, je le jette sur la table basse et tâtonne fébrilement dans le tiroir d'une commode pour en trouver un autre. En vain. J'abandonne mes recherches, malgré le mot qui se termine brutalement. Je ne peux pas m'éterniser, je fonce dans ma chambre.

Avec sang-froid, je fouille pour retrouver l'argent liquide que nous cachons au milieu du courrier. Dans quelques heures, je serai repérable au moyen de ma carte bleue et de mon portable.

J'irai retirer le maximum autorisé au distributeur qui se trouve au coin de la rue du Commandant-Mouchotte.

À l'instant où je m'apprête à refermer cette boîte à souvenirs, je tombe sur une carte postale de mon amie Liane. Je regarde la date. Cinq ans déjà. Elle m'expliquait avoir troqué ses talons contre des bottes et quitté la capitale pour soigner des animaux autres que des chiens eczémateux, des chats obèses et des canaris ressemblant à des poulets. Le paysage que je découvre au dos, haut lieu de la Résistance française pendant la Seconde Guerre mondiale, m'apparaît comme une solution de repli idéale. Je mets la carte dans ma poche, un sourire aux lèvres.

Avenue du Maine, je fais le plein d'essence. J'achète également des sandwiches et des boissons. Le pompiste me regarde avec les yeux creux de celui qui voit défiler des centaines de clients sans jamais les observer vraiment. Me reconnaîtra-t-il si ma photo est diffusée ce soir au journal télévisé ? Pas sûr, il a l'air plus intéressé par mon coupé Audi qu'il lorgne à travers la vitrine teintée de la boutique. Il faudrait qu'ils diffusent le portrait-robot de la voiture, ils auraient plus de chances d'obtenir son témoignage. Peu m'importe, je n'ai pas peur d'être reconnue à Paris.

Je reviens vers la voiture. Josselin dort toujours, il gémit parfois. Il se calme lorsque je pose ma main sur son avant-bras. L'histoire de sa vie me bouleverse, je voudrais tant lui apporter un peu de douceur et de joie de vivre. En le voyant confiné dans l'habitacle étroit, en partance pour une destination inconnue, je ne suis pas certaine d'avoir fait le bon choix, mais il est trop tard pour se poser des questions.

J'emprunte le périphérique, la circulation est fluide en ce dimanche matin, puis je prends l'A6, l'autoroute du soleil dont le nom évoque à lui seul les vacances.

Sur les premiers kilomètres, le paysage monotone n'offre pas d'échappatoire aux pensées qui m'obsèdent. Je monte le son de la radio en espérant que la musique apaisera les tensions qui endolorissent ma nuque. Ce n'est qu'au bout d'une heure que je commence à me détendre. Dans quelques jours, Josselin aura repris possession de ses moyens et mettra fin aux calomnies et aux menaces qui pèseront sur moi. Mon fils sera fier de sa maman. Quant à David, c'est un homme intelligent. Une fois que je me serai acquittée de ma dette, je serai libre. Notre vie pourra reprendre comme avant.

Cette vision optimiste me redonne du courage. Je ressens toutefois le besoin d'être soutenue dans mon entreprise. Je ne connais qu'une personne à qui me confier sans risque. Agathe. Je compose son numéro sans hésiter. À la quatrième sonnerie, elle décroche avec un « allô » qui n'a rien de sympathique.

– C'est Estelle…

– Je sais, répond-elle irritée, je n'ai pas encore effacé ton numéro !

Un instant de silence permet à chacune de nous de faire la part des choses. Le simple son de nos voix semble nous avoir raccrochées au fil invisible qui nous unissait. Il suffisait que l'une de nous veuille bien faire le premier pas.

– Agathe, il faut que je te dise quelque chose d'important.

– Moi aussi, me coupe-t-elle, tout excitée.

– Il se peut que l'on parle de Josselin et de moi ce soir aux infos.

– Qu'est-ce qui se passe ? demande-t-elle, inquiète.

– J'ai enlevé Josselin de l'hôpital !

– Quoi ? hurle-t-elle.

– Je suis certaine qu'il serait mort si je ne l'avais pas fait. Tu ne peux pas savoir ce qu'ils ont organisé…

Mon récit est incompréhensible, déstructuré et ponctué de sanglots. Je parviens finalement à lui faire un compte rendu des événements et je l'entends pousser des « vieille vache » dès que je parle de la mère de Josselin. Je me sens bien mieux après avoir échangé quelques mots.

– Je dois t'avouer une dernière chose, me confie Agathe. Il ne s'est rien passé entre Josselin et moi… Tu as imaginé toute seule la fin de l'histoire, et je n'ai pas démenti !

Cette révélation me fait l'effet d'un choc et j'écrase la pédale de frein d'un coup de pied, ce qui me vaut d'être klaxonnée par la voiture derrière moi. Penaude, je me rabats sur la file de droite et je fais un signe d'excuse au conducteur furieux.

– Tu veux dire que le soir de l'examen, il est seulement passé à l'appartement et il est reparti sans que vous deux…

– Il est resté sur le pas de la porte, on aurait dit qu'il me fuyait !

– Pourquoi m'avoir menti ? demandé-je dans un souffle.

Seul le bruit des pneus qui glissent sur l'asphalte me répond. Je crains que la communication soit coupée.

– Agathe ? Tu es toujours là ?

Elle pousse un grand soupir avant de répondre :

– Je me suis toujours méfiée de Josselin quand nous étions à la fac, le prototype du beau gosse bien élevé, agréable, souriant, serviable… C'était *too much*, il devait cacher quelque chose. Alors quand je l'ai vu te tourner autour ce jour-là, j'ai pensé qu'il allait te mettre en miettes, et j'ai voulu te protéger…

Elle s'interrompt, laisse passer quelques secondes qui me semblent interminables, avant de reprendre d'une voix cassée :

– Mais aussi, je dois reconnaître avoir été jalouse qu'il s'intéresse à toi. Je m'étais entichée de lui comme toutes les bécasses de la promo…

Nouveau silence, puis elle reprend.

– Alors vendredi, j'étais aussi bouleversée que toi de le voir entre la vie et la mort… Et puis tous tes reproches étaient tellement justes… Je me suis trouvée moche… Il fallait que je casse tout jusqu'au bout…

Comment ai-je la force de l'écouter sans crier que je la déteste ? Je sais l'effort que lui coûte la confession de ses travers les plus noirs et je n'ai pas envie de m'attarder sur le passé ou les erreurs qu'elle a pu commettre. Aujourd'hui, tout est différent. Seul l'avenir m'importe. Une question me taraude néanmoins :

– Tu m'aurais rappelée ?

– Non, répond-elle sans hésitation, je n'avais aucun moyen de réparer le mal que je t'ai fait…

– Si ce n'est que ça, je vais te donner l'opportunité de te racheter ! Je vais avoir besoin de toi.

– Vas-y, je t'écoute !

– Je te demande de t'occuper de Tim jusqu'à mon retour. Je ne sais pas combien de temps ça va me prendre. Je compte sur toi pour lui expliquer que je ne m'enfuis pas.

– Mais je n'y connais rien, aux enfants ! rétorque-t-elle, paniquée.

– D'abord, c'est Tim, ce n'est pas n'importe quel enfant, et puis il suffit de l'aimer. Pour le reste, tu apprendras !

Je m'attends à des tergiversations, mais il n'en est rien.

– Merci de me confier ton fils, il ne se rendra même pas compte que tu n'es pas là… Sois prudente de ton côté !

Je balbutie quelques mots de remerciement avant de raccrocher. Je sais qu'Agathe va déployer des trésors d'imagination pour distraire Tim et lui faire oublier mon absence. Elle l'emmènera au zoo, au cirque ou au cinéma, et David veillera sur lui comme il l'a toujours fait.

La route qui se déroule devant moi comme un ruban ouvre de nouvelles perspectives. Les heures défilent dans le silence de mes doutes. Je vois passer Auxerre, Beaune, Mâcon, Lyon. Que nous réserve le bout du chemin ? Comment réagira Liane lorsque je frapperai à sa porte après cinq ans de silence ? Impossible de deviner, mais elle a toujours recueilli les chiens blessés et les chats errants. Ça devrait nous ressembler.

Nous n'allons pas tarder à le savoir, les montagnes bleutées du Vercors pointent leurs crêtes dans le rougeoiement de cette fin d'après-midi et Josselin est sur le point de se réveiller.

Je vois ses paupières s'ouvrir et se refermer à plusieurs reprises tant la luminosité est intense. Je gare la voiture sur un parking qui domine l'Isère. En contrebas, la rivière scintille et serpente entre deux hautes berges. Je descends pour me dégourdir les jambes et laisser le temps à Josselin de rassembler ses esprits.

Quelques minutes plus tard, je le vois s'extirper péniblement de la voiture. Il est en pyjama, pieds nus, et ne paraît pas s'en émouvoir. Il fait des mouvements d'assouplissement, une grimace en massant son cou, et vient me rejoindre sur un banc.

– Où sont les murs de l'hôpital?

J'ai répété des heures durant les premiers mots, ceux qui expliqueraient le mieux mon geste insensé. Il n'a assisté à aucun des événements qui m'ont amenée à prendre la décision de l'enlever. C'est donc avec une extrême prudence que je dois lui faire part de mes doutes au sujet du professeur Weber, en épargnant sa mère. Seulement, les mots ne me viennent pas.

– Le protocole! expulsé-je comme un noyau de cerise que l'on crache au loin. Ils t'auraient gavé comme une oie.

– Sois un peu plus claire, s'il te plaît! dit-il en bâillant.

– Il y avait deux solutions, soit tu partais à Cochin et je ne pouvais plus intervenir dans le protocole des soins, soit je t'enlevais pour surveiller ton traitement.

Les coudes sur les genoux, la tête entre les mains, il semble perplexe.

– Et pourquoi ne pas continuer à me soigner à Sainte-Anne ?

Je secoue la tête.

– Je suis intervenue au moment où on cherchait à te transférer dans un autre hôpital. Comme tu n'étais pas conscient, tu n'étais pas en mesure de t'y opposer.

– Qui a fait cette demande ? Ma mère ?

J'acquiesce. Il perçoit la complexité de la situation et se frotte le visage pour se concentrer.

– Et si j'étais allé à Cochin, que se serait-il passé ?

Il me pousse dans mes retranchements, j'esquive :

– Tu ne m'avais pas dit que j'étais la seule habilitée à farfouiller dans ton cerveau ?

Il m'adresse un sourire radieux.

– Alors c'était le seul moyen, car à Cochin, Weber n'aurait pas partagé la magnifique souris de laboratoire que tu représentes. Il avait déjà sorti sa scie pour te lobotomiser, ajouté-je en me souvenant d'un professeur fou dans un vieux film en noir et blanc.

Josselin fixe sans sourciller les gracieuses courbes du Vercors comme s'il voulait s'imprégner du moindre détail. A-t-il seulement entendu ce que je lui ai dit ?

– Tu as bien fait ! s'exclame-t-il en se levant. Et maintenant, c'est quoi le programme ?

– Tu connais La Chapelle-en-Vercors ?

– Non.

– Tu vas voir, c'est étonnant ! ajouté-je sans savoir à quoi ça ressemble. Tes affaires sont dans le coffre si tu veux te changer.

Nous reprenons la voiture comme s'il n'y avait rien de surprenant à voyager côte à côte. Je respecte le silence dont il semble avoir besoin et mon cœur s'emballe quand il pousse un cri d'émerveillement en découvrant le panorama grandiose des gorges de la Bourne. Avec un bonheur indicible, je constate qu'il n'est pas indifférent à la magie de la création. C'est donc qu'il reste au fond de son âme une étincelle de vie. Je m'arrête sur le côté le temps de décapoter la voiture. En contrebas, un à-pic vertigineux de plusieurs centaines de mètres. Le toit se cabre, se tord puis se range sagement dans un discret chuintement métallique, révélant au-dessus de nos têtes deux parois de calcaire verticales parsemées d'une maigre végétation.

Je redémarre doucement le long de la route creusée dans le roc. La température est douce et nous percevons désormais le tumulte du cours d'eau en contrebas. Un courant d'air frais qui sent le bois et la mousse soulève nos cheveux. Josselin offre son visage au ciel sans nuages.

– On respire mieux qu'à l'hôpital ! dit-il en guise de remerciement.

J'approuve silencieusement. Je viens de recevoir un appel de David auquel je n'ai pas répondu, il doit être rentré de Deauville.

À la sortie des gorges, nous quittons la vertigineuse route à encorbellement pour découvrir un paysage de montagnes et de vallées verdoyantes. Les villages accrochés au versant ensoleillé semblent se repaître de la douceur printanière. Nous dépassons la pancarte annonçant La Chapelle-en-Vercors et découvrons une bourgade nichée au pied d'une abrupte barre rocheuse. Sept cent soixante âmes vivent ici, ça ne devrait pas être difficile de trouver Liane.

La première personne que j'aperçois est un vieux monsieur crevassé comme un glacier, assis sur le rebord d'une fontaine.

Cette figure de proue à l'entrée du village ne ressemble pas aux sirènes homériques. Il m'épie d'un œil de tour de guet. Je m'arrête à sa hauteur et lui demande s'il connaît la maison de mon amie vétérinaire. Mon coupé Audi décapoté le séduit moins qu'il n'a séduit le pompiste parisien, et avant de répondre, il crache une chique brunâtre sur mon enjoliveur en acier inoxydable. Sa lèvre supérieure relevée me menace d'un autre tir ajusté, je recule au fond de mon siège. En réalité, c'est un sourire qu'il nous adresse et il nous désigne le chemin à emprunter. Il m'explique qu'il s'agit de la dernière maison sur la gauche. Il me semble encore percevoir « pas tromper » puis « trepot ». J'en sais suffisamment, et après un « merci infiniment monsieur » qui me vaut encore une lèvre retroussée, je redémarre en espérant trouver une figure moins locale.

L'heure du repas a sonné, les rues sont désertes. Nous croisons seulement le chat du boulanger qui se faufile par un soupirail couvert d'une fine poussière blanche. Un chemin herbeux caresse le ventre de la voiture, une succession de nids-de-poule nous ballottent comme dans un mauvais manège. Un coup d'œil à Josselin me confirme qu'il s'en amuse.

Nous nous garons finalement devant un bâtiment rouge au double toit pentu qui ressemble à un entrepôt de zone industrielle – d'où le « trepot » du vieux monsieur. Adossée à une paroi rocheuse, la maison semble minuscule, avalée par ce géant de pierre qui la domine. Une impression de bout du monde nous saisit dès que nous posons le pied à terre, mais ce qui me surprend plus encore, c'est la pureté cristalline du prélude de Bach qui s'échappe par une porte entrouverte. Josselin, les yeux clos, une main sur la portière, ne bouge pas. Son visage s'éclaire.

Lorsque la dernière note se répercute en écho contre la montagne, la magie disparaît. Cet instant de pur bonheur me réconcilie avec la terre entière. Nous nous regardons comme si nous avions été happés par un rêve, déçus de revenir à la réalité.

Je prends Josselin par la main et nous nous dirigeons vers un hangar aux lourdes portes métalliques. J'ouvre grand mes yeux car la surprise musicale n'est rien à côté du spectacle que nous découvrons.

De dos, un homme assis sur un tabouret joue du piano parmi des milliers de bouteilles d'eau rangées dans des casiers disposés en demi-cercle. Il entame le concerto pour piano de Rachmaninov. Nous retenons notre respiration le temps du morceau. La scène est surréaliste, nous faisons figure d'invités clandestins.

Finalement, l'homme se lève et salue une assistance immobile. Josselin applaudit, je l'imite.

– Ah, vous êtes entrés ! J'ai cru un instant que vous alliez repartir, dit-il en se dirigeant vers nous les bras ouverts. Vous aimez Rachmaninov ?

Je mets un certain temps avant de comprendre qu'il s'adresse à nous.

– C'est surtout votre façon de jouer qui me ravit, dis-je en remarquant son air juvénile.

– Certains trouvent qu'elle reste trop empreinte d'une certaine tradition romantique sans s'être affirmée à travers une palette harmonique plus étendue.

Notre air dubitatif le fait rire aux éclats. Sa bonne humeur me plaît immédiatement.

– En même temps, ce n'est pas votre public qui vous contredira, se permet d'ajouter Josselin en regardant les bouteilles.

Amusé par la remarque, il garde un doigt en l'air avant d'ajouter :

– Détrompez-vous, elles sont beaucoup plus exigeantes que vous ne l'imaginez.

Il couvre le piano d'un drap de coton et allume un ordinateur relié à des enceintes disposées aux quatre coins de l'immense pièce, pour diffuser la *Neuvième Symphonie* de Beethoven.

– Chaque nuit, j'alterne Beethoven et Mozart, me confie-t-il en prenant mon bras comme si nous nous connaissions depuis toujours, mais je crois qu'elles ont une préférence pour Beethoven !

Je regrette de ne pas l'avoir rencontré plus tôt, il aurait été mon patient préféré à Sainte-Anne dans le secteur des longs séjours.

Notre hôte nous fait signe de nous asseoir dans son salon à la décoration rustique, tandis qu'il débouche une bouteille de vin méthode champenoise.

– Moi, c'est Hervé Dutilleul, dit-il en me tendant un verre. Qu'est-ce qui me vaut l'honneur de votre visite ?

J'espère voir surgir Liane, mais après une rapide inspection des lieux qui ne révèle aucune présence féminine, je conclus au célibat de notre homme. Liane n'habite pas ici et ce monsieur m'est étranger. Il me faut expliquer ceci à Josselin qui, quoique n'y comprenant rien, n'en paraît nullement affecté. Que dire à cet inconnu si ce n'est la vérité ? Je toussote pour éclaircir ma voix.

– Je m'appelle Estelle Montaigne et voici Josselin de Montalban, dis-je en le désignant. Je suis une amie de Liane Chambellan, la vétérinaire. J'ai dû me tromper de chemin, je pensais qu'elle habitait ici et nous ne voulions pas vous déranger à une heure aussi tardive.

– Taratata, vous ne me dérangez pas ! fait Hervé avec de gros yeux. En revanche, Liane m'a vendu cette maison voici deux ans. Elle habite désormais le Var. Ça fait un petit moment que vous n'avez pas eu de ses nouvelles, je suppose ?

J'encaisse le coup. J'espérais qu'il m'indiquerait la nouvelle maison de Liane et qu'il nous suffirait de le remercier pour son verre. Josselin me fixe d'un air goguenard, je hausse les épaules, furibonde. Hervé remarque mon embarras.

– Ne vous inquiétez pas, vous êtes mes hôtes pour la nuit. Nanette a préparé un délicieux ragoût de mouton.

– Nanette ?

– Mon employée de maison, elle me bichonne. Allez, on va faire réchauffer tout ça pendant que vous sortez vos affaires de la voiture.

Je bondis sur mes pieds, cette histoire a assez duré.

– Non, c'est gentil, mais on ne va pas vous importuner. Il suffit de nous indiquer un hôtel, ce sera plus simple pour tout le monde.

– Si vous refusez mon offre, j'espère que vous avez prévu une tente parce que vous ne trouverez pas une chambre de libre à trente kilomètres à la ronde. Dans deux jours commence le trek en équipe à travers le Vercors et les hôtels sont pris d'assaut. Il vous reste Grenoble ou Valence.

Je suis épuisée et Josselin n'est pas plus que moi en état de conduire. Je ne le consulte même pas avant de répondre :

– Dans ce cas nous acceptons. C'est très aimable à vous de nous héberger. Ma voiture n'a rien d'un cinq étoiles.

– Je ne l'ai pas vue, mais elle fait un beau bruit. Au ronronnement du moteur, je savais que vous n'étiez pas du village. Personne ici n'a ce genre d'engin.

Il nous avait entendus arriver, voilà pourquoi il ne paraissait pas surpris de nous trouver sur le pas de sa porte. Nous sachant étrangers, il aurait toutefois dû être d'autant plus méfiant.

– Votre maison est toujours ouverte aux visiteurs ?

Tout en parlant, il dresse la table et je l'aide à disposer le couvert. Il me regarde avec une bonté que je n'ai jamais perçue chez quiconque.

– Les gens ne viennent jamais chez moi par hasard… Ne croyez pas une seconde que vous vous êtes perdus. Vous avez été guidés, vous comprendrez mieux pourquoi demain.

Je me demande vraiment à quoi il fait allusion et je suppose qu'il souffre de graves troubles psychologiques pour en venir à jouer de la musique à des bouteilles d'eau, mais je n'ai pas envie d'analyser à cette heure-ci les symptômes d'une pathologie sévère.

– L'un de vous deux est au bord du précipice, il suffit d'un souffle pour qu'il bascule d'un monde à l'autre. C'est pour ça que vous êtes là! L'étincelle de vie, c'est ici qu'elle s'allume… à *la source*!

Comment peut-il savoir ça? A-t-il remarqué les contusions sur le cou de Josselin? Impossible, il a pris la précaution de les dissimuler avec un chèche.

– Un problème? s'enquiert Josselin qui perçoit mon malaise.

– Nullement, répond Hervé, j'expliquais seulement à votre amie que nous nous trouvons sur un site exceptionnel qui offre de puissantes qualités énergétiques de guérison.

Josselin enregistre l'information sans broncher, comme s'il était familier de ce genre de conversation, et me tend mon sac. Je semble la seule à être surprise.

– Une chambre ou deux? demande Hervé en allumant la télévision.

– Deux, je vous prie, ajouté-je, verte de peur.

Il est huit heures tapantes et nous allons assister aux grands titres de l'actualité. Heureusement, Hervé coupe le son au moment où ma photo d'identité apparaît sur un fond d'écran bleu. Je n'entends rien de ce qui se dit et me précipite sur mon téléphone pour le couper.

– Cette fille vous ressemble mais vous êtes plus jolie, sourit Hervé en me détaillant.

Je suis sur le point de défaillir. A-t-il deviné que nous sommes recherchés ? Son attitude continue de me déstabiliser, car au lieu de chercher à savoir de quoi il retourne, il nous guide jusqu'à nos chambres en dédaignant les commentaires de la journaliste. À moins qu'il ait compris la situation et cherche à nous retenir chez lui afin de nous livrer aux policiers qui sont déjà en chemin. Josselin de son côté discute de choses et d'autres, et élude totalement les problèmes en se reposant entièrement sur moi. Ne lui ai-je pas dit qu'il peut me faire confiance ?

À table, Hervé se révèle un hôte attentionné, cultivé et charmant. Notre demande de chambres distinctes ne lui aura pas échappé, ainsi que mon alliance, mais il ne ménage pas ses yeux doux. Ma froideur à son égard finit par le décourager et ses rêves de romance s'évanouissent lorsque je lui assure être follement amoureuse de mon mari. Je ne sais trop à ce stade si je revendique le statut de femme fidèle pour me protéger des assauts d'Hervé ou pour signaler à Josselin qui ne m'a pas posé une seule question que je ne me suis pas morfondue pendant vingt ans.

– Dites-moi, demandé-je pour changer de sujet, pourquoi diffusez-vous de la musique dans votre hangar la nuit quand vous n'êtes pas en mesure de l'écouter ? Si ce n'est pour vous, à qui s'adresse-t-elle ?

– Croyez-vous que nous sommes seuls dans une pièce vide ? demande-t-il en guise de réponse.

Je dois m'en contenter, car il a déjà enchaîné sur la météo en nous conseillant de nous équiper si nous voulons grimper jusqu'au sommet de la roche du Mas qui offre un magnifique point de vue.

Josselin semble s'accommoder de toutes les bizarreries, la plus étonnante de toutes étant pour lui d'être encore en vie. Il m'adresse un gentil signe de la main avant d'entrer dans sa chambre. La perspective de passer une nuit dans la maison d'un inconnu à mi-chemin entre le dandy et le chamane me terrorise.

Après avoir enfilé une chemise de nuit, je me glisse dans le lit. Les bonnes intentions de la journée se sont évanouies avec la pénombre. Je me retrouve seule face à mes angoisses et guette le moindre bruit suspect, à commencer par celui d'une sirène de police, doutant encore de l'intégrité, de la fausse complicité ou de l'apparente légèreté de notre hôte.

Dans la nuit qui m'enserre comme une main invisible, je pense à David et aux interrogations qui doivent l'assaillir depuis qu'il a trouvé la lettre dans la cuisine. Je me sens coupable de ne pas le rassurer, mais je suis incapable d'agir autrement pour l'instant. Mon silence est la meilleure des protections, j'espère qu'il saura comprendre.

Incapable de trouver le sommeil, obnubilée par la crainte d'entendre à tout instant tomber la chaise que j'ai calée contre la porte, je me tourne et me retourne dans le lit. Ne tenant plus, je me lève à pas feutrés, entrouvre la porte et passe plusieurs secondes à sonder la nuit. Tout est calme, seuls les battements de mon cœur résonnent dans ma tête. Je me dirige vers la chambre de Josselin, frappe doucement, sans obtenir de réponse. Pas étonnant avec le traitement qu'il prend.

J'entre, et me sens immédiatement rassérénée par sa présence. Sans hésiter, je pénètre dans la pièce sombre et me coule sous les draps tout contre lui. Il pousse quelques grognements dans son sommeil, mais je sais qu'il ne découvrira rien de mon intrusion. Il me suffira de regagner ma chambre avant l'aube. La chaleur de son corps contre le mien me fait oublier jusqu'à ma propre identité.

Lundi

Je sirote tranquillement mon café dans la cuisine éclairée par un rayon de soleil matinal. Hervé a disparu dans le hangar et j'entends la première rotation d'un camion venu charger des casiers d'eau. « La source » n'est pas à prendre seulement au second degré. Josselin se réveille tout juste. À son air groggy, je suppose qu'il n'a pas senti ma présence cette nuit. Tant mieux, j'aurais été gênée d'avoir à me justifier. Rasé de près, il a toutefois une meilleure mine que les jours précédents.

– Alors, le programme aujourd'hui ? me demande-t-il.

– Tu ne penses pas que l'on pourrait informer ta mère et la police que tu n'as pas réellement été enlevé ?

– Tu ne la connais pas… Elle va me harceler jusqu'à ce que je cède à ses caprices et que j'aille consulter le psy de son choix ! Et dans l'immédiat, j'ai besoin d'air…

– Je comprends, dis-je dans un soupir, mais tu n'imagines pas ce à quoi je m'expose. Et pas seulement moi… J'ai un mari et un enfant.

– C'est formidable, parle-moi d'eux ! demande-t-il avec un ton enthousiaste.

Je lui raconte Tim en quelques mots, son caractère, ses amis, ses jeux, en tentant de dissimuler la joie que me procure mon fils.

Comment étaler son bonheur au nez de celui qui a tout perdu ? Et pourtant il me questionne. Il veut tout savoir, à quel âge il a marché, est-ce qu'il sait nager, comment se passe l'école. Il semble vouloir s'approprier à travers moi les rêves de père qui lui ont été ôtés.

Heureusement, l'entrée inopinée d'Hervé me permet de changer de sujet. Je le détaille sans masquer mon étonnement. Il porte un bonnet de chirurgien d'où dépassent ses cheveux mi-longs, un masque qu'il a fait glisser dans son cou, une blouse immaculée, des baskets et un appareil photo en bandoulière. Son front, barré de plis, lui donne un air préoccupé.

– Je vois que vous êtes réveillés. Bien dormi ? demande-t-il. Dès que vous êtes prêts, venez me rejoindre dans l'atelier. Mes travaux devraient vous intéresser.

Il se sert une tasse de café qu'il avale en quelques gorgées et disparaît aussi vite qu'il est arrivé. Qu'allons-nous découvrir dans son atelier ?

Je suis impatiente de suivre Hervé, mais Josselin s'attable et prépare son petit déjeuner. Il beurre ses tartines et prend son temps pour choisir une confiture. Je l'observe avec un vrai plaisir. Sa délectation, ses yeux gourmands, voilà un premier pas vers une renaissance possible. J'en oublie presque que notre homme, mi-artiste, mi-touriste, nous attend en bas.

Le petit déjeuner terminé, nous cherchons Hervé dans le hangar. Hier soir, nous n'avons découvert qu'une partie des locaux de stockage. Par une porte à double battant, nous pénétrons dans une vaste salle dédiée à l'embouteillage. Des dizaines de bouteilles de verre circulent sur des tapis roulants depuis des cuves en inox contenant plusieurs milliers de litres d'une eau qui jaillit naturellement au pied de l'immense barre rocheuse.

– Cette eau a cheminé au cœur d'un parc naturel et n'a rencontré aucune pollution, nous annonce Hervé avec fierté. Pas de traitement chimique ni d'adjonction conformément à la réglementation en vigueur.

À la propreté impeccable du sol et des machines, je constate que son allure bohème contraste avec la stricte application des consignes d'hygiène.

Hervé paraît avoir deviné mes pensées, car il poursuit :

– J'ai installé deux chaînes de production alliant innovation technique et qualité. Le site bénéficie de la certification ISO 9002 et je travaille à l'obtention de la norme écologique 14001. Je préfère utiliser le verre plutôt que le plastique pour la mise en bouteille même si le coût de production est plus élevé. Dans quelque temps j'affinerai l'esthétique de l'emballage : j'ai envie de créer une véritable œuvre d'art. Pour l'instant, on trouve cette eau dans les magasins et coopératives bio, mais j'entends bien qu'elle devienne indispensable sur toutes les bonnes tables.

J'ai conscience des enjeux stratégiques de l'eau dans les années à venir, et en ce sens je trouve la visite de son usine digne d'intérêt. Mais est-ce de cela qu'il voulait nous parler ? Je jette un coup d'œil à Josselin qui a l'air de se passionner pour le moindre roulement à billes. Est-il vraiment captivé par l'univers de l'eau ou tente-t-il d'écarter des pensées qui lui déchirent le cœur ? Lassée par les explications sur ce qui différencie les eaux de source des eaux minérales, et sur la classification des normes de certification qualité, j'interromps abruptement leur conversation :

– Mais le rapport avec la musique dans tout ça ?

Hervé plisse les yeux.

– Je gardais le meilleur pour la fin. Suivez-moi !

Il nous emmène dans son bureau perché sur une mezzanine

de verre et de métal ressemblant à un loft parisien. Aux murs, des photos, des dizaines de photos. Il nous fait asseoir sur des poufs et nous sert une tasse de thé vert.

– Vous n'êtes pas sans savoir que notre corps est composé d'environ 70 % d'eau et que cette proportion varie en fonction de notre âge. Plus qu'un besoin vital, l'eau est une force vitale. Elle est, pour notre corps, comme un véhicule qui transporte l'énergie. Les premières utilisations médicales de l'eau sont apparues dès le XIXe siècle avec Samuel Hahnemann qui invente l'homéopathie. Et encore bien avant lui, Hippocrate reconnaissait les vertus thérapeutiques de l'eau.

En tant que médecin, j'ai toujours abordé l'homéopathie avec scepticisme : les dilutions sont tellement importantes qu'elles en privent la solution de toute substance active. Une dose homéopathique de 10ch correspondrait à une goutte de substance active versée dans l'équivalent des eaux du lac Léman. Je reste fidèle au principe de médecine traditionnelle selon lequel l'effet d'une substance ne dépend que de la quantité administrée. J'écoute donc son introduction d'une oreille polie mais distraite, et par chance Hervé ne paraît pas s'en apercevoir.

– Bien évidemment, je devine votre scepticisme… Vous pensez que la dilution annihile les effets de la substance. Eh bien, vous avez raison, mais en partie seulement ! Car en réalité, ce n'est plus la quantité qui importe, mais l'information de la substance reproduite dans l'eau.

– Tu veux dire que l'eau a la capacité de mémoriser l'information d'un médicament ? demande Josselin, stupéfait, en oubliant le vouvoiement de mise jusqu'alors.

– De la mémoriser et de la reproduire, qu'il s'agisse d'un médicament ou d'une information au sens large du terme ! répond Hervé, ravi de constater qu'il captive son auditoire. L'eau contient la mémoire des animaux qui vivent à son contact, et si nous parvenions à extraire ces informations, nous pourrions lire l'extraordinaire épopée de l'humanité.

– Hervé, c'est passionnant ton exposé, mais je suis médecin et, crois-moi, pour mettre toutes les chances de son côté, rien ne vaut la médecine traditionnelle !

– Lorsque les symptômes sont aigus et ponctuels, je suis de cet avis, mais lorsque les affections sont chroniques et sans gravité excessive, l'univers offre des pistes insoupçonnées. Et puis, de toute façon, pourquoi choisir ? Chaque médecine a ses avantages et ses limites. N'as-tu jamais été confrontée au seuil d'incapacité de cette médecine dont tu prônes les plus grands bienfaits ?

Il me regarde avec acuité, il lit en moi comme dans un livre. Combien de fois ai-je été découragée en pensant que la médication n'était pas la solution à tous les maux ? Comment oublier le regard confiant de Natacha qui, malgré mes attentions et mes ordonnances, n'était jamais parvenue à retrouver l'envie de vivre et avait fini par se jeter dans la Seine ? Je souffle sur le thé brûlant.

– Moi je soigne les esprits ! dis-je pour ne pas entrer dans une discussion qui me met mal à l'aise.

– Et alors, rétorque Hervé à la limite de l'agressivité, te sens-tu dispensée pour autant d'étudier la liste des effets secondaires ?

Je n'aime pas la tournure que prend cette conversation, je n'ai pas traversé la moitié de la France avec les flics aux fesses pour qu'on me fasse la morale. Je le regarde d'un air rancunier avant d'ajouter d'un ton sec :

– La perspective de lire l'histoire de l'humanité dans une goutte d'eau est aussi débile que notre odieuse prétention à croire que l'on peut tout soigner !

– Alors viens voir ! coupe Hervé d'une voix mystérieuse.

D'un bond, Hervé se lève et se dirige vers une porte qui ressemble à l'entrée des blocs opératoires. Il sort d'un placard une épaisse veste matelassée qu'il enfile, nous en donne deux autres, puis nous tend une paire de surchaussures qu'il nous invite à mettre.

– Tu nous emmènes au pôle Nord ?

– C'est à peu près ça ! répond Hervé qui ouvre la porte par laquelle s'échappe un nuage glacé.

Il disparaît dans une vapeur froide. J'espère qu'en plus d'être mélomane et un peu fou, il ne compte pas parmi ses talents celui de boucher équarrisseur qui découpe ses victimes avant de les congeler. L'idée qu'il puisse être aussi givré que la fumée dans laquelle nous nous perdons me traverse l'esprit. Je me retourne et lance un coup d'œil inquiet à Josselin. Une fois la porte refermée, tout se dissipe.

– Voici mon laboratoire ! Il fait moins cinq degrés, d'où les vestes, dit-il avec un regard appuyé dans ma direction.

Je remonte la fermeture éclair jusqu'en haut. La pièce fait une vingtaine de mètres carrés, le sol ainsi que les murs sont carrelés. Là encore, tout est d'une propreté irréprochable. Déconcerté, Josselin passe sa main dans ses cheveux :

– Mais qu'est-ce que tu fabriques avec ce matériel ?

– Toute ma vie est concentrée dans cet espace ! répond Hervé, passionné. Un jour, je suis tombé par hasard sur la controverse relative à la mémoire de l'eau, un thème défendu par Jacques Benveniste, médecin et chercheur à l'Institut de recherche sur le cancer puis à l'Inserm. Durant de nombreuses années, il a été l'un des Français les plus publiés en immunologie, et puis plus rien !

Je suis propulsée au cœur d'un débat scientifique remontant aux années 1990, que je croyais enterré en même temps que son auteur. Je me souviens que Jacques Benveniste s'était attiré les foudres de ses confrères qui l'avaient discrédité après qu'il eut déclaré avoir fait une découverte permettant de confirmer les bases de l'homéopathie. Peu favorable à ce type de médecine, je m'étais ralliée au plus grand nombre. Je regarde Josselin d'un œil torve. Son irruption dans ma vie a-t-elle pour objectif de m'inciter à reconsidérer tout ce que je croyais acquis tant au niveau personnel que professionnel ?

– Je m'en souviens, dit Josselin. Quand Jacques Benveniste a été lâché par la communauté scientifique alors qu'il en était un membre illustre, j'ai été déçu par notre pays. Je peux concevoir qu'on mette en doute des recherches, mais qu'on ait considéré ce grand talent comme un paria, je trouve cela inadmissible.

C'est la première fois que je vois Josselin en colère, et Hervé semble s'en délecter.

– Moi, je vais vous dire ce que je pense, susurre Hervé à mi-voix. Je crois qu'il approchait d'une vérité qui dérange. Ce ne sont jamais les précurseurs qui récoltent les honneurs. Ils doivent au contraire lutter dans une indifférence générale. Et c'est ça, plus que la maladie, qui a tué cet homme. Il a consacré sa vie à sa recherche, il s'est battu jusqu'à épuisement. Il est mort déshonoré…

Hervé peine à terminer sa phrase. Sa tristesse est contagieuse. Nous n'osons plus rien dire. Un grand frisson parcourt mon dos. Je n'avais même pas pris le temps, comme des milliers d'autres médecins, de me pencher sur une question qui pouvait changer la face du monde. Si Jacques Benveniste avait réussi à reproduire à l'identique ses expériences, il aurait révolutionné le monde de l'industrie pharmaceutique. Plus besoin de substances chimiques aux effets secondaires dévastateurs. Qu'en serait-il aujourd'hui de leurs profits mirobolants si les laboratoires venaient à vendre de l'eau améliorée ? C'est Hervé qui poursuit :

– Il proposait une innovation qui allait à l'encontre des stratégies de profit. Ses premières découvertes ont été entachées du discrédit de la communauté scientifique qui s'est acharnée à le réduire au silence. On lui a brisé les ailes en le privant des subsides nécessaires à ses travaux, il a passé les dix dernières années de sa vie dans un Algeco en espérant démontrer ce qu'on cherchait à lui faire oublier. Et vous savez le plus incroyable dans tout ça ?

Hervé baisse la tête, comme s'il portait en lui l'échec d'un homme qu'il n'a pas connu.

– Quand Benveniste s'est rendu compte que ses travaux dérangeaient la communauté scientifique, il a pensé que les homéopathes le soutiendraient financièrement et moralement dans une lutte qui les concernait, puisque l'enjeu était de démontrer l'efficacité de l'homéopathie…

Sa voix devient un murmure, ses paroles ne sont presque plus audibles.

– Et alors ? lance Josselin impatient.

– Il a écrit aux quinze mille homéopathes français en les invitant à lui verser l'équivalent d'une consultation pour qu'il puisse poursuivre ses recherches… Ils ont été trois à lui répondre !

Sa dernière remarque me glace le sang. J'imagine le désespoir et la solitude d'un confrère qui a œuvré avec une petite équipe de fidèles pour faire avancer la médecine. Quelle rage, quelle désillusion de se savoir aux portes d'un progrès médical important et d'assister impuissant à l'anéantissement de tous ses efforts. De façon posthume, je salue le courage de cet homme qui a défié les plus grands.

– Bien ! tonne Hervé. Ne nous laissons pas contaminer par la morosité. Jacques Benveniste nous a laissé un héritage extraordinaire. En novembre 2007, dans une conférence à Lugano en Italie, le professeur Luc Montagnier, devenu depuis prix Nobel de médecine, a accordé sa confiance aux travaux de son confrère en matière de biologie numérique en qualifiant le terrain de « très difficile mais très prometteur ». Il a même déclaré : « Benveniste, finalement… On reconnaîtra qu'il avait raison. »

Hervé retrouve ses yeux pétillants. Il remonte le col de sa veste pour se protéger du froid mordant.

– Il n'aura pas œuvré en vain, ajoute-t-il d'une voix qui a retrouvé tout son dynamisme, car il aura ouvert des perspectives extraordinaires aux chercheurs qui suivent ses traces. J'ai peut-être, à ma façon, apporté une pierre à cet édifice. Si l'on réussit à visualiser la capacité de l'eau à mémoriser une information, les plus sceptiques seront obligés de reconsidérer leur position. Regardez ce que j'ai découvert.

Hervé nous désigne un congélateur. Curieux, nous nous penchons sur la paroi en verre coulissante pour découvrir, un peu déçus, une centaine de boîtes transparentes.

– Ce sont des cristaux d'eau gelée, explique Hervé, indifférent à nos mines déconfites. Je capte de l'eau à différents coins de la planète et je la congèle à raison de cinquante échantillons par prélèvement. Ensuite, une mince pellicule de glace se forme à la surface et des cristaux apparaissent. Avec un éclairage approprié, il me suffit alors de les photographier à l'aide d'un microscope et d'un appareil photo.

Nous tournons la tête vers cet ingénieux assemblage d'appareils qui lui permettent de photographier l'insoupçonnable. Dans un souffle glacé qui me fait frissonner de la tête aux pieds, il ajoute :

– Nous en avons terminé ici, je vais vous montrer ce que ça donne.

Avec soulagement, nous ressortons du laboratoire et reposons nos vestes. J'imagine les heures qu'il a dû passer dans cette ambiance polaire pour n'obtenir que quelques clichés. Une nouvelle fois, il devance ma question :

– J'ai construit cette chambre réfrigérée qui me permet de garder une température constante inférieure à zéro degré pour que les cristaux ne fondent pas le temps que j'ajuste mes appareils. Et j'ai réussi.

Nous le suivons dans son bureau. Il fouille dans un placard et en sort une dizaine de photographies. Toutes représentent des cristaux magnifiques, d'une délicatesse remarquable.

– Chacun de ces cristaux provient d'une source naturelle, d'un lac ou d'un glacier. Tenez, voici de l'eau de Lourdes, celle-ci de Tasmanie, cette autre de Nouvelle-Zélande.

Je suis fascinée par la diversité des cristaux. Certains ressemblent à des joyaux d'orfèvrerie, d'autres à des diamants ou à des pluies d'étoiles assemblées en filaments. La nature est dotée d'une imagination inépuisable. Josselin prend chaque cliché dans ses mains, suit le contour du cristal avec son doigt. À la fin de la démonstration, il émerge comme on sort d'un long sommeil :

– Hervé, dit-il d'une voix tremblante, je croyais que plus rien ne parviendrait jamais à me toucher. Merci du fond du cœur, et Dieu sait si ça vient de loin ! Tu es un magicien parmi les hommes.

Hervé nous gratifie d'un sourire généreux et, quelque peu embarrassé par cette effusion, danse d'un pied sur l'autre comme un gamin qui a reçu un bon point. Soudain, Josselin fait volte-face et s'approche de moi avec cet air mystérieux que je lui connais bien, ce même air avec lequel il a fait chavirer ma vie il y a dix-sept ans, sur un trottoir devant une faculté. Je me recule, affolée, je ne suis pas prête à souffrir à nouveau. Trop tard, il prend mes deux mains, les embrasse doucement l'une après l'autre. Je suis terrifiée, le souvenir douloureux de l'abandon et de la frustration est encore présent.

– Merci aussi, souffle-t-il d'une voix qui me ferait damner, c'est grâce à toi que je suis ici, et je t'en suis infiniment reconnaissant.

Je détourne les yeux, impassible en apparence.

– Vous n'avez rien vu! tonne Hervé qui surgit entre nous comme un trouble-fête.

Josselin le regarde, amusé. Des fossettes se dessinent au coin de sa bouche, son visage a retrouvé une certaine sérénité. Il est divinement beau. Avec le chèche qui dissimule les marques dans son cou, il a tout l'air d'un aviateur des années 1920 s'apprêtant à traverser l'Atlantique.

– Les cristaux que vous venez de voir, reprend Hervé, se sont formés parce qu'ils sont issus d'une eau pure. J'ai fait la même expérience avec des eaux provenant du robinet des grandes villes de notre planète: Paris, Londres, Tokyo. Les cristaux ne prennent pas forme, les substances chimiques que l'on y ajoute empêchent la nature de s'épanouir. Étrangement, de beaux cristaux sont apparus avec des eaux provenant de villes américaines comme Washington, New York ou Vancouver. Ce phénomène peut s'expliquer par leurs efforts dans le traitement de l'eau et le fait qu'ils utilisent des citernes en bois de cèdre.

– C'est magnifique, dis-je, mais je ne vois pas le rapport avec les grands principes de l'homéopathie et de Benveniste.

– J'ai pris cette photo après avoir exposé l'eau à du hard-rock, et voici le résultat!

Il montre un cliché faisant apparaître des cercles concentriques brisés en de nombreux endroits comme si un pavé avait été lancé dans un lac.

– L'eau est sensible aux inflexions de la musique et, lorsqu'elles sont violentes, le cristal ne se forme pas.

Nous sommes stupéfaits. Se moque-t-il de nous ? C'est la première fois que j'entends de tels propos. Comment est-ce possible ? Josselin semble y croire. Moi pas.

– C'est pour cela que tu fais écouter de la musique classique à tes bouteilles d'eau ? demande Josselin au bord du fou rire.

Hervé ne se démonte pas.

– Exactement ! Regardez la beauté des cristaux d'une eau offerte à de la musique classique. Pour celui-ci, c'était la *Cinquième Symphonie* de Beethoven, une merveille de cristal, puis la *Symphonie pastorale* avec une certaine ressemblance, voici « Air on the G string » de Bach, poursuit-il en brandissant la photo d'une succession de cristaux agencés avec la même fluidité que la mélodie. Et pour finir, le prélude en *do* majeur de Bach où la multitude de cristaux ressemble à des gouttelettes d'eau éclairées par le soleil.

Nous sommes incapables de parler. La splendeur des cristaux et la sincérité d'Hervé finissent par avoir raison de mon scepticisme. Pourquoi fournir tant d'efforts si cela ne correspond pas à une stricte vérité ? Il n'est pas prosélyte, il souhaite seulement nous faire partager sa passion.

– Pendant une semaine, je soumets mon eau à un traitement particulier, rien à voir avec des produits chimiques. En diffusant de la musique classique jour et nuit, je parle à l'oreille de la création. Nul doute qu'elle y est sensible et répandra à tous ceux qui la boiront ses effets bienfaiteurs que l'on peut voir à l'œil nu. Imaginez le circuit qu'elle entreprend dans le corps humain en harmonisant chacune de nos cellules avec la perfection d'un chef d'orchestre. Ce n'est pas de l'eau que je vends, c'est l'âme du cosmos !

Hervé termine sa tirade sur la pointe des pieds, le poing collé à la fenêtre, emporté par l'élan de sa conviction. *L'âme du cosmos*, il y va un peu fort, mais ça lui va bien.

Josselin applaudit à tout rompre.

– J'adore ! s'exclame-t-il.

Qui aurait pu imaginer qu'il tomberait sous le charme d'un individu aussi fantasque que notre hôte ? Impossible de trouver personnalités plus dissemblables. Hervé recoiffe ses mèches folles puis me scrute d'un œil suspicieux, sondant les profondeurs de mon incrédulité.

– Tu doutes ?

– C'est presque trop beau pour être vrai, dis-je en me levant de mon siège et en m'approchant de la plante posée sur le bureau. Il suffit de jouer de la musique pour créer le beau ?

– Pas n'importe quelle musique ! Tout dépend de l'émotion que le compositeur aura insufflée à son œuvre. La haine entraînera le chaos des lignes du cristal, l'amour se traduira au contraire par des figures géométriques.

– Tu veux dire que c'est l'intention plus que l'harmonie des notes qui préside à la formation d'un beau cristal ?

– Absolument ! Tout réside dans la vibration qui accompagne la musique ou les mots, qui sont le reflet de notre âme.

Je secoue la tête, comprenant jusqu'où Hervé veut élever notre conscience de l'invisible.

– Tu as fait la même expérience avec des mots ? demandé-je du bout des lèvres.

En brûlant les étapes, j'imagine le monde de demain sans médecins ni médicaments, les remèdes n'étant plus que la formulation d'une pensée positive en accord avec la musique de l'univers.

– Oui. La méthode la plus simple a été la meilleure. Sans musique cette fois, j'ai pris une bouteille d'eau que j'ai entourée d'une feuille de papier sur laquelle j'avais inscrit le mot « amour ». Puis sur une autre bouteille j'ai inscrit le mot « haine ». Tu devines le résultat ?

– Les cristaux étaient superbes quand ils étaient issus de l'eau de la première bouteille et déformés quand ils provenaient de la seconde ?

Hervé me regarde, transporté de joie, comme s'il revivait les premiers instants de cette étonnante découverte.

– Oui, c'est tout à fait ça ! La pureté et le désordre résultent uniquement du pouvoir de l'intention. Jusqu'à présent, même si beaucoup en soupçonnaient l'existence, personne n'avait réussi à prouver les effets positifs ou négatifs de notre pensée.

– Et de cette façon, tu fais le lien avec les travaux de Benveniste ! intervient Josselin.

– Absolument ! J'ai réussi à prouver que l'eau pouvait reproduire une information, qui dans cette expérience était liée à une émotion, mais le principe est le même avec toute information. L'eau, au contact d'une substance active, laisse l'empreinte énergétique de la substance, qui sera tout aussi efficace que l'effet de la substance.

Cette révélation me laisse sans voix. Comment imaginer un seul instant que l'eau puisse « lire » le message contenu sur la feuille de papier ? Cela dépasse l'entendement.

– Je comprends votre surprise, explique Hervé. Pour moi aussi, au début, ce fut difficile de l'accepter, alors que tout mon esprit tendait justement vers la volonté de prouver ce que je ressentais au plus profond de moi.

Il marque une pause pour nous servir une autre tasse de thé puis vient vers moi et m'en offre une en même temps qu'il arbore un petit sourire contrit, comme s'il s'excusait de bouleverser notre appréhension du monde.

– En quelle langue as-tu écrit le message ? demandé-je finalement.

– En français, mais j'ai reproduit l'expérience en anglais puis en japonais, et les résultats ont été identiques. L'eau capte les vibrations des émotions associées aux mots, quelle que soit la langue. Le cristal le plus extraordinaire que j'aie jamais vu est celui qui s'est formé lorsque j'ai écrit « amour et gratitude ». La forme était si parfaite, si aboutie qu'il m'a semblé que la réunion de ces deux mots constituait le pilier de l'univers.

Je pense soudain à David, à qui j'ai écrit « Je t'aime » au dos d'une enveloppe usagée avant de partir. L'émotion que j'ai transmise était-elle sincère à l'instant où je l'écrivais ? Peut-il percevoir toute l'ambiguïté de mes sentiments ? Si je me réfère à ce que je viens d'entendre, son inconscient a immédiatement saisi mon trouble malgré ma lettre qui se voulait rassurante…

– Ces découvertes ouvrent de nouvelles dimensions ! s'exclame Josselin.

– Effectivement. Il faut que nous parvenions à changer notre vision du monde, et les photographies sont un outil idéal pour toucher le cœur des hommes.

Les perspectives sont infinies pour chacun de nous. J'ai envie de changer radicalement mon approche de la médecine en privilégiant davantage le bien-être des patients. Des séances plus dynamiques ou plus relaxantes qui stimulent la joie des petits riens devraient augmenter la fréquence vibratoire de ceux qui sont en déficit. Je ne veux plus me contenter d'une molécule pour soulager mes patients. Il me faut rééquilibrer leur âme.

Je suis stupéfaite d'assimiler immédiatement ces principes. Habituellement, la nouveauté n'est pas mon fort. Je n'aime pas me lancer dans l'inconnu, je n'ai rien d'une pionnière. J'aime le concret, la matière, la certitude, la rigueur mathématique sans les affres de l'expérience. J'ai beaucoup d'admiration pour ceux qui osent franchir un cap, une barrière, un océan, une montagne, quand moi, je préfère ne pas prendre de risques, pour m'éviter des déceptions. C'était mon principe jusqu'à hier.

– As-tu poursuivi cette expérience avec d'autres mots? demande Josselin.

– Évidemment, je n'en suis pas resté là. J'ai utilisé d'autres mots comme «merci», «ange», «diable», «je te tuerai», «tu es belle», «espèce d'idiote»… D'une façon générale, les messages positifs accompagnent des cristaux élégants, tandis que les messages négatifs créent des cristaux déformés. J'en conclus que lorsque le cristal se forme, la vibration est en harmonie avec les lois de l'univers, et inversement.

Peut-être y a-t-il là l'explication du comportement irrationnel que j'ai depuis deux jours. Je me risque à poser une question:

– Tu penses qu'une personne amoureuse modifie son fonctionnement interne? Je me demande si cela a une incidence sur notre fréquence vibratoire…

– Mais ouuuiii! Les sentiments que nous éprouvons pour une personne nous permettent d'élever notre fréquence vibratoire, que nous utilisons rarement à son maximum, voire de la dépasser pour rejoindre celle de l'être aimé. C'est la raison pour laquelle il vaut mieux choisir une belle âme, ajoute Hervé en ramassant les tasses de thé pour les laver.

Puis il ouvre la porte et nous précède dans le couloir et l'escalier.

– Sois amoureuse ! crie-t-il avant de poser le pied sur la dernière marche et de prendre ma main avec galanterie en m'aidant à descendre. Tu n'en seras que plus belle et plus lumineuse.

Son regard qui sonde le mien me fait rougir.

– Tu l'aimes ? demande-t-il abruptement.

– Qui ça ? répliqué-je, affolée.

– Celui auquel tu penses jour et nuit !

Je baisse la tête, rongée par un terrible sentiment de culpabilité qui refait surface à chaque fois que j'imagine m'en être débarrassée. J'ai la certitude que son regard acéré connaît tout de ma situation, de notre cavale, de mes sentiments. Il relève mon menton et m'oblige à le fixer. J'acquiesce en silence, comme si je m'avouais ce que je refuse de tout mon être, submergée par la peur et la honte.

– Aime celui que tu aimes ! Sans restriction, c'est l'essence de la vie, assène-t-il avec certitude tout en se faufilant entre les casiers d'eau. Je vous laisse, les amis, j'ai un rendez-vous. On se retrouve ce soir ? J'ai mis une carte de la région sur la table, je vous conseille l'ascension de la roche du Mas.

Dans mon dos, je sens le regard curieux de Josselin, qui n'a pas perdu une miette de la conversation.

– On peut connaître le nom de l'élu de ton cœur ? demande Josselin, sérieux.

Je suis une nouvelle fois sur le point de tout lui dire, mais ai-je le droit de prendre le risque de le déstabiliser ? Non, pas après les confidences qu'il m'a faites hier sur l'amour qu'il portait à sa femme. Un sursaut de dignité m'étreint, j'efface ce rêve inaccessible qui fait basculer ma raison, et c'est avec un naturel à peine forcé que je souris :

– Je ne t'ai pas parlé de David, mon mari ?

– Oui, bien sûr, ma question était idiote ! répond-il un peu trop précipitamment.

Un voile de tristesse traverse son regard, imperceptible, fugace. L'ai-je vu ou l'ai-je imaginé ? Je ne sais pas, je me méfie de mes interprétations. Josselin redevient lui-même, poli, attentif.

– On va la faire, cette marche ? demandé-je d'une voix faussement enjouée.

Je tiens la carte d'état-major et Josselin porte le sac à dos avec l'eau et les sandwiches. Nous marchons depuis une heure déjà entre pâturages et forêts. À mon grand étonnement, Josselin ne montre aucun signe de fatigue. Il semble s'être remis à une vitesse fulgurante. À Paris, il serait resté au moins cinq jours à l'hôpital avant de pouvoir sortir. Comment expliquer ce regain d'énergie qui lui permet de me devancer largement ? Hervé aurait-il raison d'affirmer que la source est la respiration de la Terre ? Josselin se lance à la conquête de sa liberté, ignorant les ombres qui le guettent.

Il s'arrête régulièrement pour m'attendre, tandis que je franchis un tronc d'arbre en grimaçant. Est-il conscient que le seul obstacle jamais rencontré lors de mes promenades est le château de sable de mon fils sur la plage de Deauville ?

Soudain il pose un doigt sur sa bouche pour m'inviter au silence et me fait signe de le suivre. Nous progressons à ras du sol et, avec d'infinies précautions, approchons d'une clairière baignée de soleil. La frondaison des arbres ondule sous un vent léger. Trois chevreuils paissent une herbe drue. Le martèlement d'un pivert se fait entendre. Josselin hausse les épaules. Je ne comprends pas son air désolé avant de voir les chevreuils s'enfuir en quelques bonds majestueux.

– Comment as-tu su qu'ils allaient partir ? demandé-je, stupéfaite.

– J'ai fait de nombreux treks à Madagascar. Les oiseaux sont la sentinelle de la forêt, leur chant se modifie lorsqu'ils repèrent des intrus, c'est le pivert qui a donné l'alerte.

Josselin se détourne sans plus d'explications. Le souvenir de Madagascar a gommé son sourire neuf. Sans se soucier de moi, il suit la piste empruntée par les chevreuils et dévale un raidillon qui mène à un torrent. Je cours dans ses pas, trébuche, dérape, glisse dans la poussière. Je ne sais pas où il va. Le sait-il lui-même ? Par moments, j'aperçois son visage ravagé par le chagrin, les yeux secs comme le désert d'avoir tant pleuré. Il s'assied sur une roche ronde. Je reste en retrait. Ce moment ne m'appartient pas. J'aimerais extirper sa douleur, la diluer dans l'eau qui coule à ses pieds, la teinter des couleurs du soleil, l'apprivoiser jusqu'à lui demander de partir.

Comment raviver son cœur, illuminer son quotidien, lui dire que je suis là ? Vivante. Il ne me voit pas, il me tolère. Pourrait-il en être autrement ? Et moi, avec mon cœur qui déborde d'un amour nourri par vingt ans de rêves, par autant de fantasmes que de désillusions, parviendrai-je à combattre un fantôme ?

– Je suis un piètre compagnon de voyage ! s'excuse-t-il, le dos voûté.

– Chacun fait comme il peut, dis-je en me retenant de l'enlacer.

Je me sens abattue, abîmée. Sa détresse me contamine. Combien de temps parviendrai-je à faire semblant, à surveiller mes paroles, mes gestes ? Peut-être ai-je présumé de mes forces. Quel orgueil d'avoir pensé le sauver. N'aurait-il pas mieux valu le laisser aux mains d'un médecin impartial ?

Je lève les yeux au ciel en espérant un secours céleste, mais je vois un rapace planer à la recherche d'une proie. Cet oiseau est comme moi, il a le ventre vide. Ce qui me ramène à une réalité plus pragmatique : je meurs de faim. Je m'installe sous un arbre qui diffuse une ombre profonde, et fouille dans mon sac à dos pour en extraire le pique-nique.

– Je ne sais pas ce que tu en penses, mais je crois que c'est l'heure de manger un morceau.

Il acquiesce sans un mot. Je retire mes chaussures, j'ai envie de fraîcheur, et je plonge mes pieds dans le ruisseau en poussant un cri de surprise.

– Elle est gelée, tu devrais essayer. À Madagascar, ça n'existe pas des températures pareilles !

Il esquisse un sourire. J'attrape ma bouteille d'eau, bois quelques gorgées et projette à ses pieds des gouttelettes qui forment une fine pluie étoilée. Il ne bouge pas mais son regard s'anime. Je plonge ma main dans le ruisseau et je mouille le bas de son pantalon. Josselin est amusé. Cette fois, je m'aide d'un gobelet trouvé dans mon sac, le remplit d'eau et lui envoie au visage. Un instant plus tard, un autre gobelet d'eau l'atteint et je m'apprête à recommencer lorsque enfin il bondit sur le côté pour éviter mon tir, ôte ses chaussures, retrousse son pantalon et me rejoint dans le ruisseau. En un rien de temps, il bataille, m'asperge sans retenue. Mes hurlements de rire troublent ce coin paisible transformé en aire de jeux pour adolescents attardés. Essoufflée, je déclare forfait. Nous sommes trempés l'un comme l'autre. Je m'installe sur l'herbe au soleil, les bras en croix.

– Tu devrais retirer ton tee-shirt, tu vas prendre froid, me conseille Josselin en ébouriffant ses cheveux.

– Je n'ai pas de rechange.

Il fouille dans son sac et m'en propose un. Un grand sourire illumine son visage. Ses yeux verts éclairés par le soleil sont sublimes. Je ferme les miens pour cacher mon trouble. Pendant qu'il retire son polo et l'installe sur un buisson pour le faire sécher au soleil, j'enfile son tee-shirt. Il est si large qu'il me sert de robe. Je retourne vers le ruisseau pour récupérer le pique-nique.

– Sandwich au poulet, ça te va?

– Génial! dit-il en s'installant à côté de moi sur la natte.

Je me jette sur mon sandwich pour éviter de penser à autre chose. Mais le torse nu de Josselin, ses épaules larges, sa peau dorée d'avoir vécu sous les tropiques ne me laissent pas indifférente. Quelle idiote. Je me maudis de m'être fourrée dans une situation aussi délicate.

Tout à coup, je pense à ma mère, que j'ai si souvent critiquée en m'érigeant en modèle de vertu. Elle s'est entièrement donnée aux hommes de sa vie au point d'oublier ses propres enfants. Elle nous a élevées, ma sœur et moi, comme on élève des poulets, donnant des graines par-ci par-là. Nous étions censées grandir naturellement avec de l'eau, du soleil et l'amour des membres de la communauté où ma mère avait élu domicile. Mais jamais elle ne m'a accordé un moment de tendresse. Dans ce petit village d'Indre-et-Loire, tout était en partage: le château, les terres, la nourriture, les hommes, les femmes et les enfants. J'étais sa fille comme les autres enfants étaient les siens. Elle s'occupait de moi au même titre que la vingtaine de gamins qui couraient en tous sens. C'était une de ces communautés post-soixante-huitardes qui prônaient la liberté sexuelle. Il y régnait un joyeux bazar où la notion d'interdit était interdite. Les couples à deux, à trois ou plus se faisaient et se défaisaient au gré des saisons, des événements politiques, des départs ou des arrivées. Mon père s'est trouvé être mon père, car il était dans le lit de ma mère quand je suis née. Naturellement, on l'a chargé de déclarer ma naissance à la mairie. Quand on lui a demandé s'il était le père, il a bredouillé quelques mots interprétés comme un oui. Je suis devenue légalement sa fille faute de courage ou d'explications. C'est peu glorieux.

Ma sœur a eu encore moins de chance. À sa naissance, deux ans plus tard, de père inconnu, mon vrai faux père était reparti à Lausanne. Il était fils de banquier suisse. Ses parents avaient toléré son escapade pour faire le tour du monde – tour du monde qui s'était limité à la découverte de Darcy-sur-Indre –, avant de le menacer de le déshériter s'il ne rentrait pas pour occuper le poste qu'ils lui avaient réservé. Il avait assumé ce moment d'égarement en constituant pour moi un plan d'épargne qui m'a permis de faire mes études de médecine. Petite, je passais deux semaines par an chez mes grands-parents dans une belle demeure du XIXe sur les bords du lac Léman. Deux semaines pendant lesquelles je baignais dans un luxe raffiné. Mon père était devenu un homme respectable qui avait troqué sa chemise à fleurs contre un costume trois pièces bien ajusté. Mes grands-parents d'une austérité tout helvétique m'aimaient à leur façon, sans effusion. Si je n'étais pas particulièrement heureuse en leur compagnie, j'avais au moins le sentiment d'être unique, car ils s'efforçaient de me gâter pour compenser l'inconsistance de l'éducation que je pouvais recevoir chez les hippies, comme ils les appelaient.

De retour au château, les bras chargés de chocolat, de bonbons et de gâteaux, je m'employais à distribuer mes trésors avec parcimonie. Au début, ma sœur et moi n'avions pas bien compris pourquoi j'avais un père et pourquoi elle n'en avait pas. Nous vivions mes vacances comme une séparation injuste. Mes grands-parents, qui craignaient de voir débarquer tous « les petits sauvages » de la communauté, avaient cantonné leur générosité à la descendance légale de leur fils.

Plus tard, ma sœur, qui souffrait pourtant autant que moi de cette vie, est partie en Argentine avec quelques membres dissidents fonder une communauté avec de « vraies valeurs », disait-elle. Quant à ma mère, à qui j'ai acheté un petit appartement à Châtellerault pour qu'elle ait un toit, elle réalise, lorsqu'elle est sobre, que l'héritage de ses parents a été englouti dans le château commun revendu à perte. Une fois sa jeunesse, son énergie et son fric pompés, elle a été mise au ban par ceux dont elle vantait autrefois le cœur et les muscles. Toujours à court d'argent, elle se souvient de mon numéro de téléphone, le 10 de chaque mois, quand elle a fini de boire son RMI. J'attends les quelques jours nécessaires pour qu'elle dessaoule et je lui rends une visite de courtoisie. Je remplis son réfrigérateur, ce qui lui permet de manger correctement jusqu'à la fin du mois. Les chats du quartier aussi.

Mon téléphone vibre dans ma poche, je regarde l'écran, c'est David. A-t-il perçu mon désarroi ? Après une courte hésitation, je rejette la communication. J'attends quelques secondes pour finalement écouter son message qui me déchire le cœur.

En écoutant son message, ponctué de mots tendres et attentionnés, je reconnais sa voix chaude qui m'a charmée. Des larmes viennent brouiller ma vue dès la première phrase.

« Salut mon ange, j'espérais avoir de tes nouvelles. Je suis inquiet pour toi. Ici, ce n'est pas facile. Le téléphone sonne toutes les deux secondes, la police est passée… Ils te cherchent partout, l'hôpital a téléphoné quinze fois. Je ne suis pas allé au bureau, je garde Tim. Ce n'est pas raisonnable, ce que tu as fait. Ça te ressemble si peu. Je ne sais pas qui est ce Josselin, tu ne m'en as jamais parlé. Je n'ose pas regarder les infos, j'ai trop peur d'apprendre une mauvaise nouvelle. Quel que soit ton état d'esprit, ce qui m'importe c'est de savoir que tu vas bien. Je pense très fort à toi… Sois prudente. Ah oui, j'allais oublier, j'ai reçu ce matin la visite de Mme de Montalban… Tu te doutes que je m'attendais à tout sauf à ça. Elle était furieuse contre toi, elle a proféré des menaces de toutes sortes. J'ai voulu la mettre dehors, mais elle s'est mise à pleurer. J'étais déstabilisé et je l'ai rassurée en lui expliquant qu'elle n'avait pas à s'inquiéter pour son fils. Elle m'a alors fixé avec un regard que je n'oublierai jamais, et elle a répété que tu n'avais rien compris, que tu faisais une terrible erreur… Je t'aime si fort. Appelle-moi. »

David me manque. Mais pour le moment, je dois soigner mon patient, ne serait-ce qu'en raison de la dette que j'ai envers lui.

J'essuie mes yeux du revers de la main.

– Mauvaises nouvelles ? s'enquiert Josselin.

– Non, rien de grave, quelques ennuis à la maison avec tout ce remue-ménage.

– Je suis désolé que tu te sois mise dans une telle situation.

– C'est que… ta mère est venue chez moi pour questionner mon mari !

– Comment a-t-elle osé ? rugit Josselin.

– Elle a peur pour toi. Je peux la comprendre, avec la malédiction qui pèse sur ta famille. J'en ferais autant pour mon fils.

Josselin se radoucit.

– Elle t'a parlé de cette malédiction ?

– Oui, et je suis contente qu'elle l'ait fait. Ce genre de drame brise les familles. Mais n'oublie jamais qu'une malédiction ne dispose que de la force que tu veux bien lui donner ! Plus tu y crois, plus elle prend corps et se perpétue…

Subitement, Josselin paraît éprouvé par notre conversation. La légèreté de nos jeux d'adolescents s'est évanouie. Il se jette sur son portable.

– Je vais appeler ma mère pour la rassurer, elle nous laissera tranquilles ensuite.

– Nous risquons d'être localisés si nous nous servons du téléphone !

Il secoue la tête.

– N'aie pas peur, j'irai au commissariat le plus proche demain pour régulariser la situation, tu ne seras pas inquiétée.

Lorsque la communication est établie, il s'éloigne d'un pas vif. Je ne perçois que des bribes de conversation. À ses mains qui tranchent l'air à chaque mot, je devine que Josselin tente de garder son calme sous le feu des questions. Quelques minutes plus tard, il revient s'asseoir à côté de moi, le visage blême.

– Voilà, c'est fait. Madame Mère devrait se calmer... Préviens-moi si cela se reproduit, mais j'en doute. Elle se rend toujours compte après coup qu'elle a dépassé les bornes.

Je m'étonne de prendre la défense de cette femme qui est la cause de notre cavale.

– Ce n'est pas si grave, elle a cru bien faire, elle doit être perdue.

Avec violence, Josselin attrape mon poignet, et les restes de mon club-poulet s'éparpillent dans l'herbe.

– Tu n'as aucune idée de ce dont elle est capable. Elle voudrait me tenir en laisse !

Je pousse un cri de surprise et de douleur.

– Je suis désolé, elle me rend fou ! sourit-il en me relâchant pour embrasser ma main.

Ses yeux devenus gris suivent le sillon neigeux d'un avion.

– Tu as dû te demander pendant des années ce qui avait bien pu me passer par la tête pour que j'échange nos copies le jour de cet examen...

Je hausse les yeux au ciel.

Josselin s'empare de la bouteille d'eau et boit de longues gorgées, comme pour retarder le moment des explications.

– Quand mon père est décédé, ma mère est devenue ma priorité. Je voulais être médecin pour lui rendre ce que la mort lui avait pris, pour qu'elle soit à l'abri du besoin.

– Mais vous aviez une fortune personnelle qui vous soulageait de tout souci financier, non ?

– Non, mes parents étaient à l'aise, comme on dit, mais sans plus. Papa avait des parts dans la clinique où il exerçait, mais son associé a bidouillé les comptes et créé un déficit lui permettant de racheter ses parts pour une bouchée de pain. J'ai détesté cet homme qui faisait pleurer ma mère tous les soirs. Il la harcelait au téléphone en expliquant qu'elle devait être raisonnable et vendre tant que ça valait encore quelque chose. J'aurais donné n'importe quoi pour résoudre ses problèmes.

– Ton père n'avait pas souscrit une assurance-vie ?

– Si, mais il s'est écoulé plusieurs mois avant qu'ils acceptent de verser le capital, car une partie était basée sur l'évaluation des parts de la clinique et ma mère en contestait la valeur. Au terme d'une longue bataille juridique, ils ont accepté d'opérer un premier versement, puis un deuxième. Tout a fini par entrer dans l'ordre. La sous-évaluation des parts de la clinique n'aura pas porté chance à l'ancien associé de mon père qui est mort quelques années plus tard. Ce n'était que justice, glisse-t-il entre ses dents, le poing serré.

Je comprends mieux la rage et l'énergie développées pour ressembler à ce père disparu trop tôt. Moi qui avais vu en Josselin le prototype du gosse de riche gâté par la vie…

– Comment avez-vous fait pour tenir jusqu'au premier versement de l'assurance ?

– Je ne sais pas trop, c'était une période difficile. Maman disait qu'elle se débrouillait, mais je me souviens qu'elle était soucieuse.

– Elle n'avait pas de la famille qui pouvait l'aider ?

– Ma mère a été recueillie par des sœurs sur les marches d'un orphelinat en Italie. Elle avait deux semaines. C'était le jour de la Sainte-Thérèse, elles l'ont appelée Tess.

Je reste bouche bée. J'imagine les sœurs tirant le diable par la queue pour trouver quelque chose à mettre dans l'assiette de ces pauvres gosses qui devaient manquer de tout après guerre. Pourtant, son attitude m'échappe toujours. Elle devrait adorer son fils unique et accepter l'aide que je lui propose.

Certes, Tess de Montalban a immédiatement développé une aversion à mon égard, mais je soupçonne qu'elle cache autre chose. Reste à savoir quoi. Il faut que je raisonne selon sa logique à elle. Elle a très rapidement été contrariée par ma présence et déroutée par mon obstination à vouloir m'occuper de Josselin. En quoi pouvais-je être un obstacle à sa guérison ? Je me remémore les entretiens avec elle. Tess est arrivée à l'hôpital, froide et méprisante. L'après-midi, après lui avoir fait part de mon souhait d'examiner la chambre de Josselin, je l'ai remerciée de m'avoir autorisée à plonger dans leur passé. Elle s'est immédiatement métamorphosée, son visage s'est déformé, et elle s'est précipitée sur le téléphone pour appeler son ami psychiatre, le professeur Weber.

Soudain, tout s'éclaire. Ce qui contrarie Tess de Montalban n'est pas que je veuille soigner son fils, mais que je remue le passé. Craint-elle que j'exhume un élément représentant un danger pour son fils ? J'échafaude toutes sortes d'hypothèses et n'entends pas Josselin me parler. Il insiste :

– Tu sembles ailleurs, tu ne veux pas savoir la suite ?

Sa question me ramène au sujet initial de notre conversation : l'échange des copies.

– Si, bien sûr, mais tout ce que tu m'expliques aurait dû t'encourager à poursuivre tes études de médecine jusqu'au bout. Que s'est-il passé ce jour-là ?

Josselin me fixe avec intensité, son sourire éclatant me bouleverse.

– Lorsque je t'ai vue pleurer à l'examen, j'ai compris que c'était ta vocation. Tu avais réellement envie de soigner les gens. Moi pas. Mon objectif était de ressembler à mon père, d'offrir à ma mère cette vie de princesse qu'elle avait connue avant l'accident, de la protéger pour toujours des revers de fortune. Et ce jour-là, j'ai réalisé que je commettais une terrible erreur. Je ne possédais pas cette vocation. Tout était dit ! Il fallait que je commence enfin à vivre ma vie, ma vraie vie. C'était comme si on venait de me greffer des yeux neufs et que j'observais ce qui m'entourait pour la première fois. Mon univers m'est soudain apparu trop petit, étouffant… La salle d'examen parquetée est devenue une prison, la vie m'attendait ailleurs. Je n'avais eu de cesse de me construire des barrières pour rester aux côtés de ma mère. Je t'ai alors regardée une dernière fois, j'ai vu que ton monde à toi s'écroulait aussi. Il fallait saisir ma chance en te donnant la tienne, t'aider à devenir celle qui sauverait mon avenir.

Sa voix disparaît dans le souffle du vent. Son aveu me poignarde comme un couteau. J'ai tant espéré que son geste lui avait été dicté par les sentiments qu'il nourrissait à mon égard. Comment avais-je pu être aussi idiote ?

– C'est aussi simple que ça… Tu t'es servi de moi ? glissé-je, les lèvres tremblantes.

– Ce raccourci ne résume pas ma pensée ! rétorque Josselin, indigné.

– Tu viens pourtant de dire que tu m'as aidée à devenir « celle qui sauverait ton avenir ». Tu savais que tu aurais besoin de moi, tu as tout calculé depuis le premier jour ! C'est odieux !

Sa bouche se crispe, sa pâleur m'effraie. Il répond finalement :

– Tu déformes complètement mes propos… Le jour de cet examen, j'avais le pouvoir de modifier le cours de nos existences et je m'en suis servi. Tu aurais préféré moisir dans un hôpital de campagne ?

– Peut-être, au moins j'étais seule responsable de mon échec ! Je ne méritais pas ce diplôme, j'ai usurpé une place qui ne me revenait pas.

Josselin se lève, longe le ruisseau, puis revient sur ses pas.

– Tu étais une des meilleures étudiantes de cette université et tu as manqué de chance ce jour-là. Tu méritais cette place plus que n'importe qui. Quant à moi, j'ai toujours su que j'étais condamné. Les mauvaises fées se sont penchées sur mon berceau à ma naissance. Alors j'ai passé un contrat comme on pactise avec le diable : ton avenir contre le mien ! Tu étais la seule, Estelle, la seule qui pouvait faire quelque chose pour moi. Je l'ai tout de suite senti. Sous tes airs de bigote, il y avait une jeune fille originale et curieuse qui ne demandait qu'à se libérer pour devenir la psychiatre géniale qui a aujourd'hui le pouvoir d'inverser le cours de mon histoire. Je n'ai pas triché, Estelle, j'ai réuni nos destins. Je ne me suis pas servi de toi, j'ai sublimé tes compétences. Tu possédais tout cela, il te manquait seulement le temps de le réaliser. Aujourd'hui, c'est à toi de décider, comme j'ai eu à le faire il y a dix-sept ans.

Je dois remettre de l'ordre dans mes pensées, cesser d'imaginer qu'il va me prendre dans ses bras, susurrer au creux de mon oreille qu'il m'aime comme un fou, défaire mes cheveux et enfouir son visage dans le parfum de mon cou, me tenir serrée contre lui… Tout cela n'est qu'une folle chimère. La réalité est tout autre : je suis médecin et Josselin a besoin d'aide. Il vient de l'exprimer clairement. Il me suffit d'empêcher mon cœur de s'emballer pour de vaines cavalcades, d'ignorer son charme, ses épaules, ses mains puissantes, son parfum poivré. Il me suffit de redevenir celle d'avant Josselin. Je sais faire, ne rien espérer, ne rien ressentir.

Il veut un médecin, il va en avoir un.

Les mots sortent de ma bouche mais semblent venir d'une autre. Piquée au vif, j'ai envie de lui faire payer ses années de silence.

– OK. Tu n'as pas de temps? Moi non plus, ça tombe bien! Ma famille m'attend à Paris et mon abnégation, même pour toi, s'est émoussée avec les années!

Les yeux dans lesquels je lisais de la tendresse il y a un instant me fixent d'un noir d'encre. Je trouve un certain plaisir à le malmener. Sa mâchoire se contracte, il n'apprécie pas. Je poursuis sur le même ton tranchant:

– Je marche si tu acceptes une thérapie par l'hypnose. C'est à prendre ou à laisser!

Que me passe-t-il par la tête au moment où je lui propose ce marché? Dès que je termine ma phrase, je la regrette déjà. Déontologiquement, je suis apte: j'ai suivi un module consacré à l'hypnose. En réalité, j'ai expérimenté cette technique uniquement avec les autres étudiants qui tour à tour étaient praticiens ou cobayes. Autant dire que ça remonte à plusieurs années. S'il accepte, je dois donc lui avouer que je n'ai encore jamais pratiqué l'hypnose. S'il refuse, je dois aller au bout de ma logique et renoncer à le soigner.

Je me mords les lèvres devant sa mine déconfite. Pourquoi cette alternative qui tient du chantage ? J'ai honte de ma navrante conception du serment d'Hippocrate, j'ai juré de « ne pas exploiter le pouvoir hérité des circonstances pour forcer les consciences ». N'est-ce pourtant pas ce que je viens de faire ? C'est indigne d'un médecin. Je suis sur le point de m'excuser quand il annonce calmement :

– Je n'y avais pas pensé mais c'est une excellente suggestion. Il reste trois semaines avant mon quarantième anniversaire, je m'en remets à toi.

À ma grande surprise, il sort une serviette-éponge de son sac, s'allonge dessus et ferme les yeux.

– Mais qu'est-ce que tu fabriques ?

– Ben, tu proposes une séance d'hypnose, non ? Allons-y !

Je suis prise à mon propre piège. J'ai voulu pousser Josselin dans ses retranchements, l'inciter à renoncer en suggérant une technique que beaucoup considèrent comme intrusive. Avec une habileté diabolique, il ne me laisse pas une seconde de plus pour me préparer. A-t-il deviné que je suis une novice qui tente un coup de bluff ? À mon petit jeu, il est le plus fin. Pour gagner quelques précieux instants, je sors mon téléphone de ma poche et le brandis sous son nez.

– Installe-toi, j'ai juste un coup de fil à passer. Après je m'occupe de toi.

– Prends ton temps, je ne suis pas pressé, me rassure-t-il en glissant ses bras sous sa tête en guise d'oreiller, les yeux perdus dans l'immensité du ciel.

Je pianote avec fébrilité le numéro d'Agathe, qui répond à la première sonnerie.

Un homme, costume sombre, teint basané, franchit les portes vitrées de l'hôpital Sainte-Anne d'un pas énergique. Le regard vif, il embrasse le hall d'entrée et se dirige vers l'accueil. Son sourire de composition disparaît lorsqu'il remarque les cinq personnes dans la file d'attente. Après un instant d'hésitation, il se dirige vers l'unité du service de psychiatrie et s'arrête devant chaque porte pour lire les plaques. Un tic nerveux crispe son visage.

Repérant celle du docteur Montaigne, il abaisse la poignée qui résiste. Devant son air contrarié, une aide-soignante se propose de le renseigner :

– On peut vous aider, monsieur ?

– Je cherche le docteur Montaigne.

– Comme tout le monde ! répond la jeune femme, méfiante. Elle s'est absentée. Laissez vos coordonnées à sa secrétaire, troisième porte sur la droite, elle vous rappellera.

L'homme remercie d'un signe de tête et pénètre dans le bureau indiqué. La secrétaire, dont le fessier dépasse dangereusement des bords du fauteuil à roulettes, fronce les sourcils à l'entrée du visiteur. La journée, loin d'être finie, n'a été qu'une succession de contrariétés depuis que le docteur Montaigne s'est fait la belle avec un patient. Sophie repousse d'un doigt potelé le sachet de bonbons sous la pile du courrier et affiche un sourire aux lèvres roses.

– Que puis-je pour vous? s'enquiert-elle d'une voix de guimauve.

– Je voudrais voir le docteur Montaigne.

– Comme tout le monde, soupire Sophie d'un air de diva qui revient sur la scène après le rappel.

– On me l'a déjà dit!

La secrétaire ouvre et ferme les tiroirs de son bureau à la recherche d'une lettre introuvable.

– Désolée, dit-elle en battant des paupières, je ne peux rien pour vous. Il faudra repasser la semaine prochaine.

– On me l'a dit aussi, répond l'homme au costume en contenant son impatience. J'ai besoin de la joindre…

– Et moi donc! glapit la secrétaire.

Elle jette sous les yeux du visiteur une liste de noms à rappeler et un parapheur de courrier à signer. Devant le calme de son interlocuteur, elle plisse les lèvres en signe de confidence.

– Avez-vous vu les informations?

– Comme tout le monde!

– Alors vous devez savoir qu'elle a disparu avec un de ses patients, chuchote Sophie, de peur d'être surprise en prononçant les mots interdits.

– C'est précisément la raison pour laquelle je suis là! murmure le visiteur à son tour.

Vexée d'être imitée, la jeune femme ne peut s'empêcher d'ajouter:

– Qui aurait pu croire ça d'elle? Si professionnelle, si sérieuse. Comme quoi, on donne le bon Dieu sans confession, et puis voilà ce qui arrive… C'est vrai qu'elle est gentille, mais un peu trop péremptoire, toujours à parler de dépendance à la nourriture comme si on faisait exprès de se prendre quarante kilos ! Des donneurs de leçons, ces psys, d'autant que c'est après le décès de ma mère que j'ai pris ce poids…

– J'ai besoin de son numéro de portable ! coupe l'homme, menaçant.

– Impossible ! crie Sophie, horrifiée par l'irruption du chef de clinique dans le bureau.

– Que se passe-t-il ? intervient le docteur Duquesnes, les traits fatigués.

– Ce monsieur cherche à joindre le docteur Montaigne, et je lui ai précisé que c'était impossible avant la semaine prochaine…

– Vous avez bien fait, Sophie. Prenez ses coordonnées, nous le rappellerons dès que le docteur Montaigne sera rentrée de *vacances*, n'est-ce pas ?

Il s'agit de l'explication officielle donnée à toute personne étrangère au service, même si elle contredit les grands titres des journaux télévisés. L'homme saisit le stylo tendu par la secrétaire ainsi que le bloc-notes sur lequel figurent une vingtaine de noms à rappeler. Dos tourné, il griffonne quelques mots en bas de page puis le rend à la secrétaire qui glousse en portant la main à la bouche.

– Un problème ? demande Duquesnes, inquiet.

– Non, non, rien de particulier… Ce monsieur s'appelle comme mon cousin, répond Sophie tout en relisant le message : « Après votre service, métro Glacière. »

La secrétaire glisse une œillade de poule effarouchée. Son cœur s'emballe à l'idée de vivre une palpitante aventure qu'elle s'empressera de raconter sur les réseaux sociaux.

– Vous avez des cousins partout, grommelle Duquesnes en raccompagnant le visiteur dans le couloir.

Sale journée, pense-t-il, les épaules voûtées à la perspective des autres qui s'annonçaient tout aussi difficiles.

– Agathe ? C'est Estelle...

– Enfin, c'est toi ! Mais où es-tu, on est tous morts d'inquiétude. Je retire ce que j'ai pu dire au sujet de ton mari, il est génial dans la gestion de cette crise. J'ai répondu de façon évasive à ses questions, mais sans minorer le risque, histoire qu'il sache à quoi s'attendre ! Il va se battre pour toi...

L'entendre évoquer David et ses manières de gentleman me réchauffe le cœur. Il a été l'homme de toutes les situations, intuitif malgré son intelligence des bilans comptables, généreux malgré son génie des placements fructueux, d'une stabilité à toute épreuve quels que soient les chutes répétées du Dow Jones ou les revers familiaux. Pas de cri, pas de menace ou de sommation. Simplement de la tendresse, du respect, et l'assurance de son soutien.

– Agathe, écoute-moi, je ne peux pas te dire où nous sommes pour l'instant. Ça t'évitera d'avoir à mentir. Mais j'ai besoin de ton aide. Tu te souviens d'Andreï Rospov ? demandé-je.

– Le prof à la fac ?

– Oui, j'ai suivi ses cours d'hypnose pendant ma spécialité. Un Russe qui avait demandé l'asile politique en France. La rumeur dit qu'il travaillait comme psychiatre pour le KGB avant d'être approché par les services du renseignement français qui l'ont exfiltré d'URSS quelques années avant la chute du mur de Berlin. Une histoire incroyable qui ajoutait au magnétisme de la matière qu'il enseignait.

– Où veux-tu en venir ?

– Je… C'est trop long à expliquer. J'ai besoin de son adresse et de son numéro de téléphone… Tu peux faire ça pour moi ?

Agathe siffle dans le téléphone.

– T'as rien de mieux ? Tu te doutes bien que je ne vais pas trouver son nom dans les Pages jaunes sous la rubrique espion à la retraite ?

– C'est bien pour ça que je te demande ce service, sinon je l'aurais fait moi-même…

– Ça va te coûter cher en restos !

Je danse d'un pied sur l'autre à l'idée d'aborder la deuxième requête.

– J'ai autre chose à te demander…

– Dis toujours, mais là vraiment, t'es déjà à ton maximum de crédit avec ton cosaque.

Je déglutis bruyamment, sa plaisanterie n'en est peut-être pas une.

– Tout me laisse penser que Mme de Montalban cherche à m'éloigner de son fils pour que je ne fouille pas dans un passé peu glorieux. J'ai cru comprendre qu'ils ont traversé de graves difficultés financières au moment du décès de son père et qu'il s'est écoulé un an ou deux avant qu'une partie d'une assurance-vie soit versée. Comment ont-ils vécu pendant cette période ? Mystère. Même Josselin ne s'est pas penché sur la question.

– Et ?

– Et je pense qu'elle s'est prostituée pendant cette période et qu'elle est prête à tout pour que son fils continue de l'ignorer.

– Mais t'es complètement dingue !

– C'est vrai, on a du mal à le croire. Ancien mannequin, femme de médecin, mais elle s'est retrouvée sans un sou, ne pouvant plus exercer son métier à cause d'une vilaine cicatrice.

– En quoi ça t'intéresse ? Elle est libre de faire ce qu'elle veut de ses fesses… Tout comme toi, d'ailleurs ! balance Agathe d'un ton sarcastique.

– Elle peut s'envoyer en l'air avec qui elle veut. Seulement sa crainte d'être découverte lui fait prendre des décisions qui mettent la vie de son fils en danger. Il faut que je remonte le cours des événements familiaux pour aider Josselin, et elle me met des bâtons dans les roues. J'ai dû m'enfuir à l'autre bout de la France !

– T'es sur la Côte d'Azur ou dans les Pyrénées ?

– J'ai besoin des relevés bancaires de la famille Montalban à l'époque du drame.

Agathe ricane.

– Et à quoi cela va-t-il te servir ?

– À faire chanter le dragon ! On verra si elle sait faire autre chose que cracher du feu.

Agathe se met à crier :

– Ma pauvre fille, t'es complètement barrée… Si son secret est plus important que le bien-être de son fils, elle sera prête à t'écraser comme un vulgaire insecte.

– Je prends le risque ! C'est d'ailleurs pour cette raison qu'elle ne doit apprendre sous aucun prétexte où nous sommes.

– Je te signale que tu as un enfant, et qu'en matière de chantage, elle est certainement plus douée que toi !

Elle met le doigt sur mon point faible et m'atteint dans ce que j'ai de plus précieux. Il m'est insupportable de penser que mes choix font encourir un quelconque danger à mon fils.

– J'aimerais que tu envoies Tim chez tes parents quelques jours en Alsace. Ils sont adorables avec lui et je suis sûre que tu sauras leur exposer la situation adroitement.

– On s'en souviendra de ta ritournelle amoureuse, grogne Agathe. Bon, il faut que je te laisse. Mon prochain rendez-vous est arrivé…

Je pousse un cri d'effroi avant qu'elle raccroche.

– Agathe, je t'en prie, ce n'est pas tout… Pour les relevés bancaires, j'ai pensé à toi.

– Mais… tu aurais dû t'abstenir!

Ma gorge se noue lorsque je veux lui formuler la plus délicate de mes requêtes. J'inspire un grand coup, m'assure que Josselin ne peut pas m'entendre et toussote avant de poursuivre:

– J'ai besoin que tu t'introduises chez Tess de Montalban pour dérober les relevés bancaires!

La voix grondante dans le téléphone me fait l'effet d'un volcan en éruption. Agathe pousse de tels cris que la moitié de la clinique où elle exerce doit l'avoir entendue.

– Doucement, lui dis-je pour tenter de la calmer.

– Tes neurones ont cramé ou tu as lu trop de livres quand tu étais petite. Je te rappelle que je recouds des fesses et des seins, j'ai pas mon brevet de détective en goguette !

Josselin, les yeux fermés, ne semble pas percevoir mon agitation. Par précaution, je m'éloigne encore d'une dizaine de mètres. J'explique alors à Agathe le plan que j'ai élaboré, auquel j'envisage d'associer Xavier Berthier. Je suis persuadée que pour aider son fidèle copain, il sera prêt à déroger à quelques-uns de ses principes. Quand je décris à Agathe le physique de rugbyman de son futur coéquipier, sa voix s'adoucit et j'obtiens sa promesse d'étudier « la question ». Je compte sur son sens de l'amitié pour qu'elle le contacte.

Nous nous quittons sur des recommandations de prudence pour l'une comme pour l'autre et je compose immédiatement le numéro de Xavier. Je tombe malheureusement sur sa messagerie et m'emploie à lui dresser un tableau rapide de la situation en le suppliant de me faire confiance et en lui annonçant – même si je m'avance un peu – l'appel de mon amie Agathe.

Je raccroche, vidée. J'associe à ma folie toutes les personnes que j'aime. De quel droit j'ose demander à Tim de quitter son univers rassurant, à David de me comprendre, à Agathe de prendre des risques ? Est-ce pour sauver un homme, me libérer d'une dette ou poursuivre un rêve ?

Je reviens lentement vers Josselin, en suivant un chemin qui serpente entre genêts et thym sauvage. À mon passage, les plantes libèrent un parfum épicé qui distrait mon esprit préoccupé. Un exercice de haute voltige m'attend, et ce n'est pas pour me rassurer.

Josselin, les yeux fermés, n'a pas bougé d'un centimètre. Il semble habité par cette force intérieure qui m'impressionnait tant lorsque nous étions étudiants. Quelque chose me chiffonne. C'est bel et bien un homme à bout de force que j'ai trouvé aux urgences. Comment peut-il réussir à dégager un tel élan vital ? Sans doute n'a-t-il nullement besoin de séances de thérapie. Pourquoi, alors, avoir demandé mon aide et accepté l'hypnose ? Pour me piéger ? Je secoue la tête et me mets à rire toute seule. C'est ridicule, cette histoire a réactivé toutes les névroses dont j'espérais m'être débarrassée.

Josselin, qui m'a entendue rire, esquisse à son tour un large sourire.

– Tu sembles bien joyeuse ! Tu as eu de bonnes nouvelles ?

– Ça peut aller, dis-je évasivement, tout en envoyant un texto à David pour le rassurer.

Je m'assieds par terre à côté de Josselin, jambes en tailleur. J'essaie de me remémorer les grands principes de l'hypnose ericksonienne afin de les lui exposer.

– Bon, je crois que nous sommes prêts ! L'hypnose est intéressante parce qu'elle permet des progrès rapides, mais comme tu t'en doutes, elle a aussi ses détracteurs qui mettent en lumière les risques…

– Quels risques ? coupe Josselin, nerveux.

– Ils sont à mon sens uniquement générés par le praticien qui ne respecterait pas le rythme de progression du patient. Contrairement aux idées reçues, l'hypnose ne donne pas les pleins pouvoirs au praticien. Tu évoques uniquement ce que tu veux bien évoquer et tu interromps la séance dès que tu le souhaites. Certaines zones de ton cerveau qui ne sont pas activées en temps ordinaire le seront, et le centre névralgique de la douleur est mis au repos. Elle existe mais n'est pas ressentie. On peut d'ailleurs opérer sous hypnose. Le patient devient un observateur et extrait certains événements traumatisants des recoins obscurs de sa mémoire, comme s'il les contemplait à travers un prisme qui occulte la sensation de peur et de douleur. En revisitant le passé sans crainte, des souvenirs enfouis refont surface et l'histoire personnelle bénéficie d'un éclairage neuf, qui aide à avancer dans la vie.

– Pourquoi n'en as-tu pas fait ton outil de travail ?

À cette question, je sursaute. Si Josselin sait que je n'emploie jamais l'hypnose, c'est qu'il s'est renseigné sur ma méthode de soin ! Auprès de qui et quand ? J'envoie un texto à Agathe. « Josselin t'a-t-il demandé si je pratiquais l'hypnose ? » La réponse ne se fait pas attendre. « Non. Pourquoi ? »

Ma carte de visite ne mentionne pas cette discipline. Il peut tout simplement avoir posé la question à l'hôpital après son admission.

– On dirait que ma question te chiffonne, insiste Josselin le plus calmement du monde.

– Non, dis-je en rangeant mon téléphone dans mon sac dans l'espoir que ce geste masquera mon trouble. C'est juste qu'à mes débuts j'avais une conception conventionnelle de la profession et mettais en doute tout ce qui s'éloignait d'une certaine logique.

– Pourquoi avoir changé d'avis aujourd'hui ?

– Au cours de colloques, j'ai rencontré des confrères qui pratiquaient l'hypnose. J'ai souvent envié leur conviction sans avoir pour autant le courage de modifier mes habitudes.

– Je vais servir de cobaye ? dit-il avec entrain, comme si la confiance qu'il avait placée en moi suffisait à surmonter toutes les difficultés.

Je ne peux m'empêcher de mentir.

– Bien sûr que non, tu n'es heureusement pas mon premier patient !

Josselin me dévisage comme pour me passer au détecteur de mensonge. Je rougis. Je suis certaine qu'il ne me croit pas. Et s'il ne lisait pas dans mes pensées, mais savait ?

Il sait tout de moi. Il sait que je n'ai jamais pratiqué l'hypnose, il sait que je suis mariée, que j'ai un petit garçon, que je passe mes vacances à Deauville… Je comprends mieux pourquoi il ne me pose pas de questions sur ma vie personnelle ou professionnelle. Il possède déjà une mine d'informations. Mon esprit s'emballe et se perd dans les pages d'un vieux livre d'espionnage où le héros relève toutes les habitudes de sa cible avant de prendre contact. Qui est Josselin ? Un agent à la solde du gouvernement français, américain, malgache ?

Le sang bat contre mes tempes, je sens une migraine s'insinuer. Je masse doucement la partie douloureuse, il faut que je me calme. Rien dans ce que Josselin vient de dire ne me permet de conclure qu'il a mené une enquête sur moi. Il s'est cantonné à évoquer l'hypnose et mon absence d'expérience. Tout patient qui prend rendez-vous avec moi a accès à cette information. Pas de quoi s'affoler.

Je remonte le fil du temps jusqu'à notre premier contact téléphonique. Josselin a essayé de me joindre avant sa tentative de suicide, mais a raccroché sans me parler. Dommage. Quelle coïncidence néanmoins qu'il se soit retrouvé dans mon service quelques heures après cet appel.

Je regarde le ciel. Une image précise s'encadre dans le bleu infini. Un film se déroule sous mes yeux, dont l'acteur principal est Josselin. Josselin qui se déplace dans un appartement que je ne connais pas, qui regarde sa montre avec inquiétude, passe de la fenêtre à la cuisine, boit un grand verre d'eau, sort un long couteau, le place sur une petite table basse dans le salon, prépare une corde qu'il sort d'un sac rouge – le même qui lui sert d'appuie-tête aujourd'hui –, l'enroule à la rambarde de la mezzanine, confectionne un nœud, prend une chaise, regarde encore sa montre…

La suite défile comme un cauchemar. Ce que j'y vois me glace, mais ce n'est pas le suicide de Josselin, c'est autre chose, une image insidieuse qui me pénètre comme un corps étranger, une image qui déchire le charme.

Mes jambes se crispent, se tendent brutalement puis s'amollissent, ma tête tourne. Je m'étale le menton dans les herbes piquantes.

Toute la scène s'évanouit en même temps que moi. Le noir envahit l'écran. Combien de temps suis-je restée inconsciente ? Une à deux minutes, pas plus. J'entends une respiration saccadée. Josselin presse une serviette humide sur mon front. Je reprends mes esprits mais je n'ai pas envie de revenir à moi. Je murmure des phrases inaudibles et il s'approche de ma bouche. Son parfum me rappelle tant de souvenirs. Il tapote mes joues avec douceur. Son inquiétude ravive mes sentiments.

– Tu m'as fait peur ! Ça t'arrive souvent ?

Son regard profond efface mes idées noires. Il prend mon visage entre ses mains et dépose un baiser sur mes lèvres qui balbutient des mots d'ivresse. J'ai le cœur en suspens. Mes mains courent sur son torse, ôtent son tee-shirt. Je l'attire à moi.

Josselin se raidit. Il se lève, le visage défait.

– Excuse-moi, dit-il, je ne suis pas prêt. Ce n'est pas que…

Je le coupe d'une voix stridente.

– C'est moi qui suis idiote !

Morte de honte, je brandis le code de déontologie comme on utilise un crucifix devant le diable. L'honneur est sauf. Enfin presque. Je ne sais pas lequel de nous je déteste le plus, moi qui ne suis pas capable de lui faire oublier sa tristesse ou lui dont la fidélité posthume à sa femme commence à m'agacer. Chez d'autres, j'aurais trouvé cette attitude charmante, même honorable… Chez lui, ça relève du handicap.

J'attrape la bouteille d'eau à côté de moi et m'asperge le visage. Je me sens dépassée. Imagination ou flash médiumnique? Je ne me souviens pas de la fin, je me suis évanouie avant que ma mémoire ait inscrit les dernières images. Il me reste seulement une impression floue et désagréablement prégnante.

Je me lève en vacillant. Josselin se précipite pour me soutenir.

– Tout va bien? demande-t-il, les sourcils froncés.

– Oui… Ça va aller, dis-je avec force pour me convaincre.

– Tu en es sûre? On n'est pas obligés de le faire, si tu n'es pas à l'aise avec ça…

Je le rassure d'un hochement de tête. Il relâche son étreinte et me regarde béatement marcher jusqu'au ruisseau.

Quelle crédibilité puis-je accorder à ces perceptions? Je réalise l'impuissance et la solitude de ma condition. Que dire aussi de ma mémoire, cette traîtresse, qui s'est mise en berne au moment capital? Mon cerveau a refusé l'accès à une information que je ne suis pas apte à traiter dans l'immédiat. Ce n'est pas la peine d'insister. Je reviens vers Josselin en tortillant une mèche de cheveux.

– On attaque?

– Certaine?

– Absolument.

Josselin est suspendu à mes lèvres. Je retrouve l'étudiant concentré, attentif. Sa confiance me touche.

– Ta mère a évoqué une malédiction qui s'abat sur les hommes de la famille Montalban. Il faut y mettre fin. Elle pèse au-dessus de toi comme une épée de Damoclès et t'empêche d'envisager un quelconque avenir. Rien d'étonnant à ce que tu aies attenté à tes jours. Les malédictions n'existent pas. Elles prennent naissance par un faisceau de croyances et sont entretenues par des certitudes élevées au rang de preuves. Ton histoire ne doit plus se borner à l'âge auquel sont décédés les hommes de ta famille. Il faut replacer cet élément au cœur d'une histoire plus complète. D'autres réalités vont se greffer jusqu'à désamorcer la force de cette croyance.

Une lueur d'espoir renaît au fond d'un regard qui s'éteignait à mesure que j'évoquais le récit familial.

– Tu comptes t'y prendre comment ?

– Je préfère ne rien dévoiler pour l'instant. Tu risquerais d'introduire des barrages. Ça te convient ?

– Allons-y ! C'est toi le prof ici, ajoute-t-il d'une voix vibrante.

– Installe-toi comme tu l'étais tout à l'heure, cale ta tête le plus confortablement possible, on va commencer.

– On va commencer par la relaxation. Puis il y aura l'étape de l'induction qui te guidera au son de ma voix vers des horizons lointains et reposants. Ensuite, j'approfondirai l'hypnose et on reviendra à la surface par paliers, jusqu'à clore la porte des souvenirs. Voilà, ferme les yeux, inspire et expire profondément plusieurs fois.

Je lui montre la cadence en respirant exagérément.

– C'est bien, continue. Et maintenant, tu imagines que ton corps s'enfonce dans une immense boule de coton. Chaque partie de ton être est enveloppée de douceur. Ton front, tes joues, ton cou se relâchent. Et aussi tes épaules, ton ventre, tes bras, tes jambes. Tes pieds sont légers. Tu te sens bien, comme si tu flottais.

Le visage de Josselin se détend. Je poursuis la relaxation quelques minutes et je m'invite à partager ce moment de paix. Ma voix se fait douce comme la soie.

– Imagine-toi sur une planche de surf au milieu d'une crique de sable blanc. Une nature généreuse et accueillante t'entoure. Tu offres ton visage aux rayons caressants du soleil, tes mains goûtent la douceur de l'eau. Des oiseaux dansent au-dessus de toi en une ronde joyeuse, des nuages dessinent au loin des formes dans le ciel… Je suis toujours là, je veille sur toi et je te protège. Tu te sens bien…

Josselin est réceptif à l'induction. Je me joins à la sérénité qu'il dégage, j'essaie d'oublier mon inexpérience. J'hésite entre le guider rapidement jusqu'au point de contact avec sa douleur ou prendre des chemins de traverse. Le temps est son ennemi. Je le regarde une dernière fois avant d'aller à la rencontre de ses démons.

– Maintenant, je vais compter à rebours et tu plongeras au cœur de toi-même. N'aie aucune crainte, tu es en sécurité. Quel que soit l'endroit où tu iras, il n'y a pas de danger. Dix, neuf, huit… Détends-toi, je suis là… Sept, six, cinq… C'est bien, descends doucement, vois comme la lumière a changé. Quatre, trois… Tu te sens bien, tu as confiance, tu descends encore plus profondément. Deux, un… Tu es un observateur de tes souvenirs.

Josselin semble couler dans des bulles d'oxygène. Je m'invite à cette immersion sous la surface argentée de l'eau, je perçois les rayons du soleil qui ondulent à travers la mouvance des flots. Je pose ma main sur le bras de Josselin afin qu'il sente ma présence et se laisse guider sans retenue.

– Tu peux ouvrir les yeux, dis-je en l'observant avec attention, tu es un petit garçon.

Josselin respire paisiblement. Un sourire se dessine sur ses lèvres.

– Tu as l'air espiègle. Que s'est-il passé ?

– Je suis allongé sur mon lit, je me tords dans tous les sens.

– Tu souffres ? demandé-je doucement.

– Non, je fais semblant d'avoir mal au ventre. C'est l'anniversaire de mon père. La baby-sitter qui me garde doit bientôt arriver. Mes parents sont censés aller au restaurant. En réalité, ma mère a organisé une soirée surprise dans un château avec une centaine d'invités. Je n'ai pas envie de rester seul ici.

Josselin affiche un sourire de collégien, ses yeux pétillent de joie.

– Tes parents ont deviné que tu joues la comédie?

– Non, papa est arrivé en retard comme d'habitude, il est préoccupé et crie beaucoup.

– Qu'est-ce qui le préoccupe? Sa santé?

– Non, tout va bien depuis qu'il a été opéré. C'est grâce à maman, elle lui a donné un rein. D'ailleurs elle a failli mourir à l'hôpital.

Josselin s'agite. Une grimace le défigure. Il pousse un cri. Je touche son épaule.

– Ne t'inquiète pas, Josselin. Tout va bien, ta maman n'est pas en danger. Reviens à la journée de l'anniversaire. Tu observes simplement ce qui se passe, tu n'as rien à craindre.

– Ça fait plusieurs semaines que mes parents se disputent quand mon père rentre tard le soir. Je ne le vois jamais, je suis couché quand j'entends la porte d'entrée s'ouvrir. Ensuite ce sont les cris. Parfois la porte claque à nouveau, il est reparti. Alors je me lève, j'entends ma mère pleurer dans sa chambre et je rentre. Elle s'essuie les yeux, discute joyeusement, comme s'il ne s'était rien passé. Je sens qu'elle a besoin de moi, je vais chercher mon oreiller, mes couvertures et je dors par terre à côté d'elle.

– Ta maman est en colère parce que ton papa travaille trop tard?

Josselin marque une hésitation avant de souffler.

– Non, c'est autre chose.

– De quoi s'agit-il?

Josselin secoue la tête et marmonne des mots indistincts.

– Je ne te comprends pas, Josselin. Tu dois parler de façon audible, dis-je avec fermeté. Sais-tu pourquoi tes parents se disputent ?

– Non.

– Revenons au moment où tu fais croire à tes parents que tu as mal au ventre. Tu voudrais participer à la fête qui est organisée, n'est-ce pas ?

Josselin retrouve une respiration profonde. Il plonge ses yeux dans le bleu du ciel, c'est le moment de l'entraîner plus loin.

– Je souhaite que tu plonges plus encore dans tes souvenirs. Doucement, comme si tu étais un scaphandrier à la découverte du fond des mers. Tu te sens merveilleusement bien, en sécurité absolue.

Il se laisse guider au son de ma voix. Sa bouche s'entrouvre.

– J'entre dans la salle de bains. Maman a des marques sur le bras qu'elle camoufle avec du maquillage. Elle est surprise de me voir, m'assure que tout va bien.

Le visage de Josselin est impassible. Son regard est fixe. Je formule une hypothèse qui peut faire dérailler la séance, mais je prends le risque, car je commence à comprendre que Josselin se sent responsable de la dernière dispute de ses parents et de la mort de son père. S'il n'avait pas simulé un mal de ventre, il ne se serait pas fâché et n'aurait pas bu pour oublier sa mauvaise humeur.

– Tu penses que tout est arrivé par ta faute, c'est ça ?

– Ce n'est pas moi. Il aurait dû m'emmener.

Josselin recommence à s'agiter. Ses jambes se crispent puis tremblent, ses paupières tressautent et son regard prend une expression d'effroi. Il est temps de le sortir de l'hypnose. Poursuivre deviendrait dangereux. Je tente une dernière question.

– Où aurait-il dû t'emmener ?

Sa réponse fait brutalement chuter la température de mon corps comme si j'étais passée d'une baignade dans les eaux chaudes d'un lagon à celles d'une calotte glaciaire.

Je m'attends à ce que Josselin parle de son désir d'accompagner ses parents à l'anniversaire, mais au milieu de ses souvenirs hypnotiques, c'est à tout autre chose qu'il pense.

– Où aurait-il dû t'emmener ?

– En voiture. On serait morts tous les deux.

Un frisson parcourt mon dos. Josselin expulse d'un coup la culpabilité enfouie depuis des années. Il s'agit de sa vérité. Je dois l'accueillir comme un fait qui l'empêche de vivre normalement. Je remonte avec lui par paliers jusqu'à la surface paisible des eaux cristallines et lui fais fermer un à un tous ses souvenirs pour revenir à aujourd'hui.

– Je vais compter lentement jusqu'à dix, tu retrouveras une pleine conscience et tu te sentiras détendu, encore plus détendu qu'avant l'hypnose. Un, deux…

Josselin émerge doucement, se redresse, remue ses pieds et ses mains comme s'il les découvrait, cligne des yeux plusieurs fois et balance sa tête d'une épaule à l'autre pour dégourdir son cou encore endolori.

– Alors ?

– Tu penses qu'il reste encore beaucoup de souvenirs à extirper ? élude Josselin avec une certaine gêne.

– Tu es le seul à connaître la réponse. En réalité, peu importe. À chaque fois, tu te sentiras mieux, plus léger. C'est très important ce qui s'est passé aujourd'hui, tu t'en rends compte ?

Josselin sourit timidement. Le sentiment de culpabilité qui l'étreint ne disparaîtra pas d'un coup mais l'émergence de certains événements oubliés le rendra plus supportable.

– Ça ira, dis-je, plus à mon intention qu'à la sienne, en me levant.

Je suis à la fois exténuée et émerveillée par ce que j'ai ressenti en guidant Josselin dans le flot de ses souvenirs. Suivre pas à pas sa progression dans son intimité la plus profonde est bouleversant. Avoir franchi les limites de l'interdit me grise et enrobe ma conscience d'une sensation inédite, celle des bêtises que je n'ai jamais commises lorsque j'étais enfant, des rebuffades que je n'ai pas connues adolescente, contre une autorité absente.

L'excitation que je ressens de m'être affranchie des bribes d'un passé oppressant s'estompe lorsque je croise le regard de Josselin. Un regard fermé. Hostile. Presque haineux. Très loin de l'homme qui a peuplé mes rêves de velours et de caresses. Des doutes m'assaillent. Ai-je forcé ses confidences ? Suis-je allée trop vite ? M'en veut-il d'avoir été le témoin de ses peurs d'enfant ? Je sens qu'il a besoin d'être seul. Je prétexte une grande fatigue pour lui suggérer de poursuivre sans moi l'ascension de la roche du Mas. Je l'attendrai ici, près du torrent. Il accepte d'un bref signe de tête et prend son sac à dos. Je le regarde s'éloigner avec un goût de sucrerie contrariée dans la bouche. J'espère ne pas m'être trompée à son sujet. Je repense au sac à dos rouge qui contenait la corde. Un vent tiède soulève mes cheveux. Je frissonne malgré la douceur de l'air.

Une fois Josselin parti, je déambule sans but précis entre les taillis. Mes pas me mènent vers un arbre dont la cime conquiert le ciel. Comme si j'attendais que ce chêne centenaire me transmette un peu de sa force, je cherche refuge au creux de ses racines. Je prends plaisir à sentir la rugosité de son écorce, à observer la vie qu'il abrite, à percevoir l'énergie qui fleurit de la terre jusque dans la plus petite de ses feuilles.

Je m'enivre de sa puissance immobile, j'ai l'impression de faire corps avec lui. Ma conscience se fond dans une bulle végétale. Je m'endors avec la conviction que je dois protéger celui dont je veux conquérir le cœur.

J'émerge d'un long rêve où j'ai vu défiler le visage des hommes de ma vie. Mon père, l'éternel absent, les membres masculins de la communauté et leurs regards de convoitise, mes camarades de classe Alphonse et Benoît qui faisaient les pitres pour attirer mon attention. Et cet étudiant en fac de lettres, ce flirt d'un soir dont j'ai oublié le nom, timide et mauvais amant. Et puis David. Et Josselin.

Ou plutôt Josselin et David.

Je regarde l'heure. 16 h 30.

J'ai dormi deux heures. Aucune nouvelle de Josselin. Voir le cadran me renvoie à cette fulgurante image de Josselin consultant sa montre avant de sortir la corde de son sac à dos pour la faire glisser autour du poteau de la mezzanine. Qu'est-ce qui le pousse dans mon rêve à faire ce geste? S'est-il donné un rendez-vous avec la mort? S'est-il dit: «À 21 heures, je me pends»? A-t-il laissé passer l'heure programmée? S'y est-il pris à plusieurs fois avant de faire basculer la chaise sous ses pieds? J'identifie mentalement tous les gestes d'un condamné avant sa propre exécution.

Un détail me trouble. La montre.

Pourquoi ai-je l'impression que ce n'est pas avec la mort qu'il avait rendez-vous?

Adossée contre un mur de la rue Vaneau, entre une boulangerie et une jardinière de géranium-lierre, Agathe attend nerveusement. Sa jambe repliée dévoile à mi-cuisse, entre les pans d'une jupe ouverte, un grain de peau sublime. Les yeux rivés sur son iPhone, elle guette un coup de fil, ignorant les têtes qui se retournent sur elle. Certains passeront à deux ou trois reprises, espérant qu'elle lève enfin les yeux.

Une main ferme l'attrape par le poignet et l'entraîne sans ménagement vers une impasse.

– Mais qu'est-ce que vous faites ! crie Agathe en réalisant que la personne qui lui cisaille le bras n'est autre que l'homme au polo rose avec qui elle a rendez-vous.

Il relâche enfin la tenaille.

– Qu'est-ce que c'est que cet accoutrement ! vocifère Xavier Berthier, indifférent à l'air courroucé d'Agathe qui masse son poignet endolori. Vous ne pouviez pas vous habiller en jean et tee-shirt comme tout le monde ? Et puis les jambes à l'air comme ça… On dirait…

– On dirait quoi ? Une pute ?

– Je n'osais pas le dire !

– Mais vous êtes jaloux, ma parole, susurre Agathe en le dévisageant d'un air moqueur.

– Ne dites pas d'idioties, on ne se connaît pas. Simplement, pour s'introduire en douce chez quelqu'un, on s'habille de façon moins...

– Moins quoi ?

– Moins extravagante.

Agathe lève les yeux au ciel, exaspérée.

– Tout ça pour deux fanfreluches brodées...

– Et le sac Vuitton rose bonbon qu'on verrait de l'espace !

– Cadeau d'Estelle !

– Je m'en moque, je vous demande d'être discrète, sinon vous y allez toute seule.

– Vous n'avez pas le droit de vous défiler, c'est pour votre copain qu'on fait tout ça !

– Oui mais c'est une idée débile de votre copine, je vous signale !

Agathe détourne son regard puis inspecte ses ongles.

– Je vous concède que ce n'est peut-être pas la meilleure idée qu'elle ait eue, mais je lui fais confiance, elle a toujours eu beaucoup d'intuition. Et sans elle, votre... Joss, c'est ça, hein, il serait abêti par les tranquillisants dans un lit d'hôpital. C'est une magicienne, mon amie, et il a beaucoup de chance d'être tombé sur elle.

– Hum.

– Vous pourriez vous excuser au moins, vous m'avez fait mal !

– Je suis désolé, je voulais éviter de nous faire remarquer, grommelle Xavier, visiblement irrité.

– C'est très réussi avec cette altercation en pleine rue. Estelle m'avait prévenue… La délicatesse du rugbyman !

– Ah oui, et elle vous a dit quoi d'autre, votre copine ?

– Secret de femmes… Vous avez les clés ?

Xavier exhume de sa poche un trousseau contenant plusieurs clés, dont une en métal doré joliment ouvragée et imposante.

– Grille du portail ? demande Agathe.

– Ça se pourrait.

– Vous êtes certain que ce sont les bonnes ?

– Elles étaient dans les affaires de Josselin… Venez, on va vérifier ça tout de suite, dit Xavier en glissant cette fois sa main dans celle d'Agathe. Prenons l'air amoureux. Un couple éveille toujours moins les soupçons.

Un sourire aux lèvres, Agathe passe son autre main dans ses boucles brunes. Se prêtant au jeu, elle pose sa tête contre l'épaule dont elle devine les contours sous le tissu. Surpris par cette proximité, Xavier ralentit son pas et la dévisage avec une lueur amusée.

– Vous avez dit amoureux, n'est-ce pas ? Alors il faut que ça y ressemble ! laisse échapper Agathe en riant.

Josselin est parti depuis plus de deux heures. Combien de temps lui faut-il pour gravir la roche du Mas ? Aucune idée, je ne connais ni la région ni le chemin. Consciente du risque que j'ai pris en le poussant à partir seul, je commence à regretter mon idée. S'est-il perdu ? Lui est-il arrivé quelque chose ? La séance d'hypnose l'a peut-être bouleversé au point de ne pas supporter la confrontation avec un passé trop douloureux. Ai-je été trop exigeante pour la première séance ?

Je me lève précipitamment et cours en direction du torrent où j'ai laissé mes affaires. Il est possible qu'il soit passé à côté de moi sans me voir. J'ai peur de tout perdre : Tim, Josselin, David, ma vie, mon métier. Je me vois, menottes aux poignets, devant le cercueil de l'homme que j'ai voulu protéger. Les pires idées fusent dans ma tête tandis que les buissons me griffent les jambes. J'entends enfin le bruit de l'eau et j'arrive à bout de souffle devant le torrent.

Mon sac est là. Rien n'a bougé. La serviette de Josselin est restée au même endroit. Je cherche mon portable pour l'appeler. Au moment où je mets la main dessus, je me déteste. Ma batterie est épuisée. Je rassemble les affaires et décide de rentrer sans plus attendre, en espérant retrouver le chemin du retour. C'est Josselin qui a gardé la carte.

– **Mais qu'est-ce que vous faites ?** hurle Agathe en voyant Xavier appuyer sur l'interphone de Tess de Montalban à moitié caché par du chèvrefeuille au parfum entêtant.

Agathe fusille Xavier du regard.

– Vous êtes devenu complètement fou. On va se faire repérer par tout le quartier. Dépêchez-vous d'ouvrir maintenant.

– C'est le seul moyen de vérifier qu'il n'y a personne, je vous signale !

– Mais je rêve, s'enflamme la jeune femme. Vous m'avez dit que vous aviez envoyé Tess à un rendez-vous en dehors de Paris pour nous laisser fouiller la maison.

– Et je veux aussi m'assurer qu'il s'agit bien du jour de congé de l'employée de maison. Je voudrais éviter que nous nous retrouvions nez à nez avec elle !

Xavier la toise avec l'air de supériorité de celui qui a pensé à tout.

– Bon, ça va maintenant, vous n'allez pas nous laisser dehors deux heures, vous voyez bien qu'il n'y a personne !

Xavier détaille une à une les clés accrochées à un anneau. La lenteur avec laquelle il tente d'en introduire une qui manifestement n'est pas la bonne irrite Agathe qui lui arrache le trousseau des mains.

– On dirait que vous avez décidé de tout saboter ! Vous travaillez pour l'ennemi ou quoi ?

En une fraction de seconde, Agathe choisit la bonne clé et la porte s'ouvre, livrant un passage bordé de massifs de fleurs jaunes et blanches.

– Elle a bon goût, la peau de vache !

– Allons bon, vous n'allez pas imiter votre copine ! Vous ne connaissez rien de cette histoire, alors tâchez de rester en dehors de tout ça et contentez-vous de jouer au détective. À ce propos, vous savez ce que nous cherchons ?

Agathe se fige devant la porte d'entrée et se retourne brutalement vers Xavier en chuchotant.

– C'est très simple. Votre copain est en danger. Si vous êtes là, c'est que vous en avez conscience, alors épargnez-moi votre culpabilité à deux balles. On cherche des relevés de compte. Et maintenant, à votre tour d'ouvrir la porte !

Xavier s'exécute sans un mot. Ils pénètrent dans le hall d'entrée. Salon sur la droite, salle à manger au fond du couloir après l'escalier. Sur la gauche, la cuisine, l'intendance. Un silence oppressant les accueille. Agathe avance d'un pas hésitant vers le séjour, le cœur battant, les sens en alerte.

– Vous entendez ce bruit bizarre ? dit-elle.

– Oui, parfaitement. C'est le sang qui cogne contre vos tempes… Oubliez ça. Le bureau est par ici, ajoute-t-il en montant l'escalier. Et attention à ne pas tomber… Ridicules, vos talons !

– On vous verra à l'œuvre tout à l'heure. Vous ferez peut-être un peu moins le malin quand il s'agira d'être vraiment efficace.

Je reprends en sens inverse le chemin par lequel nous étions montés. Je reconnais sur ma droite ce charme foudroyé, ouvert en deux comme si une hache avait entaillé son cœur jusqu'aux racines. La vie autour semble n'avoir cure de son sort, et sa lente décomposition attire insectes, rongeurs et oiseaux, semant, autour de son tronc, des graines devenues autant de bouquets mortuaires.

Je dévale un sentier abrupt à travers une futaie dense et serrée que le soleil parvient à trouer en de rares endroits. J'ai l'impression de traverser la forêt dans les pas du Petit Chaperon rouge. En compagnie de Josselin, la promenade me semblait bien différente et la nature beaucoup moins hostile.

Me voilà parvenue à la croisée de deux chemins. Suis-je arrivée par la gauche ou par la droite ? Je regarde autour de moi. Des arbres. Des arbres partout. Qui se ressemblent tous. Pas de branche tordue, de cime arrachée, de tronc calciné que j'aurais pu repérer. Ils se tiennent côte à côte, en rang serré, comme autant de croix alignées sur les tombes d'un cimetière militaire. Il faut bien choisir. Je me décide pour celui de droite, je n'ai pas l'intention de moisir ici. J'écarte d'un revers de main les cheveux collants qui tombent dans mes yeux et reprends ma course. Les lanières du sac à dos m'arrachent une grimace de douleur. La petite randonnée se transforme en cauchemar.

Néanmoins, je suis surprise par mon endurance. Je ralentis seulement pour reprendre mon souffle et repars aussitôt, veillant à ne pas m'écarter du sentier étroit. Je reste concentrée sur chaque pas, évitant creux, bosses, pierres et branches mortes qui sont autant d'obstacles à ma progression.

Enfin la forêt semble s'ouvrir, j'entrevois le jour devant moi. Une large clairière inondée de soleil se dessine.

La main sur la poignée de la porte du bureau, Xavier prend une grande inspiration. Agathe l'encourage :

– Seule la vie de Joss compte. N'ayez aucun scrupule, quelles que soient les informations que nous sommes susceptibles de trouver. Si Estelle s'est trompée, nous oublierons ce que nous avons vu, il n'y aura aucune conséquence.

– Vous réalisez les principes que j'enfreins en pénétrant dans le bureau de mon meilleur ami ?

– Ce n'est pas son bureau, c'est celui de sa mère, corrige Agathe en se demandant si elle a n'a pas eu tort de faire appel à lui.

– Josselin ou sa mère, c'est pareil pour moi…

– Vous ne pensez pas qu'on peut remettre cette discussion philosophique à plus tard ? Ça urge, et si vous n'ouvrez pas, c'est moi qui le fais, le coupe Agathe en retirant la main de Xavier de la poignée.

– Que je transgresse les règles les plus élémentaires vous importe peu ? ajoute Xavier.

Entre colère et compassion, Agathe marque un instant d'hésitation. Devant la mine déconfite de Xavier et ses yeux de labrador pris en faute, elle renonce à son tour.

– Vous avez raison, ce n'est pas bien ce que qu'on fait. On dira à Estelle qu'on n'a rien trouvé de particulier, conclut-elle dans un soupir de soulagement, espérant cette fois voir un sourire s'afficher sur le visage de Xavier.

– C'est comme ça que vous vous débarrassez de la mission de votre copine ?

– Mais vous êtes insupportable ! Qu'est-ce que vous voulez, à la fin ? lance-t-elle dans un cri.

Agathe le pousse brutalement sur le côté tandis qu'elle ouvre la porte d'un geste déterminé. Sur le seuil, elle s'immobilise. Stupéfaite.

Xavier, curieux, passe la tête par-dessus son épaule. Le temps semble s'être arrêté, cristallisé dans cette pièce dont chaque détail confirme l'amour de Tess de Montalban pour son mari.

Au mur, de nombreuses photos. Le couple à la plage, au restaurant, avec des amis, en bateau, à la montagne… Sur chacune d'elles, Tess toute proche de lui, les yeux admiratifs ou la main posée sur sa cuisse. Elle ne regarde jamais l'objectif, elle est absorbée dans la contemplation d'une idole. Agathe se tourne vers Xavier.

– Vous étiez déjà entré dans cette pièce ?

Xavier secoue la tête, silencieux.

– Vous en pensez quoi ? ajoute Agathe.

– Ce n'est pas un bureau, c'est un musée !

Impressionnée, Agathe recule d'un pas, écrasant de son talon pointu le pied de Xavier qui laisse échapper un cri de douleur.

– C'est exactement ce que je me disais… Ça me donne la chair de poule, on dirait qu'il est là, qu'il nous observe… Regardez comme il est beau.

Agathe s'est rapprochée du mur, fascinée à son tour par le sourire de cet homme. Puis elle affiche une moue dubitative.

– Regardez cette attitude! dit-elle en désignant Tess sur l'une des photos.

– Eh bien quoi?

– Elle a peur!

Xavier observe plus attentivement.

– Je ne trouve pas, ils semblent au contraire tous décontractés et rient de bon cœur.

– Tous sauf elle! C'est un rictus. Voyez comme son corps est tendu, prêt à bondir. On dirait qu'elle cherche à faire barrage aux autres femmes qui représentent un danger.

– En quoi les autres femmes seraient-elles menaçantes? pouffe Xavier.

– Elles veulent toutes lui piquer son mec. C'est le plus beau et elle le sait.

– Comment pouvez-vous déduire un pareil fatras d'inepties en regardant quelques photos?

Agathe montre son nez en riant.

– Nous les femmes, on a le flair pour ces choses-là.

– Et ça vous avance à quoi de découvrir qu'elle était malheureuse?

– Pour l'instant à rien, mais on ne sait jamais! avoue-t-elle, dépitée.

– Ça ne nous fait pas beaucoup progresser, tout ça! fait Xavier.

Agathe, un peu vexée, garde le silence. Soudain, Xavier se raidit et pose un doigt sur sa bouche pour lui intimer de se taire. D'un bond, il se rapproche de la fenêtre et découvre avec horreur une voiture garée devant le portail. L'élégante Tess en descend.

Je comprends que je n'ai pas choisi le bon chemin. Cette fois, je suis bel et bien perdue. Je m'affaisse au centre de la clairière baignée de lumière, genoux au sol, contre un monolithe de trois mètres de haut dressé vers le ciel. À côté, un fragile bouleau tente d'exister. Épuisée, je repose mon front contre ce roc, y puisant fraîcheur et réconfort. Quels hommes ont taillé et transporté ce géant minéral dans un lieu aussi reculé ? Je suis impressionnée qu'on ait pu consacrer autant d'énergie pour un bloc de pierre.

Par association d'idées, je pense à Josselin. Agonise-t-il au pied d'une muraille escarpée ? S'est-il jeté dans le vide ? Je me déteste d'avoir été si négligente. En aucune façon je n'aurais dû le laisser seul.

Je dépose mon sac par terre, attrape la bouteille d'eau et bois jusqu'à plus soif. J'en oublie la règle de prudence la plus élémentaire qui voudrait que j'économise l'eau.

Je recule de quelques pas pour mieux embrasser des yeux ce témoin des siècles passés. Les particules emprisonnées dans leur gangue granitique entament une drôle de sarabande et s'animent en un ballet organisé, tandis que le centre reste inerte. Je frotte mes paupières et observe le soleil. Illusion d'optique ?

Cette fois, je l'enlace et en fais le tour, prise d'un fou rire en imaginant la tête de mon chef de clinique s'il me voyait étreindre le menhir. Puis je m'éloigne à contrecœur. Je sors de la clairière d'un pas alerte, prête à poursuivre ce chemin qui m'offre tant de surprises. J'ai peine à croire qu'il y a trois jours seulement, je fêtais l'anniversaire d'Agathe. Cette vie semble avoir été celle d'une autre.

En voyant le regard affolé de Xavier, Agathe comprend qu'il y a un imprévu.

– Venez, dit-il en prenant sa main et en sortant dans le couloir.

– Que se passe-t-il ? chuchote Agathe.

– Tess arrive.

Elle le foudroie du regard.

– Je vous déteste. Vous aviez soi-disant trouvé un plan imparable.

L'air confus, Xavier hausse les épaules et emmène précipitamment Agathe au bout du couloir. Il entre dans une chambre, en fait le tour rapidement puis, mécontent de la cachette, bondit à nouveau dans le couloir. C'est alors qu'ils se figent en entendant la clé tourner dans la serrure de la porte d'entrée. Agathe, cette fois, prend l'initiative de pousser Xavier dans le bureau. Elle avise sur la gauche une petite porte qui ouvre sur un ancien cabinet de toilette reconverti en pièce de rangement. Elle s'y faufile en faisant signe à Xavier de la suivre. Dans l'affolement, il ne remarque pas que le montant de la porte est plus bas que les autres et se cogne la tête. Il pousse un cri de douleur qu'Agathe tente d'étouffer en plaquant ses deux mains sur sa bouche et en y ajoutant un coup de pied dans le tibia pour qu'il se ressaisisse.

Ils sont confinés dans ce réduit. Agathe sent le souffle saccadé de Xavier, qui, la main sur son front, tente de calmer la violente douleur qui irradie dans sa tête.

– Laissez-moi faire, dit-elle tout bas en dégageant une mèche de cheveux pour vérifier l'ampleur des dégâts.

Un mince faisceau de lumière lui permet de dresser un rapide diagnostic.

– Rien de méchant, vous ne saignez pas… Vous vous en remettrez rapidement, le taquine-t-elle.

Figé les mains en l'air, tandis qu'Agathe examine sa blessure, il hume le parfum de muguet et de jasmin qui se dégage de sa chevelure. Un instant, elle lève les yeux vers lui et il peut l'observer, en clair-obscur : pommettes hautes, nez fin, yeux noisette en amande, bouche d'une sensualité étourdissante, surtout quand elle murmure à son oreille. Une vague de désir l'envahit au moment où ses seins frôlent son bras. Ils ne se connaissaient pas une demi-heure plus tôt, mais il y voit un encouragement.

Xavier pose délicatement ses mains sur les épaules d'Agathe, fait glisser l'une le long de son échine et remonter l'autre à la base de sa nuque. Il l'attire à lui, oubliant la douleur ou la crainte de voir surgir Tess.

– N'y voyez pas une habitude chez moi de séduire les femmes dans un placard, chuchote-t-il en posant ses lèvres dans le cou d'Agathe.

Agathe frissonne et se love contre lui. Cherchant à le faire taire, elle l'embrasse avec tendresse puis se met à rire tout bas de l'incongruité de la situation : les arêtes des étagères écorchent le dos de Xavier. Il semble n'en avoir cure et la serre contre lui dans un soupir langoureux. Il a envie de susurrer qu'elle sent bon, que sa peau est douce, mais sa voix s'étrangle lorsqu'il entend la porte du bureau s'ouvrir.

Je marche encore quelques centaines de mètres avant de constater que le sentier se resserre et serpente entre deux parois rocheuses, laissant un étroit défilé. La piste herbeuse, jalonnée d'éboulis, m'oblige à escalader de gros blocs de pierre. Je me sens comme une minuscule fourmi qui risque d'être écrasée à n'importe quel moment. Étrangement, pour la première fois de ma vie, je n'ai pas peur.

Les plantes, les animaux, les insectes deviennent les acteurs d'un monde que je ne soupçonnais pas. Tout en marchant d'un pas vif, sans perdre de vue l'objectif de rejoindre le village pour alerter les secours, j'admire les manifestations d'un génie divinement créatif. Comment ai-je pu ignorer si longtemps une telle profusion de beauté?

Après ces hautes murailles, je traverse des pâturages qui descendent en pente douce vers le village dont j'aperçois le clocher. En approchant, je reconnais le vieux monsieur du premier jour, le visage buriné, peut-être moins par le soleil que par l'alcool. Cette fois, il est assis sur un rondin de bois devant un calvaire, une canne entre les jambes. Il se fond dans le paysage, aussi immobile qu'une statue de la Vierge, la grâce en moins. Combien d'heures reste-t-il ainsi à observer la route?

Je passe près de lui, et le salue poliment, en me méfiant du jet de chique qu'il envoie à deux mètres. Ébloui par le soleil qui décline, son œil endormi surmonté d'une paupière de batracien s'anime d'une lueur friponne au moment où il imite le cri du cerf en rut, dont j'ai déjà entendu les bramements dans un reportage. La prochaine fois, j'imposerai un périmètre de sécurité, car j'imagine cet énergumène capable de bien d'autres diableries.

Cette farce m'encourage à reprendre ma course à travers le village. J'aperçois finalement le toit de tôle de l'entrepôt. Ébouriffée, déshydratée, folle d'inquiétude pour Josselin, je monte quatre à quatre les marches de la maison et ouvre la porte à toute volée en appelant Hervé.

Ce que je découvre dans la cuisine me stupéfie.

À travers l'entrebâillement de la porte, Xavier observe avec effarement la silhouette de Tess de Montalban se dessiner en contre-jour. Il supplie Agathe, par un doigt posé sur sa bouche puis par un baiser, de garder son calme et de ne faire aucun bruit.

Habillée d'un pantalon noir et d'une veste cintrée qui met en valeur son buste, Tess tient un vanity-case dans une main. De l'autre, elle parcourt l'ensemble des photographies accrochées au mur. Enfin, elle s'arrête devant un cadre, plus grand. Elle regarde le portrait de Jean-Marc puis pose sa tête tout contre, ferme les yeux en respirant profondément.

Subitement, elle hume l'air ambiant comme si elle avait détecté une anomalie. Dans le recoin obscur du placard, Agathe se décompose. Des fragrances inhabituelles se sont répandues dans l'univers de Tess. Agathe souffle à l'oreille de Xavier: « Le parfum », et il comprend qu'ils ne vont pas tarder à être découverts. Il sort son téléphone portable de sa poche et envoie un bref message à Tess qui entend la musique d'un texto. Lorsqu'elle trouve son téléphone dans son sac, elle lit en hochant la tête: « Je vous attends depuis plusieurs minutes déjà, auriez-vous un empêchement? »

Tess adresse un dernier regard chargé de tristesse au portrait de son mari et se dépêche de descendre pour regagner sa voiture.

Agathe et Xavier poussent un petit cri de victoire lorsqu'ils entendent la porte se refermer et la voient disparaître au bout de l'impasse.

– C'était génial cette idée de lui envoyer un texto ! clame Agathe, agrippée à la fenêtre de crainte de la voir réapparaître.

– Un coup de chance...

Xavier s'approche d'elle et l'entoure de ses bras en l'obligeant à le regarder.

– J'ai vu une femme sublime dans un placard il y a un instant. Oui, c'est bien ça. Front intelligent, dit-il en l'embrassant, nez déterminé, bouche... Oui... C'est bien celle-là...

Il apprécie la fougue avec laquelle Agathe lui rend son baiser. Il se prend à rêver de découvrir les splendeurs cachées sous ce chemisier à volants dont il a critiqué l'extravagance quelques instants plus tôt et qui dévoile juste ce qu'il faut d'une poitrine généreuse.

Agathe tente de lui rappeler le but de leur visite mais Xavier plaque de plus belle ses lèvres sur les siennes en murmurant des promesses d'amour auxquelles elle ne paraît pas insensible. Après qu'elle lui a martelé le dos de ses poings fermés, il consent, avec des regrets non dissimulés, à relâcher son étreinte.

– C'est sérieux tout ce que tu m'as dit à l'oreille ? plaisante Agathe.

Au passage, il note avec amusement le tutoiement. Il bénit l'arrivée impromptue de Tess et la promiscuité du placard qui lui ont permis de prendre dans ses bras celle qui l'y a poussé. Jamais il n'aurait osé, dans d'autres circonstances. Il faut dire qu'elle lui a fait tourner la tête à la seconde même où il a posé les yeux sur elle. Il la devine dangereuse par son pouvoir de séduction qu'elle utilise avec un naturel désarmant. Elle est l'incarnation de la féminité la plus audacieuse.

Elle le regarde avec ses yeux pétillants, attendant une réponse qui tarde. A-t-elle affaire à un baratineur rodé à ce genre d'exercice ? Des mecs au torse bombé, bien en apparence et d'emblée décevants, elle en a connu. Une seule nuit suffit à faire ressortir les mesquineries, les mensonges. Elle appréhende avec une crainte grandissante les lendemains qui déchantent et s'est parfois enfuie aussitôt après l'amour pour ne pas découvrir le visage de celui qui briserait encore ses rêves. Au fil des années, elle s'est habituée à ne plus espérer et a cultivé un cynisme qu'Estelle lui reproche souvent. Une fraction de seconde, elle se demande si elle a envie de risquer la déception avec Xavier.

Pourquoi met-il tant de temps à répondre ? Elle s'en veut d'avoir encore des rêves de jeune fille. Il est sur le point de parler mais elle le devance.

– Oublions ce qui vient de se passer, Xavier. Je ne sais pas ce qui m'a pris. Ce devait être le stress. J'ai peur du noir, confie-t-elle d'une voix tremblante. Au fait, ça va mieux ta tête ?

La phrase de Xavier meurt dans sa gorge. Il a pourtant envie de la prendre dans ses bras, de lui dire qu'il est seul et malheureux et que cette rencontre a illuminé sa journée. Il veut recommencer demain et les jours suivants, car on ne peut pas se tromper quand on éprouve un tel coup de cœur. Ce serait une erreur d'ignorer pareille évidence.

Mais elle s'est déjà détournée sans attendre de réponse.

Ce que je découvre dans la cuisine me sidère. Hervé et Josselin discutent joyeusement autour d'un verre de pastis. La surprise et la joie de retrouver Josselin en bonne santé font vite retomber ma colère. Ils n'ont pas l'air de s'être inquiétés pour moi. Je me plante devant eux, les mains sur les hanches, le visage crispé. Josselin s'arrête au milieu d'une phrase pour lancer mollement :

– Ah, te voilà…

– C'est tout ce que tu trouves à dire ? Tu imagines le sang d'encre que je me suis fait ? explosé-je.

Visiblement contrarié d'avoir été interrompu par mon entrée inopinée, Josselin me gratifie d'une réponse qui me liquéfie.

– Je suis redescendu par l'autre versant de la roche du Mas.

Ainsi, il m'a purement et simplement laissée dans la forêt. J'espère qu'il va s'excuser, avancer une explication. Mais non. Rien. Devant mon air indigné, il ajoute :

– Ben oui, tu peux comprendre, après tous les souvenirs qui me sont revenus, non ? Ce n'est pas moi qui ai insisté pour aborder une thérapie aussi violente. Tu as toi-même remarqué que j'avais besoin de solitude.

L'arrogance de Josselin me blesse. Hervé, qui ignore la raison de notre altercation, a un air contrit.

– Je suppose que tu m'as appelée pour t'assurer que j'allais bien ? dis-je en bafouillant de colère.

Josselin s'approche de moi et me toise.

– Tu m'as tout l'air d'une grande fille qui sait se servir d'un téléphone portable. Je n'avais aucune raison de te harceler si tu avais, toi aussi, besoin d'un moment de solitude.

Le ton avec lequel il assène ces quelques mots me fait l'effet d'une douche glacée. Sa remarque n'est pas sans fondement. Pourtant, une partie de moi m'empêche de lui donner raison.

– Il se trouve que je n'avais plus de batterie. Je me suis perdue et j'ai eu peur. Tu peux comprendre ça, toi aussi ? dis-je d'une voix stridente, tout en attrapant, sous le regard médusé d'Hervé, la bouteille de pastis pour la ranger d'autorité dans le premier placard venu.

Puis d'ajouter avant de disparaître dans ma chambre en claquant la porte :

– Il est gavé de médicaments et ça ne fait pas bon ménage avec l'alcool !

Ignorant les tentatives de rapprochement de Xavier, Agathe parcourt avec un soin méthodique les dossiers rangés dans le bureau. Elle espère y déceler un indice susceptible d'étayer l'hypothèse d'Estelle selon laquelle la situation financière de la famille Montalban était désastreuse après le décès du père. Les minutes passent sans qu'ils découvrent la moindre preuve. Elle a épluché factures EDF, téléphone, comptes bancaires, relevés de titres révélant des placements judicieux dont le montant s'élève à huit cent mille euros. Manifestement, Tess de Montalban vit correctement des revenus de produits financiers provenant probablement de la vente des parts de la clinique.

Ils sortent ensuite les vieux dossiers classés dans le cabinet où ils ont trouvé refuge. Xavier a accepté le rôle de manutentionnaire et Agathe jette un coup d'œil à une paperasse envahissante. Tess conserve tout, de la contravention pour stationnement gênant aux notes de courses faites à l'occasion d'un dîner en passant par l'achat de la première raquette de tennis de Josselin.

Désespérée, Agathe s'assoit en tailleur sur le parquet.

– Je pense que nous faisons fausse route, il n'y a rien de louche…

Tête baissée, elle attend la confirmation de Xavier. Son silence l'intrigue. Elle relève le nez. Il a disparu. Soudain, elle entend des coups portés dans la cloison en provenance du cabinet de toilette.

Xavier a fait le tour et, depuis la chambre voisine, tapote le mur avec ses phalanges.

– Qu'est-ce que tu fais ? demande Agathe, intriguée.

L'oreille collée à la paroi, il poursuit son petit manège.

– Nous n'avons trouvé aucun relevé de banque relatif à la période antérieure au décès de Jean-Marc.

– Il est mort il y a près de trente ans…

– Mais Tess garde même les recettes de cuisine de Raymond Oliver ! Retourne dans le placard et frappe contre la paroi comme je viens de le faire.

Agathe s'exécute de mauvaise grâce. À chaque tentative, elle entend Xavier dire « encore ». Elle commence à en avoir assez mais Xavier réapparaît, surexcité.

– J'ai remarqué un décalage entre le mur du cabinet de toilette et la chambre !

– Et ?

– Et c'est bien ça, il y a une fausse cloison quelque part. Voilà pourquoi le bruit est étouffé. Regarde, dit-il en fonçant dans le placard, de ce côté-ci, c'est en bois…

Xavier tâtonne puis pousse un cri de joie. Il fait coulisser un panneau de bois, libérant un espace dissimulé. Deux dossiers occupent l'unique étagère. L'un intitulé « Crédit Suisse Hottinguer », l'autre « Sacha Weber ». Une série de photos tombent du second dossier. En les ramassant, ils distinguent, sur l'une d'entre elles, les corps nus de deux amants. Par-dessus tout, c'est l'expression énigmatique du visage de Tess de Montalban qui les surprend.

Sophie fait le pied de grue devant l'escalier qui descend sous terre à la station de métro Glacière. Elle regarde sa montre. Déjà cinq minutes qu'elle attend. C'est ridicule, elle aurait dû ignorer ce rendez-vous qui l'a perturbée tout l'après-midi et rejoindre sa fille qui l'attend certainement en regardant *La Roue de la fortune*. Si elle ne se dépêche pas, elle ne verra pas l'énigme finale.

Probablement un détraqué, cet homme, pense-t-elle au moment où elle se décide à poser le pied sur la première marche pour reprendre le métro. C'est alors qu'elle l'aperçoit, affublé d'un chapeau. Son visage fermé fait frémir Sophie. D'une peur à la fois délicieuse et tentante. Elle recule d'un pas lorsqu'il approche et frôle son épaule. Elle sent sur elle un regard déterminé. Ce n'est pas pour lui déplaire. Ça fait bien longtemps qu'elle n'a pas eu un homme dans son lit, un qui ne sente pas la transpiration et l'alcool. Et puis cette cicatrice au coin de l'oreille gauche lui donne un look tellement sexy.

Il ébauche un sourire. Amical pour ceux qui ne savent pas lire sur un visage. Calculateur pour les autres. Sophie, malgré – ou peut-être grâce à – sa passion pour les *soaps* américains, comprend instantanément qu'elle ne l'intéresse pas. Il cherche autre chose. Tant pis, il va la payer, son information. Détendue, avec aux lèvres le sourire de celles qui n'ont rien à perdre, Sophie lance une banalité à couper le souffle, digne des feuilletons qu'elle regarde en boucle.

– Alors, vous êtes venu finalement !

Il acquiesce en tenant les bords de son chapeau pour la saluer. À l'ancienne.

– Vous savez ce que je recherche ! lance-t-il, direct.

Sophie se trémousse en hochant la tête.

– Je ne suis pas opposée à vous aider, mais mon intérêt à moi, c'est quoi ?

Il sort un billet de cinquante euros qu'elle fourre dans son sac à main.

– C'est pas mal, soupire Sophie en arrondissant les lèvres, mais il va falloir faire un effort supplémentaire…

Il sort un autre billet de cinquante euros qui prend le même chemin que le premier. Puis elle secoue la tête et tend la main en levant les yeux au ciel, consciente qu'elle en fait un peu trop. Il plisse les yeux et sourit : il a sous-estimé cette petite dinde en forme de sucette Chupa Chups. D'un autre portefeuille, il tire un billet de cent euros que Sophie fait disparaître dans son soutien-gorge.

– J'ai une faim de loup ! décrète-t-elle.

L'homme au costume sombre secoue la tête.

– Oh que si, confirme Sophie, en se dirigeant vers la station de taxis la plus proche. Moi je verrais bien la Tour d'Argent ou le Plaza Athénée. Et puis on va d'abord passer aux Galeries Lafayette, je ne peux pas y aller comme ça… À moins que vous préfériez vous adresser directement à Duquesnes ?

Agathe et Xavier regardent les photos en cachant d'une main les positions suggestives des deux amants. Seul le visage de l'homme les intéresse. D'après la pochette, il doit s'agir de Sacha Weber. Agathe sait qu'elle a entendu ce nom quelque part. Elle est agacée que ça ne lui revienne pas tout de suite.

– Ça te dit quelque chose ? demande-t-elle, l'air soucieux.

– Oui, ce nom ne m'est pas inconnu, répond-il en feuilletant le dossier et en mettant le doigt sur un article de *Paris-Match*. Tiens, regarde !

Il tend la page jaunie à Agathe qui la lit avec avidité. Le papier rapporte la récente nomination du Dr Sacha Weber à Cochin, photo à l'appui. Agathe vitupère à chaque ligne.

– Tu te rends compte, Estelle avait raison. Tess voulait mettre son fils sous le contrôle de son amant. Elle aurait pu en faire ce qu'elle voulait.

– Ça n'a pas de sens, tempère Xavier. Rien dans ces documents n'incite à penser que cette décision nuit à Josselin. Elle connaît bien Sacha Weber, psychiatre renommé, à même de s'occuper au mieux du rejeton de sa maîtresse. Jusque-là, rien de méchant !

– Oui, mais on comprend maintenant pourquoi ! ironise-t-elle en brandissant un cliché.

Xavier secoue la tête, peu convaincu.

– Je ne suis pas d'accord avec toi. Tout ça montre que Tess a eu un amant. Et si tu te réfères à la date marquée au dos des photos, tu vois bien qu'elles sont postérieures au décès de Jean-Marc. Rien de compromettant qui nécessite de prendre des risques pour protéger un secret.

– Pourquoi les photos alors ?

– Les épreuves de la vie l'ont rendue méfiante, et elle connaît le côté versatile des hommes. Avec un dossier comme celui-ci, elle sait que Sacha Weber devra se montrer complaisant et lui rendre certains petits services.

– On est tout de même entre le chantage et la prostitution ! insiste Agathe.

Xavier prend les deux dossiers et les pose sur le bureau avec fracas.

– Elle aime son fils, elle veut le faire soigner par quelqu'un en qui elle a confiance. Point ! Et si elle n'a pas eu d'autre solution que de se prostituer pour survivre, alors je lui tire mon chapeau et j'en ai assez que ta copine et toi cherchiez à salir la réputation de cette femme.

Agathe est surprise par la virulence du ton. Elle s'évertue à examiner les autres documents et exhume plusieurs relevés de la Lyonnaise de Banque couvrant la période de 1984 à 1986. On y voit des versements mensuels de quinze mille francs qui commencent le 15 mars 1984, mois suivant le décès de Jean-Marc, pour se terminer en octobre 1986. Agathe donne un coup de coude dans les côtes de Xavier et suggère d'un signe du menton de jeter un coup d'œil. Elle fait semblant de ranger d'autres papiers en attendant le verdict.

Elle boit du petit-lait.

Ces relevés de banque prouvent que Tess de Montalban touchait de l'argent et qu'elle ne voulait pas que ça se sache. Le compte bancaire est différent de ceux habituellement utilisés par la famille. Et si les relevés figurent dans le dossier intitulé « Sacha Weber », c'est que le versement venait de lui.

– Alors ? demande-t-elle, impatiente.

– Manifestement, ça démarre le mois qui suit le décès de Jean-Marc et ça se termine en octobre 1986, date qui correspond à la vente des parts de la clinique, soupire Xavier.

– Et ça s'appelle comment, d'après toi, quand on connaît le contenu des photos ?

Xavier ignore la provocation et se saisit d'une sous-chemise intitulée « reconnaissance de dette ». Il commence la lecture d'un acte notarié en date du 24 octobre 1986. Agathe se met sur la pointe des pieds pour lire par-dessus son épaule. Agacé, Xavier se rapproche de la fenêtre, l'empêchant d'en prendre connaissance. Il hoche la tête régulièrement, pousse quelques petites exclamations qui mettent Agathe au supplice.

Finalement, il arbore un sourire triomphant et plaque avec force le document sur le bureau.

– C'est un prêt. Tout simplement un prêt ! Un prêt qu'elle rembourse quand elle touche la vente des parts de la clinique. Rien d'autre.

– Et les photos ? scande Agathe, refusant d'abandonner la partie.

Xavier la fusille du regard.

– Elle a le droit d'aimer un autre homme après ce qu'elle a vécu ! Tu as une objection à ça ?

Agathe secoue la tête, penaude, déçue qu'Estelle ait fait une erreur.

– Allez, on remballe ! commande Xavier. On en a assez vu…

Avec détermination, Agathe pose la main sur l'autre dossier. Pendant que Xavier remet tout en ordre, elle y jette un coup d'œil. Ça ne semble pas bien intéressant. Des relevés bancaires de la Société Générale, qui comprennent deux lignes de compte sur une période de plus de vingt ans. Agathe photographie avec son iPhone le premier, puis le dernier. Sentant dans son dos le regard excédé de Xavier, elle se presse de replacer le tout dans le placard coulissant en prenant bien soin de le refermer et d'en cacher l'ouverture avec une pile de dossiers.

En sortant de la maison, Xavier pose un bras sur les épaules de la jeune femme, pour se prêter au jeu dont ils étaient convenus. Mais le cœur n'y est plus. Au coin de la rue, Agathe s'arrête devant la boulangerie où ils se sont retrouvés. Elle esquisse un faible sourire.

– Quel prétexte as-tu trouvé pour la faire sortir de chez elle ?

– Je lui ai suggéré un rendez-vous chez une voyante pour localiser Josselin.

Agathe éclate de rire.

– Tu veux dire qu'elle y croit ?

– Au début, elle était sceptique et puis… ça a marché !

Xavier ne cesse de surprendre Agathe. Comment a-t-il réussi à convaincre la très hautaine Tess de Montalban de se rendre chez une diseuse de bonne aventure ?

– Tu sais, le commerce, le marketing, c'est mon métier, ajoute-t-il comme s'il lisait dans ses pensées. En plus, je l'ai envoyée chez une amie.

– Elle va être surprise de ne pas t'y retrouver.

– Je vais lui envoyer un message pour lui dire que je dois rentrer en urgence et que je ne peux pas l'attendre.

– Je suis curieuse de savoir ce que ton amie va lui apprendre ! s'amuse Agathe.

Xavier prend la main de la jeune femme, note la finesse des doigts et se demande comment ils peuvent tenir un scalpel. Il embrasse doucement la paume et plante ses yeux dans ceux d'Agathe avec une intensité déroutante.

– Je l'ai vue dernièrement, cette amie. Elle m'a dit que j'allais rencontrer la femme de ma vie au coin d'une rue, et elle a insisté sur le fait que c'est l'odeur des croissants que je sentirais avant son parfum. Je n'ai pas trouvé ça très romantique. Mais maintenant, je dois reconnaître que ça me donne faim. Ça te tente un restaurant thaï ? J'en connais un délicieux.

Agathe hésite. Elle entend bien cette petite voix dans sa tête qui veut l'avertir du danger, du risque de déchanter à nouveau, mais Xavier ne lui laisse pas le temps de répondre. Il l'enlace.

J'entends quelques coups frappés contre la porte de ma chambre. De mauvaise humeur, j'ouvre à pleine volée, pensant me trouver face à Josselin.

C'est Hervé.

Il est penaud, comme s'il se sentait responsable de quelque chose.

– Je suis désolé, dit-il, je ne savais pas.

– Tu n'y es pour rien.

J'essuie une larme.

– Le repas est prêt, on t'attend.

Il espère un sourire. Je me force. Je lui propose de s'asseoir sur le lit pendant que je retouche mon maquillage devant la glace. Mes paupières sont gonflées, j'ai toutes les peines du monde à dessiner un trait d'eye-liner. Je regarde son reflet dans le miroir, il semble s'amuser à me voir sortir pinceaux, crayons, blush…

– Tu as fait quoi aujourd'hui ? lui demandé-je d'un ton enjoué, pour montrer que j'entends passer une agréable soirée.

Je vois ses yeux briller d'une lueur espiègle.

– Plusieurs rendez-vous sans grande importance et puis… je vous ai préparé une surprise dont j'aimerais vous parler à table.

Je sors de ma trousse un collier en or blanc avec une perle noire de Tahiti en pendentif. Un cadeau de David pour nos dix ans de mariage. Hervé m'observe en train de batailler avec le fermoir.

– Laisse-moi t'aider, propose-t-il gentiment.

Je soulève mes cheveux et le sens agripper avec difficulté la fine boucle du collier pour l'insérer dans le fermoir. Il s'y prend à plusieurs fois sans y parvenir et j'en profite pour me moquer lorsque je l'entends fulminer.

– Ça y est ! dit-il avec fierté.

– Merci.

Il pose ses deux mains sur mes épaules et m'observe dans le miroir avec la fascination de celui qui a rencontré un ange.

– Superbe ! s'exclame-t-il.

Il recule d'un pas pour contempler à nouveau mon reflet. Au même instant, Josselin entre dans la chambre, la mâchoire serrée.

– Je vous dérange ? demande-t-il d'un ton peu amical. Sinon je peux revenir plus tard.

Je l'ignore et glisse mon bras sous celui d'Hervé en feignant un sourire charmeur. Au moment où je franchis la porte, j'aperçois dans le miroir du couloir le visage de Josselin ravagé par une colère froide. Avec dignité, je marche jusqu'à la cuisine où Hervé, grand prince, s'empresse de tenir ma chaise, puis esquisse un petit pas de danse avant d'ouvrir la porte du réfrigérateur et d'exhiber une bouteille de champagne.

– C'est notre dernière soirée, je crois… Josselin m'a dit que vous souhaitiez repartir demain.

Les mots s'étranglent dans ma gorge. Comment a-t-il osé prendre seul une décision qui nous concerne tous les deux ? Pour masquer mon mécontentement, je sors les coupes à champagne et dispose les gâteaux apéritifs dans des raviers. Hervé, tout à la gaieté du moment, remplit nos verres et m'en tend un avec un sourire de fête.

– À notre amitié ! clame-t-il en faisant tinter le cristal.

Josselin affiche un sourire de circonstance. Je prends la parole.

– Je profite de ce moment pour te remercier de ton accueil et de ton hospitalité. Il faut absolument que nous restions en contact.

Je monte dans ma chambre pour enregistrer son numéro dans mon portable. J'ai reçu un message d'un identifiant inconnu. J'imagine la quantité de personnes qui cherchent encore à me joindre. Après David, Agathe, Duquesnes, Sophie, la liste est longue. Je n'ai pas le cœur à assombrir cette soirée. Tout attendra demain.

Lorsque je reviens à la cuisine, les yeux d'Hervé pétillent d'une joie enfantine, sa surprise au bord des lèvres.

– Voilà, s'exclame-t-il, je dois vous avouer quelque chose ! Ce matin, pendant la visite du laboratoire, j'ai glissé dans vos vestes respectives un tube à essai contenant de l'eau de la source. La proximité de votre peau aura permis, pendant ce laps de temps, de transmettre à l'eau une information essentielle. Laquelle ?

Il s'arrête un instant pour profiter de nos mines ébahies et part d'un grand éclat de rire. Il poursuit :

– Je n'ai pas voulu vous prévenir ce matin pour éviter que votre conscience influence le résultat. Dès que vous êtes partis, j'ai prélevé l'eau et je l'ai mise au congélateur. Nous verrons tout cela demain, je l'espère avant votre départ ! Nous aurons la photographie de votre empreinte énergétique vitale. Ce sera en quelque sorte votre photo d'identité magnétique…

Je me lève d'un bond, conquise par l'idée.

– Mais c'est génial !

Hervé se dandine d'un pied sur l'autre. Il rapproche son verre du mien et plonge dans mon regard.

– Pour tout te dire, je n'y avais pas pensé avant de te rencontrer. Je ne sais pas pourquoi. C'est tellement idiot, c'est même très bizarre…

Mon cœur se serre aux mots qu'il s'apprête à prononcer. Sa maladresse m'attendrit, mais au fond, je donnerais n'importe quoi pour que ce soit Josselin et non Hervé qui me parle.

J'écoute, attentive, les sourcils levés pour l'encourager.

– En observant la lumière que tu dégageais hier soir, j'ai compris que nous étions tous porteurs d'une empreinte qu'il me suffisait de prélever puis de photographier. Tu as en quelque sorte été… ma muse.

Il baisse la tête.

– L'eau qui a frôlé ton cœur donnera probablement naissance au plus beau cristal qui soit.

Rue du Sabot, une coupe de champagne à la main, l'homme au costume sombre n'en peut plus d'écouter le flot continu qui sort de la bouche tendue ou arrondie de Sophie.

Il a besoin d'elle et elle le sait. Pour une fois, c'est elle qui abuse, et la sensation procurée est encore plus jouissive que le foie gras de tante Louise qui fond dans la bouche.

Elle a tenté de se faire offrir une robe de soirée et inviter à la Tour d'Argent, mais dans le taxi, l'homme a émis un : « Ça ne va pas pouvoir marcher », et elle a préféré ne pas insister. Elle a essayé de le faire parler, sans réussir à obtenir ne serait-ce que son nom. Alors c'est elle qui s'est chargée de la conversation.

Pour finir, le petit restaurant qu'il a choisi est charmant. La cassolette de langoustines est parfaite. Le turbot sauce hollandaise divin.

À la fin du plat principal, elle glisse sur la table le numéro du portable d'Estelle. Impossible de savoir pourquoi il est prêt à dépenser cinq cents euros pour l'obtenir. Il a aussi exigé son téléphone fixe qui est sur liste rouge, son adresse et d'autres renseignements sur les habitudes du médecin. Sophie se fait un point d'honneur à lui en donner pour son argent.

Avant le dessert, il s'absente. Sophie suppose qu'il tente de joindre le docteur Montaigne, mais au tic nerveux qui agite frénétiquement son œil gauche lorsqu'il revient, l'appel n'a pas dû être concluant.

Il se lève de table trois fois encore. La paupière gauche ne se calme pas pour autant. Afin de détendre l'atmosphère, Sophie raconte comment Bernard est entré dans sa vie, le soir où la France a remporté la Coupe du monde de football. Dans le raz-de-marée humain qui s'est formé, avenue des Champs-Élysées, ils étaient côte à côte. Elle lui a proposé de peindre le drapeau tricolore sur son front. Dans la liesse, ils se sont embrassés. Au bout de trois mois, ils se sont mariés. Un an plus tard naissait Ophélie – comme Ophélie Winter. Le printemps suivant, Bernard partait avec une championne d'aviron.

L'homme au costume sombre penche la tête de façon polie à l'énoncé des événements émaillant la vie de Sophie sans jamais montrer la moindre empathie. Pas même un sourire de compassion lorsque Sophie raconte être rentrée un soir et avoir découvert un appartement vide. Son mari avait tout emporté avec lui sauf le paillasson et les factures.

À la fin de son histoire, l'homme au costume sombre se lève, règle l'addition et dépose un billet de cinquante euros, « pour le taxi », dit-il. Puis il part, lui aussi, sans un mot. Juste en la saluant du bord de son chapeau.

Le reflet des lumières de l'avenue Foch forme un halo oranger au plafond. Agathe se pelotonne contre ses oreillers, le sourire aux lèvres, trop excitée pour trouver le sommeil.

La soirée a été délicieuse. Du restaurant thaï, elle n'a que très peu de souvenirs : un décor pas trop kitsch et une nourriture légère aux saveurs lointaines.

Elle a voyagé ce soir. En écoutant Xavier parler de son travail, elle a goûté aux charmes de l'Italie. Directeur d'une équipe de représentants, il est chargé de promouvoir auprès de restaurateurs français une célèbre marque italienne. Il parcourt la Toscane, la Vénétie ou l'Émilie-Romagne à la recherche des meilleurs produits. Depuis plusieurs années, ses résultats ne cessent de progresser et on vient de lui proposer d'exporter ses talents aux États-Unis.

Ils sont restés deux heures comme deux gamins, répondant à peine aux questions des serveurs. Xavier a passé la commande pour deux en posant son doigt au hasard sur la carte, laissant le destin décider des premiers plats qu'ils partageraient. Ils ont ri aux larmes lorsqu'on leur a servi un curry de crevettes dont le piment les a empêchés de parler pendant plusieurs minutes.

Ils sont sortis du restaurant avec cette impression qu'ils se connaissaient depuis toujours. Xavier a raccompagné Agathe au pied de son immeuble et décliné l'offre de venir boire un dernier verre. Elle lui a raconté ses lendemains désenchantés, et il n'a pas voulu prendre le risque de la décevoir au petit jour. Il l'a serrée dans ses bras, a caressé sa peau sous son chemisier. Après l'avoir embrassée une dernière fois, il a disparu au coin de la rue.

Les yeux au plafond, Agathe pense qu'elle n'aurait jamais dû le laisser partir. Elle ressent déjà son absence. Hormis les premiers instants de leur rencontre, il a été prévenant, drôle, sensible, sans jamais tomber dans la mièvrerie. Elle apprécie sa délicatesse, son sens de l'humour et même ses remarques de macho.

Agathe se redresse d'un bond dans son lit. Estelle ! Avec cette histoire, elle a oublié de la rappeler. Pourtant, dans l'après-midi elle est parvenue à obtenir, après deux ou trois coups de fil, la nouvelle adresse d'Andreï Rospov, spécialiste de l'hypnose. Frère Cyprien, Abbaye de Lérins, Île Saint-Honorat, 06400 Cannes.

L'ancien psychiatre du KGB est devenu religieux. Sidérant. Pourquoi Estelle cherche-t-elle à le joindre ? Elle regarde sa montre. Une heure du matin. Trop tard pour téléphoner. Elle lui envoie un texto avec les coordonnées. Et lui demande si elle a décidé de se consacrer à Dieu elle aussi. Puis elle se souvient d'avoir pris des photos dans le bureau de Tess de Montalban. Elle cherche son iPhone et découvre un texto. Xavier. « Soirée aussi douce que la promesse de ta peau. Tu me manques déjà. » Romantique, spontané, elle adore. Après lui avoir répondu, elle se lance dans l'étude des deux photos.

Il s'agit de relevés émis par la Société Générale au nom de « T. de Montalban ». Le premier date du 15 mai 1962, le dernier du mois d'août 1995. Agathe fronce les sourcils. Dans la précipitation, elle n'a pas repéré que ces relevés couvraient une période de temps aussi importante. Elle se concentre sur les seules lignes d'écriture des relevés. À la date du 15 mai 1962, elle note au crédit du compte : « Virement pension matricule 45520781839 » d'un montant de 12 285 francs. En 2005, le libellé est identique, seule la somme a été convertie en euros. Au débit du compte, elle note : « Réglé à SNC Les Hirondelles 9 790 francs. » Là encore, seul le chiffre a changé pour s'afficher en euros en 2005.

Jambes en tailleur dans son lit, Agathe repose le téléphone sur son oreiller. La journée a été longue. Elle va chercher dans son armoire à pharmacie une poche remplie d'un gel bleu, qu'elle passe vingt secondes au micro-ondes et place sur ses épaules et son cou. Une douce chaleur se diffuse rapidement et la soulage.

Elle reprend le cours de ses pensées. Un élément important lui échappe. Quelque chose ne colle pas dans ce qu'elle vient de lire. À quoi correspondent ces versements mensuels ? En 1962, Tess a quinze ans tout au plus. D'après Estelle, elle vit à cette époque en Italie. Pourquoi aurait-elle bénéficié en France d'une pension ? Était-elle pupille de la nation et bénéficiaire d'une allocation à ce titre ? Par ailleurs, pourquoi ces versements s'arrêtent-ils en 2005 ? Cette date ne semble correspondre à aucun événement particulier. Existe-t-il, classés ailleurs, d'autres relevés ? Qui se cache derrière le nom passe-partout de SNC Les Hirondelles ?

Agathe s'endort d'un sommeil agité.

Comme hier soir, le sentiment de solitude me terrifie. Je lutte pour que mes peurs d'enfance ne ressurgissent pas. Dans le silence de ma chambre, je craignais qu'une ombre indésirable se glisse contre moi en soufflant : « On ne dira rien à ta maman, n'est-ce pas ? » Pour emmener mon esprit vers d'autres contrées, je me remémore les moments agréables de la soirée. J'ai hâte d'être à demain pour découvrir les cristaux d'eau. Quelle forme, quelle dynamique aura le mien ? Et celui de Josselin ?

Je ne trouve pas le sommeil. L'obscurité me ceint d'un voile opaque qui m'oppresse. La maison est endormie. Dans le noir, je me lève et ausculte la nuit paisible. Rien ne bouge. Je longe le couloir en suivant le mur de la main. Je m'arrête devant la porte de Josselin, abaisse doucement la poignée. Sa voix me fait sursauter.

– Viens, me dit Josselin.

Mon cœur bondit. Avec les médicaments, il devrait dormir profondément. Tandis que je bafouille quelques mots pour justifier ma présence, d'une main il écarte les draps et m'invite à venir me coucher. J'hésite, je fais marche arrière et me colle contre la porte.

– Viens ! insiste-t-il.

Ce dont j'ai rêvé en secret depuis des années s'offre à moi. Dans un rayon de lune, je vois qu'il m'ouvre ses bras et tend la main dans ma direction. Il n'en faut pas plus, je fais le tour du lit et me glisse contre lui en posant ma tête contre son épaule. J'ai l'impression que la Terre peut s'arrêter de tourner.

– Tu as peur ? demande Josselin.

– Oui, dis-je dans un souffle.

Je ne sais pas à quoi il fait allusion, si c'est au fait de me trouver dans son lit ou en planque dans le Vercors après avoir enlevé mon propre patient. Qu'importe, j'ai peur de tout.

– Moi aussi, avoue-t-il doucement en embrassant mes cheveux. J'ai peur de la vie plus que de la mort.

Son aveu me bouleverse. Je compatis à ses peines, mais le monde ne fonctionne pas de la sorte. Il est désespérément seul. Une larme coule le long de ma joue. Je me sens bien trop démunie pour lui venir en aide.

– Ne sois pas triste, ajoute Josselin tendrement. Tu es le seul rayon de soleil qui soit entré dans ma vie depuis des mois. C'est bon que tu sois là. Demain j'irai au commissariat. Tu n'auras pas d'ennuis, ne t'inquiète pas.

Mes larmes redoublent. La fatigue, la tension ou le bonheur.

Josselin ôte délicatement ma chemise de nuit et découvre mon corps. Avec sensualité et douceur, il redessine chacune de mes courbes. Son souffle parcourt ma nuque à la recherche de mes cheveux. De ses baisers, il invente un nouvel univers, une nouvelle planète, un nouveau langage. Mes mains se mêlent aux siennes.

La nuit peut m'envahir maintenant.

Un sourire aux lèvres, Xavier monte les marches de l'escalier menant à son appartement. Par réflexe, il s'empare de son portable et remarque un message de Tess. Il est impatient d'entendre le rapport de sa séance chez la voyante.

« Mon petit Xavier, désolée d'être arrivée en retard chez ton amie que tu m'avais chaudement recommandée. Bon, je m'en veux de te décevoir, mais il va falloir qu'elle change de métier. Bref, tout ça pour te dire qu'elle ne m'a pas convaincue. J'ai tout tenté pour retrouver mon fils et le sortir des griffes de cette fille complètement dingue. Il faut vraiment que tu m'aides à les retrouver ! Ton amie m'a fichu la frousse. D'après elle, ils sont tous deux en danger. Elle est un peu obsessionnelle, elle voit de l'eau et du feu partout. Sinon, rien de précis… J'ai dépensé soixante euros pour des prunes. Rappelle-moi ! »

Tess n'a pas changé, se dit-il, toujours aussi autoritaire. Avec un peu de recul, il comprend la méfiance d'Estelle. Josselin ne s'est-il pas enfui à l'autre bout du monde pour échapper au contrôle de sa mère ? Xavier chasse ces pensées désagréables en s'imaginant Agathe, seule dans son appartement. Comment l'a-t-elle décoré ? Que pense-t-elle à cet instant précis ? Comme lui, a-t-elle besoin de musique pour s'endormir ? Il a envie de l'appeler pour se rapprocher d'elle, pour sentir son souffle et sa peau sur laquelle il devine un léger déshabillé de soie.

Le téléphone vibre sur sa table de nuit. Il s'en saisit. Son cœur bondit lorsqu'il voit le nom de celle qui a illuminé sa soirée. Il lit le court texto : « Promesse en retour d'une nuit dans tes bras. Bientôt… »

Il se demande s'il n'est pas en train de tomber amoureux.

Mardi

La tête lovée contre son épaule, bercée par les battements de son cœur, je m'endors profondément. Avec la certitude d'avoir retrouvé cette partie de moi qui m'a si longtemps manqué. Peu avant l'aube, je sens une main qui secoue énergiquement mon épaule.

– Estelle, réveille-toi ! me dit Josselin en me tendant mes vêtements. Il se passe quelque chose.

Malgré l'inquiétude qui sourd dans sa voix, je m'extirpe difficilement de ma torpeur langoureuse. J'enfile chaussures, pantalon, tee-shirt et le suis dans le couloir en bougonnant. Dans la cuisine, une odeur piquante m'attaque le nez et la gorge. Je panique et appelle Hervé en criant. Il ne répond pas. J'entre en trombe dans sa chambre vide.

Dehors, Josselin hurle. Je me précipite à sa suite pour découvrir un spectacle d'apocalypse. À l'étage, des flammes gigantesques sortent des fenêtres de l'entrepôt, formant un brasier qui menace de se propager vers l'habitation. Josselin se tient devant la grande porte en fer à double battant. Il hésite à entrer. Une épaisse fumée noire l'enrobe comme un serpent prêt à étouffer sa proie. Il noue son chèche autour de la tête afin de se protéger le visage. Je le supplie de ne pas y aller.

Il me fait un clin d'œil et s'engouffre en baissant la tête. Au-dessus, l'incendie fait rage. Une langue de feu gangrène le toit, révélant des plaques rouges de combustion. La menace d'un effondrement imminent me fait frémir. Dans un éclair de lucidité, je compose le numéro des pompiers. Je tente de décrire l'ampleur de l'incendie. On me rassure, ils ont déjà été prévenus par des voisins et sont en route.

Mes jambes flageolent. Josselin a disparu comme il l'a fait dix-sept ans auparavant. Je ne supporterai pas qu'on me l'arrache à nouveau après qu'il m'a aimée si brièvement. Une seule nuit. Une seule courte nuit. L'injustice d'une situation qui se répète à l'identique me rend folle. Pas question de rester sur le bas-côté, cette fois. Je pousse un cri et entre à mon tour en remontant mon tee-shirt sur mon nez.

À l'intérieur, une purée de pois me saisit à la gorge et me fait pleurer. J'entends des cris et un bruit régulier de verre brisé. Je m'avance encore un peu et aperçois sur la mezzanine deux silhouettes qui se débattent dans une danse mortelle, prêtes à se faire piéger par les flammes qui ont envahi le bureau d'Hervé. Je les appelle et gesticule au pied de l'escalier. L'un d'eux semble m'avoir entendue, car il tourne la tête. Ensuite, tout se joue très vite. Une silhouette s'effondre, immédiatement retenue par l'autre. Ne tenant plus, je me précipite pour atteindre la plateforme sur laquelle ils se trouvent. Hervé est inconscient. Je glisse mon épaule sous la sienne et aide Josselin à le descendre.

Une fois dehors, nos poumons se libèrent. Nous toussons, crachons comme de beaux diables en inspirant de grandes goulées d'air frais. Nous posons délicatement Hervé sur l'herbe afin de l'examiner. Je tapote ses joues pour le faire revenir à lui. Il entrouvre les yeux et me sourit lorsqu'il me voit penchée sur lui. Son visage rouge porte une trace de contusion sur la pommette mais ne semble pas avoir subi de lésion particulière. En revanche, son bras gauche comporte plusieurs marques de brûlure sans gravité. Je pousse un soupir de soulagement et me tourne vers Josselin.

– Et toi ?

Il retire son chèche et me prend dans ses bras.

– Sans moi, ce zigoto serait en train de se faire dévorer par les flammes.

J'admire son courage, mais je trouve sa remarque déplacée. Je m'agenouille auprès d'Hervé et caresse son front pour dégager les mèches collées.

– Comment te sens-tu ?

Il détourne son regard.

– À l'intérieur ou à l'extérieur ? répond-il.

– À l'extérieur ?

– C'est le moins pire… Un peu mal au bras.

– Ça n'a pas l'air méchant, dis-je doucement.

Dans son regard, je lis une profonde détresse.

– Le laboratoire est foutu. Je ne comprends pas. Probablement un court-circuit. Et tous mes papiers, mes photos, mes travaux…

– Tu avais fait des sauvegardes ?

– Oui, bien sûr. Tout est en sécurité dans un coffre à la banque. Pareil pour mes fichiers clients et ma comptabilité.

– Bon, alors tu as évité la vraie catastrophe.

– J'avais conservé au congélateur certains cristaux comme ceux du lac Baïkal ou des chutes d'Iguaçu. Il y avait les vôtres aussi…

– Allez, courage ! Ça te donnera une occasion d'y retourner. Et puis nous on reviendra.

Au même instant, deux camions de pompiers font irruption dans le chemin. À proximité de l'entrepôt, les pompiers sautent à terre dans un bruit de bottes et de casques. Des ordres fusent. En quelques minutes, ils sont opérationnels et tentent de circonscrire le feu.

Deux hommes nous proposent des couvertures. J'en accepte une. Je réalise que je claque des dents. Ils allongent Hervé dans le camion pour le transporter à l'hôpital. Je m'assois à côté de lui, je veux l'accompagner. D'un geste las, il prend ma main.

– Ne perds pas ton temps, Estelle, tu as mieux à faire. Ta famille t'attend.

Je le regarde, étonnée.

– Ça nous arrive de regarder la télévision dans notre bled! ajoute-t-il en souriant.

– Depuis quand?

– Dès le premier soir! Ta photo passait en boucle. Difficile de ne pas te reconnaître!

– Tu n'as pas eu peur d'héberger une criminelle en fuite?

Je l'entends rire. Ça me réchauffe le cœur de savoir qu'il garde le moral.

– J'ai trouvé que ce patient avait bien de la chance d'être enlevé par une aussi jolie psychiatre… Ton hôpital doit regorger d'amoureux transis plutôt que de fous dangereux.

Sa gentillesse me touche une nouvelle fois.

– Je te garde un lit quand je rentre à Paris, alors?

– Chiche! J'ai toujours rêvé de jouer dans *Vol au-dessus d'un nid de coucou.*

Sa voix prend une intonation mélancolique.

– Ne m'attendez pas. Poursuis ta route. Tu as encore bien des choses à comprendre.

Je tente de m'opposer à ce qu'il va dire mais il m'empêche de parler.

– Je vais très bien, ma sœur va venir me chercher à l'hôpital, j'en ai pour une heure tout au plus. C'est toi-même qui l'as dit, c'est pas bien méchant ! Juste le temps de faire un joli pansement. Allez, filez…

Il a raison, mais j'ai du mal à le laisser seul dans ces circonstances. Il tourne la tête de l'autre côté pour m'encourager à partir. Je me lève et lui envoie un baiser de la main.

– Merci pour tout. Prends bien soin de toi.

Il continue de fixer la paroi du camion sans me regarder. Seule sa main se lève et s'agite pour me dire au revoir. Est-ce aussi difficile pour lui de tourner une page, même en amitié ? Un malaise me gagne à mesure que je m'éloigne du camion. J'observe Josselin lui faire ses adieux. D'où me vient cette curieuse impression qu'Hervé me cache quelque chose ?

Je m'assieds en tailleur au pied de la haie, le plus loin possible des manœuvres pour ne pas gêner les pompiers. Ils ont déployé la lance à incendie. L'eau viendra sauver la source, ou au moins l'usine. Quelle ironie.

Je n'ai pas le temps de m'appesantir, Josselin revient vers moi tout sourire. Cette bonne humeur au milieu des fumerolles m'étonne, je lui en fais la remarque.

– Tu préfères quand j'ai la corde autour du cou ? rétorque-t-il avec agressivité.

– Non, tu as raison, c'est juste que je pense à Hervé. C'est une telle tragédie, tous ses efforts partis en fumée.

– L'essentiel est qu'il soit en vie, non ? Je souriais pour t'encourager, pas pour te dire que la journée commençait bien ! Tu as le don de voir le mauvais côté des choses… À se demander comment tu peux aider les autres à s'en sortir !

J'accuse le coup. Peut-être ai-je manqué de délicatesse. Néanmoins sa remarque me blesse. Je tourne la tête, je n'ai pas envie de polémiquer, je n'en ai pas la force. De son côté, Josselin a l'air d'assurer. Il n'en finit pas de me surprendre. Une question me vient à l'esprit :

– Dis-moi, qu'est-ce qui s'est passé sur la mezzanine tout à l'heure ? On aurait dit que vous luttiez.

Josselin pousse un soupir.

– Écoute, j'aurais préféré ne pas avoir à te le dire pour ne pas te choquer, mais puisque tu as assisté à une partie de la scène, il vaut mieux que tu saches tout. En pleine nuit, j'ai été réveillé par un bruit sec et régulier. Intrigué, je me suis levé. Par la fenêtre, j'ai vu de la fumée. J'ai voulu alerter Hervé mais sa chambre était vide. J'ai tout de suite compris ce qui se tramait et c'est là que je t'ai demandé de t'habiller. Lorsque je suis arrivé dans l'entrepôt, Hervé jetait des bouteilles sur les flammes pour les étouffer. C'est ça le bruit de verre que l'on entendait toutes les cinq secondes.

Il s'interrompt, ébranlé par ce qu'il s'apprête à me révéler, puis reprend :

– Ça ne servait strictement à rien, le feu progressait au contraire de plus belle, alimenté probablement par certains produits qu'il entrepose dans son laboratoire de photos. Quand je suis parvenu à sa hauteur, j'ai repéré un gros bidon d'un produit inflammable à quelques mètres du brasier. Hervé voulait s'en emparer pour éviter une explosion, mais c'était trop dangereux.

– Qu'as-tu fait alors ?

Josselin farfouille une motte de terre avec son pied. Ma question le dérange.

– Tu veux que je te dise ? J'ai eu l'impression qu'il était prêt à mourir dans cet incendie. J'ai senti chez lui l'envie de ne pas survivre à ce drame. C'est une chose que je connais bien…

Je reste bouche bée, frotte mon visage et observe béatement les pompiers s'activer en tous sens. Les cris, les ordres me font sursauter. J'ai du mal à réaliser que ce n'est pas un film et que je ne suis pas tranquillement assise dans mon canapé.

– Tu entends, Estelle ? insiste Josselin. Je l'ai sauvé des flammes.

Je comprends mieux sa toute première réaction, lorsqu'il se vantait d'avoir joué les héros. Je comprends aussi la lutte en haut de la mezzanine. Hervé ne voulait pas redescendre.

– Qu'est-ce qui s'est passé ensuite ?

– Il nous mettait en danger tous les deux. Je l'ai frappé pour l'empêcher de se débattre. Il s'est effondré et je l'ai porté. C'est là que tu es arrivée.

La pommette rouge, c'était la trace du coup. Pourquoi Hervé ne m'en a-t-il rien dit, que ce soit pour se plaindre ou pour remercier Josselin qui venait de lui sauver la vie ? J'entends les portes du camion se refermer. La sirène fait reculer les badauds qui se sont amassés à l'entrée du jardin.

– Saloperie ! dis-je d'un air dégoûté en observant le véhicule rouge disparaître au bout du chemin. C'est pas juste.

Josselin remarque mon malaise.

– Tu vas où ? me demande-t-il, inquiet.

– Je me fais un café et on s'en va.

– Où ?

– On verra bien !

Agathe se réveille en sursaut et regarde, affolée, son réveil. Il est huit heures, ses premières consultations commencent dans trente minutes. Aucune chance d'y être à temps.

Elle se repasse les événements de la veille. La rencontre avec Xavier, la prise de bec puis la sensation d'être une adolescente en train de faire des bêtises dans un placard, la soirée au restaurant et le vide… le vide sans lui. Elle glisse doucement la main sur l'oreiller à côté d'elle. Peu d'hommes ont refusé l'invitation à la rejoindre. À dire vrai, aucun. Sa délicatesse l'a bouleversée. Sa rudesse aussi. Tout en contradictions, il a clairement manifesté son intention de la séduire mais semble vouloir prendre son temps.

Elle s'allonge, étire ses muscles en se cambrant, puis roule jusqu'au bord du lit pour attraper le téléphone. Elle appelle sa secrétaire et laisse sur le répondeur un message où elle lui demande d'annuler ses rendez-vous de la journée. Elle se souvient qu'un élément ne cadrait pas lorsqu'elle compulsait les comptes bancaires. Elle comprend enfin. Le compte ouvert au nom de T. de Montalban ne peut pas être celui de Tess, comme elle l'a d'abord pensé. À l'époque, la jeune femme n'était pas mariée. Elle ne portait donc pas le nom Montalban.

À huit heures, Xavier rentre de son footing. Exténué. Heureux. Il s'est réveillé tôt, tiré du sommeil par son propre rire. Bien longtemps que ça ne lui était pas arrivé. Depuis son divorce, il pose le pied à terre chaque matin avec la certitude d'avoir commis la plus grande erreur de sa vie en négligeant sa femme et ses deux petites filles. Persuadé que le train de vie qu'il leur offrait compensait son absence, il a travaillé avec acharnement, ignorant les avertissements répétés de son épouse. Il a mené sa vie de famille comme on dirige une équipe, avec des objectifs, des récompenses. Il s'est rendu compte, trop tard, que les chiffres, les pourcentages et les camemberts ne remplacent pas les câlins du soir.

Elles sont parties.

Le plus difficile pour lui a été la phrase laconique, écrite d'une main tremblante sur un bout de papier arraché d'un carnet : « Je te quitte en t'aimant. Décidément, tu n'as rien compris. » Une douloureuse période de questionnement, de remise en cause, d'espoir de reconquérir un cœur perdu s'est ensuivie.

En vain.

Il a appris, à ses dépens, qu'une femme part définitivement. En entrant comme une comète dans son ciel sans étoiles, Agathe a bousculé ses récentes habitudes de célibataire. Il a été bouleversé par cette pure beauté. Il a perçu, sous des airs détachés de femme enjôleuse, la douleur de la solitude, l'abîme de celle qui, à quarante ans, n'a pas fondé de famille. Pas de goûters d'anniversaire, pas d'histoires à raconter le soir, pas de course effrénée pour arriver à l'heure à l'école ou au cours de danse, pas de câlin écrasé pour sécher une larme. Agathe s'étourdit de sorties, de dîners, d'amants. Agathe se perd au milieu des rires et du champagne. Agathe offre son corps pour épargner son cœur.

Agathe n'est qu'une façade et Xavier n'a nullement l'intention de se contenter de l'écorce même si celle-ci est sublime. Il attendra le temps nécessaire pour parvenir au cœur parfait de ce bois qu'il devine précieux et tendre.

Les pompiers sont parvenus à maîtriser l'incendie avant qu'il anéantisse le reste du bâtiment. Dans son malheur, Hervé a eu un peu de chance : la maison est intacte. En revanche, l'usine est dévastée. Nous constatons l'ampleur des dégâts au milieu des fumerolles. Ce qui reste du piano croule sous un amas de tôles noircies, l'eau s'est infiltrée dans les moindres recoins, tout n'est que désolation.

Une colère froide m'envahit. Bien sûr, Josselin a sauvé la vie d'Hervé, mais l'incendie se serait-il déclaré si nous n'avions pas été là ?

La coïncidence me fait frémir. La seule présence de Josselin n'entraîne-t-elle pas son lot de catastrophes ? Son existence s'articule autour de drames : son père, sa femme, son enfant. En ce qui me concerne, tout a basculé au moment où Josselin a fait irruption dans ma vie. Et je dois me rendre à l'évidence, il en est de même pour Hervé.

Mon esprit scientifique refuse ce genre de considérations. Ces arguments font le commerce des vendeurs de magie noire, des gourous, des manipulateurs en tous genres, ceux-là mêmes qui utilisent la mort, la maladie ou la perte d'un amour pour s'enrichir. Très peu pour moi.

Je rassemble mon courage en même temps que mes affaires et nous fermons la maison en cachant la clé sous le paillasson, comme Hervé nous l'a demandé. Nous montons dans la voiture. Josselin se propose de prendre le volant. Exténuée, j'accepte. Nous roulons vers le sud. Il faut que nous voyions Liane, cette amie vétérinaire qui a abandonné la ville pour découvrir les joies de la campagne. D'après Hervé, elle s'est installée dans le Var. Nous faisons une recherche sur Internet et retrouvons sa trace à Gonfaron.

À mi-parcours, Josselin s'arrête dans un commissariat pour faire une déposition et signe une décharge dégageant l'hôpital Sainte-Anne de toute responsabilité. Il a produit un document signé de sa main désignant le docteur Estelle Montaigne comme l'unique médecin à qui il accepte d'être confié.

Nous reprenons la route, Josselin parle. De lui surtout. Longtemps. Il est vrai que je lui ai posé très peu de questions jusqu'à présent. Qu'a-t-il fait ces dix-sept dernières années? Il raconte ses études à l'université St. John's à New York, sa joie d'avoir quitté la France et l'univers confiné dans lequel sa mère le maintenait. La vraie vie a commencé là-bas. Une première expérience professionnelle au service commercial d'un groupe pharmaceutique, puis un virage à cent quatre-vingts degrés en devenant chasseur de matières premières comme le café, le thé, le chocolat. Rapidement il a été écœuré par les marges considérables faites sur le dos des paysans d'Amérique du Sud, d'Afrique ou d'Asie. Il a alors participé à l'amélioration des conditions de vie de ces populations en réunissant les capitaux nécessaires à l'ouverture d'unités de transformation des matières premières directement sur les sites d'exploitation. Montées en coopératives, ces petites usines permettaient aux villageois non seulement de travailler, mais aussi de donner une valeur ajoutée à leurs marchandises.

Parallèlement, et pour faciliter l'intégration des femmes dans ces structures, les enfants étaient accueillis au sein d'une école qui dispensait également des cours du soir pour les adultes désireux d'apprendre à lire ou à écrire. En créant un label, EcoPart, il garantissait aux consommateurs une répartition équitable des bénéfices au profit des petits producteurs de pays en voie de développement. Mais en raison d'un lobbying puissant aux États-Unis et en Europe, il s'est vu refuser l'entrée des produits EcoPart dans le circuit de la grande distribution.

Une période délicate a suivi, au cours de laquelle les marchandises s'accumulaient dans des entrepôts dont la location représentait une charge trop lourde à un bilan déjà déficitaire. Les banques qui avaient misé sur un pari audacieux commençaient à faire marche arrière et n'acceptaient plus des délais supplémentaires de paiement. C'était en 1999. Il régnait une ambiance particulière, une sorte d'euphorie où tout semblait possible à l'aube du XXIe siècle. Josselin s'était laissé gagner par cette envie de croire à un monde meilleur.

Peu avant Noël, il a réussi à organiser un réseau de partenaires bénévoles grâce à des associations déjà existantes au sein de collèges, de lycées et d'universités. Il lui a suffi de quelques clics pour entrer en contact avec les représentants de ces associations dans les principaux pays de la planète. La motivation des étudiants qui entraient de plain-pied dans un nouveau siècle a fait le reste. Une vague de soutien a déferlé sur le Net, fédérant des centaines d'autres associations. Les lycées de chaque grande ville ont organisé, à la veille des vacances, une vente des produits EcoPart. Pas un parent, grand-parent, frère, sœur, collègue de travail n'est reparti sans un paquet de café, thé ou chocolat à mettre sous le sapin. Internet a permis un miracle. La quasi-totalité du stock des différentes usines participant au projet EcoPart a été écoulée en une semaine. L'événement a été relayé par les médias du monde entier. L'opinion publique a largement soutenu cette initiative et des magasins et coopératives bio ont ouvert leurs portes à ce nouveau label.

Par la suite, Josselin a créé une chaîne de magasins doublés de salons de dégustation dans lesquels on trouvait ces produits, ainsi que d'autres issus du marché équitable. Sa nouvelle notoriété lui a assuré un succès immédiat. La dernière unité de production qu'il a créée se situait à Madagascar.

Sa voix devient monocorde puis s'arrête. La suite, je connais.

Mon téléphone vibre. Un numéro inconnu, celui qui m'a appelée à plusieurs reprises hier. Je soupçonne l'acharnement d'un journaliste et ne décroche pas. J'ai besoin de repos. L'incendie nous a réveillés à quatre heures du matin. Je pose ma tête contre le dossier en pensant au chemin parcouru par Josselin.

Exceptionnellement, Agathe s'offre le luxe de prendre un copieux petit déjeuner. Elle prend même le temps de lire le journal. Puis elle se douche, choisit dans son dressing un jean blanc, des ballerines et un chemisier en soie bleu nuit dont le décolleté arrondi met en valeur ses épaules. « Presque trop sage », pense-t-elle en se regardant dans le miroir avec l'espoir de convenir d'un rendez-vous avec Xavier.

À neuf heures précises, elle compose le numéro de la Société Générale, qui a émis durant plus de trente ans des relevés à l'intitulé « T. de Montalban ». Lorsqu'on lui passe un chargé de clientèle, elle prend un ton assuré et condescendant. À la voix jeune et dynamique de son interlocuteur, elle devine avec soulagement qu'il ne peut pas connaître celle dont elle usurpe l'identité et y va au culot.

– J'espérais avoir affaire à cette charmante personne qui était en charge de nos affaires avant vous, ose Agathe. Vous n'êtes pas en poste depuis longtemps ? soupire-t-elle avec cette pointe de déception du client exigeant.

– Mme Dufour est partie à la retraite l'année dernière, je la remplace. Mais ne vous inquiétez pas, madame de Montalban, nous disposons d'outils informatiques dont la mémoire permet de suppléer nos éléments les plus précieux.

– Si vous le dites… J'espère que vous serez aussi efficace qu'elle !

– En quoi puis-je vous aider ?

– Voilà, je mets de l'ordre dans mes papiers. Vous savez ce que c'est, on garde des choses pendant des années sans en avoir besoin, et au moment où ça se révèle utile, on ne les retrouve plus… Je suis relancée par la SNC Les Hirondelles, qui me réclame le paiement de plusieurs mensualités sur le compte numéro 209804993 295… Je suis certaine que les prélèvements ont bien été effectués. Auriez-vous l'amabilité de me le confirmer ? Je vais leur écrire pour tirer ça au clair, mais je n'ai plus leurs coordonnées, car tout est archivé. Pourriez-vous m'indiquer leur adresse ?

– Certainement, madame de Montalban. Laissez-moi quelques minutes, je vous prie, afin d'effectuer les recherches et je vous rappelle…

– Au numéro qui s'affiche, le coupe Agathe.

– Avec plaisir, à tout de suite, madame.

Agathe raccroche, fière de son coup. Il n'y a vu que du feu. Le renseignement demandé est tellement insignifiant, il n'a aucune raison de soupçonner quoi que ce soit.

Elle se dirige vers son bureau et règle quelques factures en attente. Une demi-heure plus tard, le téléphone sonne. Le chargé de clientèle rappelle. Agathe est agréablement surprise par la diligence du jeune homme dont la voix, pleine d'entrain, annonce qu'il a le renseignement souhaité. Agathe griffonne l'adresse sur un calepin : « 9 rue des Capucines, Saint-Blaise, 78210 », et ose une dernière question.

– Merci, vous m'avez été d'une aide précieuse. Un dernier détail avant de vous quitter. Auriez-vous l'intitulé exact de l'organisme en question ? Je sais que la poste est pointilleuse.

– Ne quittez pas, fit-il, je l'ai inscrit quelque part… Ah oui, voilà, il s'agit de la maison de retraite Les Hirondelles, tout simplement, comme sur le libellé du virement.

– Bien, ajoute Agathe en masquant sa surprise, je m'en doutais mais je voulais m'en assurer. Merci encore.

– À votre service, madame. Excellente journée.

Le téléphone encore à l'oreille, Agathe est partagée entre l'excitation et la consternation. Une maison de retraite. Elle s'attendait à tout sauf à ça. Elle compose immédiatement le numéro d'Estelle pour lui faire part de cette découverte étonnante et tombe, déçue, sur la messagerie. Elle laisse un message en lui demandant de rappeler.

Elle tourne en rond, l'œil rivé sur son téléphone silencieux. Pourquoi Estelle ne rappelle-t-elle pas ?

L'homme porte un costume chocolat quand il se rend au domicile d'Estelle Montaigne. Les journaux ont relayé la fuite du médecin, toutes les hypothèses ont été échafaudées : la psychiatre serait la prêtresse d'une secte et aurait kidnappé son patient pour extorquer une rançon à la famille. En dernier lieu, on fait état d'une romance, avec à l'appui une photographie datant de la faculté où on les voit assis côte à côte sur les bancs d'un amphithéâtre.

Lorsque Diego Fernandez sonne à l'interphone, David est vautré dans le canapé de son salon. Une bouteille de rhum, largement entamée, trône sur la table basse. Dans une sorte de brouillard, il entend la sonnette lui vriller les tympans. Il tente de regarder sa montre mais l'effort est trop grand, son bras retombe. Sa tête aussi.

Il ne voit pas la carte de visite glissée sous la porte par Diego Fernandez. Détective privé. Ni le mot qui l'accompagne. « Appelez-moi de toute urgence. Votre femme est en danger. »

Les gouttes s'écrasent avec violence sur le pare-brise. Des éclairs ressemblant à des guirlandes électriques zèbrent un ciel chargé de nuages. La pluie les a surpris sur l'autoroute après qu'ils ont traversé la Seine.

Xavier se concentre sur la route et sur les indications de son GPS. Agathe l'observe avec l'impression que ces dernières vingt-quatre heures ont été chaotiques.

À dix heures, sans nouvelles d'Estelle, elle a appelé Xavier pour lui faire part de son plan. Il a immédiatement proposé de passer la prendre et de se rendre à l'adresse indiquée. Qu'y a-t-il derrière cette maison de retraite pour que Tess s'évertue à en cacher l'existence ? Ils ont échafaudé toutes sortes d'hypothèses sans trouver de piste cohérente. Agathe se cale confortablement contre son dossier et s'accorde un moment de détente. Ils viennent de quitter les axes principaux et s'engagent sur une petite route qui déroule une campagne monotone.

La pluie s'est arrêtée. Un faible rayon de soleil perce la carapace cotonneuse du ciel dont des lambeaux gris anthracite s'arrachent mollement des champs. Quelques kilomètres plus loin, ils aperçoivent le panneau signalant l'entrée de Saint-Blaise. Le GPS annonce qu'ils arrivent à destination dans cinq cents mètres. La maison de retraite se trouve à la sortie, en direction de Mantes-la-Jolie. Ils traversent l'unique rue bordée de maisons en pierre. Les jardins envahis d'herbes folles offrent un spectacle de désolation.

Agathe porte la main à son cœur après avoir croisé le regard apeuré d'un chat famélique aux allures de survivant.

– Qu'est-ce qui se passe ici ? note-t-elle, surprise de n'avoir croisé ni voiture ni piéton.

– Je ne sais pas, avoue Xavier. On dirait que les habitants ont déserté le village après une catastrophe nucléaire.

Ils longent une haute clôture puis arrivent devant un portail en fer forgé piqué de rouille. Il est ouvert. Sur un panneau scellé au mur, endommagé par des impacts de chevrotine, on devine, plus qu'on ne lit, qu'il s'agit de la maison de retraite. Ils échangent un regard interdit. Agathe est parcourue d'un long frisson. D'un bref mouvement de tête, elle convainc Xavier de s'engager dans une allée d'acacias. De part et d'autre du chemin, des bouquets d'arbres savamment organisés laissent penser qu'en d'autres temps ce jardin a fait l'objet de soins méticuleux. Des murets de pierre sèche entourent ce qui a dû être une splendide roseraie. Certains pieds continuent d'exhiber quelques magnifiques spécimens aux coroles veloutées, d'autres aux ramures dénudées sont tournés vers le ciel. À gauche, des thuyas forment une haie gris sombre d'arbres dont les branches desséchées ploient vers le sol. Même les oiseaux ont déserté cet univers.

Lorsque la longue bâtisse de deux étages se dessine après un dernier virage, Agathe agrippe la main de Xavier. De stupeur, il arrête le véhicule et coupe le moteur, ne pouvant détacher ses yeux des trous béants qui crèvent la carcasse de béton. L'établissement a été entièrement dévasté. Fascinés par ce squelette aux fenêtres énuclées, aux portes enfoncées et aux vestiges éparpillés, ils s'approchent main dans la main de la ruine éventrée. Ils enjambent des meubles en état de décomposition, des poutres rongées par les vers, et se dirigent, la peur au ventre, vers ce qui ressemble à une entrée. D'un geste, Xavier met Agathe en garde contre les débris de verre qui jonchent le sol. À pas prudents, ils s'engouffrent dans un couloir ouvert aux quatre vents et identifient ce qui reste des chambres des anciens pensionnaires.

Sans un mot, ils ressortent du bâtiment par l'autre extrémité, perdus chacun dans ses pensées. Ils descendent une volée de marches et aperçoivent en contrebas un homme muni d'une canne et d'un panier. Ils s'approchent. Xavier le hèle. Étonné, l'homme met sa main en visière et attend patiemment qu'ils parviennent à sa hauteur.

– Bonjour, lance Xavier, vous êtes du village ?

– Ben oui, y a pas grand monde dans le coin… Z'êtes pas de la région, vous ?

– De Paris. On aimerait rencontrer quelqu'un qui puisse nous renseigner sur la maison de retraite…

– On n'aime pas trop les étrangers ici, on en a marre des journalistes, l'interrompt l'homme en refermant d'un coup sec le rabat de son panier.

– Ce sont des morilles ?

– C'est tout ce qui reste ici, grommelle-t-il d'un air las.

Il se redresse dans un sursaut de fierté. Habillé d'un pantalon en toile grossière, d'une chemise en flanelle à carreaux et d'un béret, impossible de lui donner un âge.

– Voulez savoir quoi au juste ? demande-t-il en allumant une gitane.

– Des informations sur un pensionnaire de cette maison de retraite, répond Agathe en se fendant d'un immense sourire.

Il éclate de rire.

– Il n'y a jamais eu de maison de retraite ici, c'était un asile de fous !

– Vous en êtes certain ? ose Agathe, estomaquée.

– Bien évidemment, j'étais jardinier ici, je suis bien placé pour le savoir. Ils étaient tous fendus du ciboulot, j'vous dis…

Xavier et Agathe se regardent, plus intrigués encore.

– Qu'est-ce qui s'est passé ici ? demande Xavier.

L'homme pousse un long soupir.

– Ça marchait drôlement bien avant… C'était un établissement tranquille, les pensionnaires n'étaient pas des petits vieux comme les autres, mais ils n'étaient pas dangereux. On soignait uniquement les hommes ici, ceux qui étaient revenus de la guerre, traumatisés. Vous savez, ces putains de guerres, ça fait des dégâts dans le cerveau. Les mecs y sont plus jamais comme avant. C'était un établissement subventionné par l'armée, mais il ne fallait pas que ça se sache. Pas très populaire de soigner ces pauvres types… Ils ont appelé ça une « maison de retraite ».

– Le nom de Montalban vous dit quelque chose ? tente Agathe.

Il esquisse une grimace.

– J'm'en souviens très bien ! Théo de Montalban, c'était l'beau gars…

– Vous parlez de Théodore de Montalban ? s'exclame Xavier.

– Vous êtes qui au juste ? se méfie l'homme. J'veux pas d'ennuis, moi… Y en a eu assez après tout ça !

– Ne craignez rien, je suis un ami de la famille. Théodore de Montalban, c'était le grand-père de Josselin !

– Ce n'est pas possible, son grand-père est mort à la fin de la guerre d'Algérie, susurre Agathe, livide.

– Ça, c'est ce qu'on vous a fait croire ! Théo, y avait pas plus gentil, mais y avait plus rien à l'intérieur, aussi vide qu'un trou noir… La nuit, il hurlait à fendre le cœur. Y a que ma femme qui adoucissait son calvaire. Tous les matins il l'attendait à l'entrée de la cantine. Elle était cuisinière, et il lui offrait un petit bouquet de fleurs qu'il avait cueillies. Il me retrouvait souvent dans la roseraie. C'est impossible d'oublier le sourire de ce type quand je lui donnais quelques roses. Je savais qu'il pensait à Solange. On peut dire qu'il a été mon principal rival durant toutes ces années ! Malgré sa gueule défoncée, il avait de la classe. Ça paraît incroyable, mais quand il est mort en 2004, on a eu du mal à s'en remettre, ma femme et moi…

– Il recevait des visites ?

– Son fils au début, et sa belle-fille ensuite…

– Comment savez-vous qu'il s'agissait d'elle ? s'enquiert Agathe.

– Elle était gentille avec le personnel hospitalier, elle faisait toujours envoyer des chocolats à Noël avec une carte. Ça marque… Tout le monde n'a pas cette attention !

– Gentille ou belle ? insiste Agathe, surprise qu'on puisse la trouver gentille.

L'homme a un sourire énigmatique.

– Belle… Et gentille aussi…

Agathe se tourne vers Xavier, stupéfaite.

– 2004… C'est la date des derniers relevés bancaires d'un certain T. de Montalban, c'est-à-dire quarante ans après sa mort officielle ! Tu penses que Josselin est au courant ?

Xavier passe une main dans ses cheveux et lève la tête vers le ciel. Il commence à mesurer l'ampleur de leur découverte.

– Ça m'étonnerait, il a toujours dit qu'il était mort avant sa naissance !

– Ça sent le pâté votre histoire, si je peux me permettre ! glousse le jardinier.

Xavier se retourne et donne un coup de pied dans une touffe d'herbes hautes. Puis il revient vers Agathe, les épaules voûtées.

– Elle savait et elle l'a caché à Josselin, dit-il amèrement.

– Pourquoi avoir caché l'existence du grand-père ? demande Agathe, consternée.

– La honte, madame ! Ils ont tous eu honte. L'État, la famille… Où étaient passés les héros de la guerre, les médaillés des boucheries ? On préfère les savoir morts que fous. Comment expliquer qu'ils restent cloîtrés à vie derrière des barreaux, attachés à des lits pour avoir rempli leur devoir ? Un vrai soldat revient avec une balle dans le ventre ou une main arrachée, pas avec un bobo dans la tête. L'armée a eu la décence de les regrouper entre eux, de ne pas les mélanger avec les fous dangereux. L'après-midi, certains jouaient aux cartes. Ils misaient leurs décorations. Ils avaient gardé le sens de la hiérarchie : une croix de guerre ou une légion d'honneur avait une vraie valeur tandis qu'un jeton bleu ou vert ne représentait rien pour eux.

– Vous savez ce qu'il lui est arrivé pour atterrir dans un tel établissement ?

– D'après ce qu'on raconte, ça s'est passé peu de temps avant la fin de la guerre. Une erreur des services de renseignement. Ils avaient localisé une bande de fellaghas très actifs dans un village et ils avaient reçu l'ordre de les soumettre par tous les moyens. Théo était capitaine, c'est lui qui avait programmé l'assaut. De ce que je sais, ça a été un carnage. Quand ils ont ouvert les portes de la ferme dans laquelle ils s'étaient retranchés, ils ont trouvé des gamins armés de pics, de pioches et de fusils. Il est entré en premier, il a vu les mômes, le sang, les membres arrachés, les têtes explosées… Les fellaghas avaient fui dans la nuit, les gosses devaient protéger les femmes et les plus petits. Il n'a pas supporté.

– Comment connaissez-vous ces détails ?

– Vous savez, c'était notre vie à nous aussi. Ces mecs, c'est grâce à eux qu'on a bouffé pendant trente ans. Ils étaient touchants dans leur détresse.

– Pourquoi c'est en ruine ?

– Il y a eu un accident. Un pensionnaire en a mortellement blessé un autre. La famille a porté plainte, il y a eu un gros scandale. L'armée s'est débinée et a fermé les portes de l'établissement en laissant aux familles le soin de placer les convalescents ailleurs. Pas de repreneur, plus de travail, les gens du village sont partis.

Agathe observe avec inquiétude Xavier qui s'est éloigné, meurtri par la trahison de Tess.

Le paysage chargé de couleurs chaudes défile sous mes yeux. Dehors il fait vingt-huit degrés. Je n'ai pas envie de l'entendre parler de Madagascar, de cette femme qu'il a aimée plus que tout. Il ne cessera jamais d'idéaliser celle qu'il a perdue, la mère de son enfant qu'il n'aura pas connu. On ne gagne jamais contre un fantôme. Josselin a deviné qu'il valait mieux passer cet épisode sous silence. Pour lui comme pour moi.

Nous sommes tous deux éprouvés par les événements de ces dernières heures. Josselin conduit avec prudence. Je me laisse bercer par le ronronnement du moteur, mais au moment où la frontière avec le réel se dissout, je sursaute, assaillie par une pensée.

– Ça ne va pas ? s'inquiète-t-il.

– Si, mais je me demande comment tu as fait pour m'entendre entrer dans ta chambre hier soir. Avec tes médicaments, tu devrais dormir d'un sommeil de plomb. Tu ne les prends plus ?

J'observe son visage. Si parfaitement dessiné. Il sourit.

– Non seulement je les prends, mais je les prends devant toi. Tu n'as pas remarqué ?

Je fronce les sourcils. Impossible de m'en souvenir. Mes sentiments pour Josselin m'ont rendue moins vigilante. Cette perspective m'irrite, je me rencogne dans le creux de mon siège.

Comme s'il devinait mon désarroi, Josselin passe une main douce le long de ma cuisse.

– Je sais à quoi tu penses. Ne t'en veux pas trop, c'est nouveau pour toi comme pour moi...

Attendrie, je prends sa main et la pose contre ma joue, mais la suite de sa phrase me tétanise.

– Cependant, ne profite pas de cette situation pour faire de moi ton cobaye. Je n'ai pas envie de donner raison à ma mère qui doute de tes capacités. Pour la rassurer, je lui ai dressé de toi un portrait idyllique, mais je ne voudrais pas être déçu. Tâche de te ressaisir.

Ses paroles m'atteignent comme un poignard, mais ses doigts parcourent le contour de mon visage avec une étonnante douceur. Il se gare sur une aire de stationnement, fait le tour de la voiture, ouvre ma portière et m'aide à descendre.

– Je n'avais pas envie de soulever cette question, mais puisque tu l'as fait, je préfère te donner mon avis.

Puis il me serre dans ses bras et m'embrasse dans le cou tout en me chuchotant des mots tendres à l'oreille. Il me fait tournoyer, son parfum rappelle la nuit que nous venons de passer ensemble. L'étreinte ravive notre désir de la veille.

– Je suis tellement heureuse que tu sois revenu dans ma vie, dis-je en susurrant et en soutenant son regard qui m'électrise.

Je ferme les yeux au moment où ses mains passent sous mon chemisier.

– Mes remarques ont un but bien précis. Je veux que tu sois la meilleure. Et si pour l'instant tu es une maîtresse moyenne, tu verras, tu feras des progrès. Et en médecine, ce sera pareil !

Mon sang se glace avant la fin de sa phrase. Je le repousse. Comment ose-t-il juger mes talents au lit alors que je me suis offerte à lui en rompant le serment de fidélité à mon mari ?

Il tente de saisir ma main pour l'embrasser, je la retire avec violence. Il recule de deux pas en levant les mains.

– Excuse-moi, Estelle, je t'ai dit que ce ne serait pas facile… C'est toi qui as insisté, je n'étais pas certain d'être prêt. La dernière fois que j'ai serré une femme dans mes bras, c'était ma femme.

Il s'arrête, commence une phrase puis se reprend.

– Je suis désolé, tu n'y es pour rien… C'est juste que c'est comme ça !

J'ai conscience qu'il est en plein processus de deuil. Il est normal de faire des comparaisons avec l'être aimé. Pourtant sa confidence me blesse. Je m'éloigne de quelques pas pour mieux réfléchir et m'assieds sur un banc. Je savais pertinemment, avant de tomber dans ses bras, qu'il me serait impossible de remplacer sa chère disparue. J'ai commis une erreur en le rejoignant dans sa chambre alors qu'il avait dit ne pas être prêt à vivre une nouvelle histoire d'amour.

Son air penaud m'arrache un sourire. Je suis à ses côtés en deux enjambées et tends la main en réclamant les clés.

– Tu sais ce qu'on va faire, toi et moi ?

Il secoue la tête, légèrement inquiet.

– On va reprendre où nous nous étions arrêtés : tu es mon patient, je suis ton médecin !

Nous quittons l'autoroute au Cannet-des-Maures, un petit village provençal perché sur un éperon rocheux qui domine une plaine de vignobles et de pins parasols. À chaque virage, la nature offre un camaïeu de couleurs aux nuances infinies.

À l'heure du déjeuner, nous traversons le village de Gonfaron. La grand-rue déserte a des allures de camp retranché avec ses portes closes pour se protéger du soleil écrasant. Deux kilomètres plus loin, nous découvrons, sur la colline, une charmante bergerie en pierre, aux fenêtres rouges à petits carreaux, qui correspond aux descriptions du boulanger. J'emprunte une allée bordée de cyprès et d'oliviers. Des chevaux nous observent en silence, balayant de leur longue queue gracile une nuée de moucherons.

Je me gare sous un chêne vert au tronc impressionnant. À peine sortie, je suis saisie par cette chaleur accablante et me rattrape de justesse à la portière de la voiture. Je réalise que j'ai faim, nous n'avons pas eu le temps de prendre de petit déjeuner ce matin. Sans compter la fatigue.

Je distingue trois entrées, signe que cette maison était habitée autrefois par plusieurs familles. Deux mûriers centenaires encadrent une épaisse table en bois.

Notre voiture a réveillé un chien assoupi sous un banc, qui signale notre arrivée par un concert d'aboiements. Une silhouette bariolée se dessine sur le pas de la porte.

C'est Liane.

Je la reconnais non pas à ses vêtements, mais à sa façon de poser ses mains sur les hanches, les deux pieds plantés dans le sol. Je me dirige vers elle en marchant comme une danseuse sur l'épais tapis formé par des milliers de glands tombés à terre.

L'expression de son visage s'adoucit lorsqu'elle me reconnaît. Elle descend deux marches pour venir à ma rencontre et me serre chaleureusement dans ses bras.

– Bon, bon, bon… Qu'est-ce que notre Estelle Montaigne vient faire ici ?

Je recule d'un pas et la regarde droit dans les yeux.

– Tu préfères la version officielle ou officieuse ? lui dis-je.

Elle éclate d'un rire rauque que je ne lui connaissais pas.

– Si tu as traversé toute la France, ce n'est pas pour me raconter des carabistouilles…

– T'as vu les infos ?

– Bah… comme tout le monde. Tu fais la une, on dirait !

– Ils racontent un tissu de mensonges. J'étais obligée de faire ça, Josselin était en danger.

Liane, avec un sourire en coin, ne peut s'empêcher de me faire remarquer ma voix qui siffle comme une cocotte-minute.

– Alors tu t'es sauvée avec ton amant ?

Sa question m'énerve plus qu'elle ne me choque. C'est un peu comme si elle donnait raison aux médias qui brisent la vie des gens en salissant leur réputation. Finalement, je hausse les épaules. Josselin, resté en retrait, sort de la voiture. Liane fait une moue dédaigneuse en l'apercevant.

– C'est pas lui qui baratinait toutes les nanas à la fac ?

Je me raidis, vexée par le préambule.

– C'est tout ce dont tu te souviens ?

– Non, je me rappelle aussi une histoire de tentative de viol sur une infirmière dans les toilettes d'une soirée étudiante.

Je lève les yeux au ciel.

– Tu ne vas pas ressortir ces vieux ragots. Il a été prouvé qu'elle avait monté tout un scénario pour le faire chanter.

– Si tu le dis… Mais pour moi il n'y a pas de fumée sans feu. Enfin, maintenant qu'il est là, on va faire avec ! ajoute-t-elle.

Puis elle tourne le dos et entre dans la maison en bougonnant. Drôle d'accueil, pensé-je. Est-ce la solitude de la campagne qui a changé Liane à ce point ? La dernière fois que je l'ai vue, elle portait un tailleur et des talons. Des boucles brunes encadraient un visage rond et harmonieux. Rien à voir avec ces cheveux courts dissimulés sous un foulard aux couleurs criardes, ce sarouel marron et cette longue tunique orange découpée dans une toile de tente.

– Vous avez mangé ?

– Non, pas encore.

– Venez, on va partager une salade. Et du jardin, s'il vous plaît ! tonne-t-elle avec fierté.

– Tu as un potager ?

– Oui, et des serres, des poules, des canards… Une vraie ferme.

Liane dresse le couvert dans la cuisine sur une longue table, puis se met à couper quelques tomates qu'elle assaisonne d'huile d'olive et de basilic. Josselin frappe trois coups discrets. Notre hôtesse lève à peine les yeux et lance un : « Salut, installe-toi, c'est bientôt prêt. »

Josselin me regarde, étonné. Dans le dos de Liane, je tourne les paumes vers le ciel en faisant une moue désolée.

Elle dispose sur la table un melon, de la charcuterie et du fromage de chèvre. Elle me confie un gros pain de campagne avec un couteau et une planche en bois. Je coupe des tranches épaisses que je dispose dans une assiette. Josselin s'assied à côté de moi et profite de ce que Liane est allée chercher une bouteille de vin à la cave pour me glisser à l'oreille :

– C'est une brouteuse de moquette, ta copine !

– Une quoi ?

– Une gouine !

– Qu'est-ce qui te fait dire ça ? susurré-je.

Il pose son doigt sur mon nez avant de m'embrasser en catimini et ajoute :

– Ça se sent à des kilomètres. Tu as vu sa tête quand je suis sorti de la voiture ? J'ai brisé d'un coup son espoir de retrouvailles en tête à tête…

– Tu veux dire qu'elle m'aurait draguée ?

– D'après toi ? fait-il d'un air entendu. On se tire juste après le repas, je ne tiens pas à traîner ici…

– Pour aller où ?

– N'importe, on se débrouillera…

Sa remarque me laisse songeuse. J'entends le pas de Liane dans l'escalier et me redresse immédiatement sur ma chaise.

– Qu'est-ce que vous racontiez tous les deux ? demande-t-elle en ouvrant une bouteille de rosé du domaine de Sainte-Croix.

Je rougis comme une collégienne. Heureusement, Josselin vient à mon secours.

– On se demandait si tu ne regrettais pas d'avoir quitté Paris.

– Des regrets ? Certainement pas !

Elle se lève comme si une mouche l'avait piquée, laisse tomber les couverts à salade dans le plat et traverse la pièce en nous invitant à la suivre.

– Venez voir si on trouve ça à Paris !

Elle sort par l'arrière de la maison, se dirige vers un petit ensemble de bâtiments, ouvre une barrière qui donne sur un vaste enclos grillagé. Un vent léger soulève une poussière grise. Devant mon air dépité, elle lance :

– Tu ne vois rien ?

Je secoue la tête.

– Les dômes de couleur verte ! s'exclame-t-elle. Il y a en partout.

Mes yeux ont du mal à s'habituer à la violente lumière et je remarque à peine des boules noirâtres tapies à l'ombre. J'en compte cinq, puis dix, puis vingt.

– Des tortues d'Hermann ! Une race protégée qu'il est interdit de posséder chez soi.

– Qu'est-ce qu'elles font ici alors ?

– Je les héberge provisoirement, le temps de les soigner, je dispose d'une autorisation spéciale. On m'appelle dans tout le département quand une tortue est blessée, ça arrive souvent à cause des tondeuses ou des chiens qui les attaquent.

Nous nous approchons d'un groupe de tortues. Pattes, cou et tête sont rentrées, nous ne distinguons que la carapace d'un vert sombre.

– Vous voyez celle-ci, nous montre Liane. Le sommet de sa carapace a été sectionné par une débroussailleuse. Elle serait morte aujourd'hui si nous n'étions pas intervenus. On nettoie la plaie puis on dispose une sorte d'onguent spécial qui durcit et remplace la partie manquante.

Dans le dos de Liane, Josselin essaie de me faire rire. Manifestement, il se contrefiche des explications. Je tente de garder mon sérieux, Liane s'adresse à moi en l'ignorant. Leur attitude à l'un comme à l'autre me met mal à l'aise. J'essaie de faire un effort de conversation avec notre hôtesse pour lui paraître agréable.

– On dirait qu'elles souffrent de la chaleur, tu ne trouves pas ?

À l'extérieur de l'enclos, le chien nous observe en grognant.

– Il n'aime pas les tortues ?

– Au contraire, répond Liane, il s'amuse avec elles, il vient les renifler, il les bouscule pour jouer, mais il ne leur fait jamais de mal. Il est mécontent d'être de l'autre côté du grillage aujourd'hui… Ça lui passera. Allez, Taïga, calme-toi !

Le chien baisse les oreilles et pose sa tête sur ses pattes tout en continuant de gronder. Liane prend quelques minutes encore pour expliquer les habitudes alimentaires des tortues, leur hibernation, leur mode de reproduction. Elle semble intarissable. Finalement, je suggère que nous allions déjeuner parce que nous devons reprendre la route.

Lorsque nous sortons de l'enclos, Taïga file entre nos jambes, se précipite vers Josselin, plante ses crocs dans le bas de son pantalon et secoue la tête rageusement. Josselin se débat, hurle, puis assène un violent coup de poing sur le museau du chien qui glapit de douleur et s'enfuit en courant.

Liane a observé la scène sans pouvoir bouger. Josselin, furieux, s'adresse à elle d'un ton glacial.

– On ne garde pas un chien aussi dangereux en liberté !

– Je ne comprends pas ce qui s'est passé, c'est la première fois… Il est doux comme un agneau d'habitude.

– Faut le faire piquer ! gronde Josselin.

– Jamais de la vie ! gueule Liane en lui barrant le chemin.

Josselin la dévisage froidement.

– C'est ce qu'on verra ! siffle-t-il en marchant d'un pas décidé vers la maison.

Cette dispute me donne la nausée. Ma tête se met à tourner. J'entends seulement Liane crier à Josselin de venir l'aider.

Allongée sur le canapé, Liane pose un linge frais sur mon front et m'aide à boire du thé glacé très sucré. La sonnerie de mon téléphone retentit au fond de mon sac. D'une main malhabile, je le cherche. Lorsque je parviens à m'en saisir, la communication est coupée. C'est Hervé qui a cherché à m'appeler.

Je n'arrive pas à joindre ma messagerie. Liane explique que le réseau passe mal dans la maison en raison de l'épaisseur des murs et qu'il vaut mieux sortir. Je suis impatiente d'avoir de ses nouvelles, mais je me sens trop faible pour me lever. Je demande à Josselin s'il aurait la gentillesse d'aller écouter le message dehors. D'un geste exaspéré, il m'arrache le téléphone des mains et disparaît. J'espérais qu'il me témoignerait un peu plus de compassion. Liane s'approche de moi.

– Je n'aime pas ce mec ! lance-t-elle abruptement.

– J'ai remarqué, je te dirai…

– Tu n'as rien à faire avec un type pareil !

Je pousse un soupir de mécontentement. Le moment des explications est venu. Liane n'a pas à manifester aussi ouvertement son aversion envers les hommes.

– Écoute, Liane, j'ai remarqué ton penchant pour les femmes, je ne te connaissais pas comme ça… On dirait que tu en veux au monde entier et que tu prends Josselin pour cible !

Elle prend un ton sarcastique pour me répondre.

– Ma pauvre petite, ça n'a rien à voir. Vivre avec les animaux m'a appris à mieux comprendre l'espèce humaine. Ton Josselin, il est daubé de l'intérieur, comme on dit ici.

« Estelle, c'est Hervé, je suis sorti de l'hôpital, tout va bien, j'ai seulement un bras en écharpe avec des pansements, ça me donne l'air sérieux. J'ai un truc super important à te dire. Rappelle-moi, c'est urgent. C'est au sujet de Josselin. Appelle-moi quand tu es seule. Fais vite. »

Un long moment s'écoule avant que Josselin, la mine sombre, fasse irruption dans la maison et pose mon téléphone sur la table de la cuisine.

– Il va bien ?

– Tout va bien. Il est sorti de l'hôpital et il t'embrasse.

– Rien d'autre ?

– Ben non, un message, c'est jamais long !

Liane me fait un clin d'œil pendant que Josselin s'installe à table et se met à manger sans nous attendre.

– On ne te dérange pas ? hurle Liane, stupéfaite.

– Pas de problème, fais comme chez toi ! répond Josselin, la bouche pleine.

Je presse les mains de Liane et la supplie de ne pas aggraver les choses. Elle comprend et acquiesce.

– Bon, je crois que vous allez passer la nuit ici. Estelle me semble trop faible pour reprendre la route.

– Impossible, nous sommes attendus ce soir ! rétorque Josselin du tac au tac.

Leur dispute m'étouffe, je manque d'air. Dans un effort herculéen, je me redresse et tape un grand coup sur la table basse à côté de moi.

– Ça suffit, tous les deux! Vous n'avez pas à prendre de décision à ma place. Liane, je te remercie pour ton invitation mais je ne peux pas accepter. Je me suis engagée à aider Josselin à résoudre certaines difficultés, nous allons partir.

Et je me tourne vers Josselin:

– Quant à toi, je te prie de me consulter à l'avenir pour les décisions qui nous concernent tous les deux.

Ils s'observent en chiens de faïence et ne disent mot. Voyant que je cherche à me lever, Josselin me prend par le bras et m'aide à m'asseoir à table. Les minutes suivantes s'égrènent dans un silence religieux. Notre extrême fatigue peut expliquer l'ambiance explosive, mais j'ai plus de mal à excuser le comportement de Liane. Pourquoi tant d'hostilité envers un homme qu'elle a seulement croisé en première année de médecine? L'explication de Josselin est plausible: en me voyant arriver seule, elle a pensé renouer des liens et ses espoirs se sont envolés quand il est apparu.

Brusquement, Liane se lève et quitte la table. J'évite de regarder Josselin et plonge le nez dans mon assiette. Nous l'entendons appeler son chien devant la maison, puis en faire le tour et s'éloigner pour l'appeler encore. Quelques secondes plus tard, un cri effroyable nous parvient. Je me lève d'un bond, oubliant maux de tête et étourdissements, et me précipite en direction des sanglots qui déchirent le silence. Josselin me suit et attrape mon bras pour me soutenir.

Derrière des baraquements, nous découvrons une mare bordée de roseaux dans laquelle barbotent des canards. Liane, de l'eau à mi-cuisse, tient dans ses bras le corps sans vie de Taïga. J'avance dans l'eau et l'entoure de mes bras pour tenter de la consoler.

À quelques mètres de là, Josselin nous observe en silence.

Liane me repousse et tourne vers Josselin un visage ravagé par les larmes et déformé par la haine.

– Si tu y es pour quelque chose, Josselin de Montalban, je viendrai t'étrangler de mes propres mains !!!

Xavier appuie furieusement sur l'interphone. À l'intérieur de la maison de maître, le carillon résonne.

– J'arrive ! siffle la voix de Tess de Montalban.

D'un pas vif, elle vient elle-même ouvrir la grille du portillon et reste interdite en découvrant Xavier et Agathe sur le trottoir.

– Tu pourrais appeler ! s'exclame-t-elle en dévisageant la jeune femme.

– Pas pour ce que j'ai à vous dire ! répond Xavier sur un ton menaçant.

Très digne, Tess se redresse, sans se laisser intimider.

– Alors là, mon petit coco, tu ne vas pas t'adresser à moi de la sorte ! le prévient-elle.

Xavier s'empare de son poignet et le maintient fermement en l'obligeant à soutenir son regard.

– Je crois que vous nous devez une petite explication et ce serait plus convenable de nous entretenir à l'intérieur.

– Qui est cette fille ?

– Une amie. Elle m'accompagne.

– Lâche-moi ou j'appelle la police ! dit-elle en cherchant à se dégager.

Xavier éclate d'un rire nerveux.

– Justement, la police, ça tombe bien, on devrait peut-être l'appeler!

Xavier desserre sa main et Tess, sans demander son reste, s'engouffre dans la maison. Parvenue dans le salon, elle croise ses bras sous sa poitrine et affronte sans ciller ses deux visiteurs.

– Qu'est-ce qui te prend? demande Tess, rouge de colère.

Xavier ignore la question et en pose une autre:

– La maison de retraite «Les Hirondelles», ça vous dit quelque chose?

Ébranlée, Tess cherche à gagner du temps.

– Je ne vois pas de quoi tu parles, répond-elle sèchement.

Elle se dirige vers la cuisine tout en leur proposant quelque chose à boire. Mais Xavier lui barre le chemin et la fixe d'un air livide qui l'effraie.

– Tess, je vous conseille de mesurer la gravité des événements et de m'expliquer pourquoi vous avez caché à votre fils l'existence de son grand-père.

Depuis ce matin, Diego Fernandez est posté dans un café situé en face du domicile d'Estelle Montaigne, mais à quatorze heures, il n'a encore vu personne qui ressemble à la description du mari entrer ou sortir de l'immeuble. Profitant de ce que quelqu'un passe devant lui, il s'engouffre dans le bâtiment, monte à pied les trois étages et martèle d'un poing vigoureux la porte d'entrée tout en maintenant son doigt appuyé sur la sonnette. Il s'arrête un instant et pose son oreille sur le bois. Il émet un grognement et recommence. Au bout de deux minutes, il voit une longue silhouette aux cheveux hirsutes lui ouvrir la porte.

David n'accorde pas même un regard à l'homme au costume chocolat et retourne se vautrer dans le canapé. Il empeste l'alcool. Pour avoir traîné dans bien des endroits louches, Diego identifie parfaitement le mal dont souffre David. Il se dirige vers la salle de bains et fouille dans les placards à la recherche de l'armoire à pharmacie. Chez un médecin, ça devrait être chose facile. Il la trouve rapidement puis se rend dans la cuisine où il prend un verre d'eau dans lequel il plonge deux cachets effervescents. Il revient dans le salon, s'assied sur la table basse face à David et lui tend le verre.

– Vous feriez mieux de boire ça ! lui conseille Diego.

David reste le nez collé dans les coussins.

– Qui êtes-vous ?

– Vous ouvrez aux inconnus ? sourit Diego en guise de réponse.

– Suis pas en état de plaisanter… Ch'sais pas si vous avez remarqué !

– Tenez, buvez ça et je vous explique tout.

David se redresse, prend le verre et fixe le cachet qui se dissout dans l'eau. Il ne cherche même pas à savoir quelle peut être cette mixture et l'avale d'un trait en grimaçant.

– Ouah… C'est dégueulasse votre truc ! crache-t-il avant de s'essuyer la bouche sur sa chemise qui porte les traces de sa beuverie.

Diego regarde autour de lui les vestiges de la soirée : cartons à pizzas vides, citron écrasé sur le parquet, bouteille d'alcool renversée…

– Ça n'a pas l'air d'aller fort.

David le regarde, l'œil morne, le visage chiffonné d'un lendemain de cuite.

– J'suis pas là pour me justifier… Que voulez-vous ?

– Je suis détective privé, je travaille pour une compagnie d'assurances.

– J'suis super assuré pour tout. Besoin de rien, bâille David en se levant pour le raccompagner à la porte.

– Il vaut mieux que vous restiez assis pour écouter ce que j'ai à vous dire. Ça concerne votre femme…

La mâchoire serrée, le cou tendu, je fixe le tracé de l'autoroute du Sud et je vois défiler les pancartes avec soulagement. Le Muy, Saint-Tropez, Fréjus, Saint-Raphaël.

Josselin somnole à côté de moi. Dans une tentative désespérée de maîtriser la situation, j'ai pris le volant. Nous ne nous sommes pas adressé la parole depuis que nous avons quitté la maison de Liane. Plus nous approchons de notre destination, plus j'espère trouver là-bas l'homme qui nous aidera à sortir de l'impasse. Le sort peut-il frapper aussi injustement l'entourage de Josselin ? Le simple fait d'être assise à ses côtés commence à me faire peur. Comme s'il pouvait lire dans mes pensées, il pose une main sur mon genou et me regarde avec bienveillance.

– Tu n'as pas pensé une seconde que j'étais responsable de ce qui est arrivé au chien, j'espère ?

– Je trouve que Liane est injuste de te coller sur le dos le comportement de son chien, dis-je en toute sincérité. Que lui est-il arrivé d'après toi ?

Josselin hausse les épaules.

– Aucune idée !

Il pousse un grand soupir, se rapproche de moi et m'embrasse dans le cou.

Je le repousse gentiment.

– Écoute, Josselin, on s'en tient à une amitié professionnelle. Tu n'es pas prêt à vivre une nouvelle histoire et je le respecte, mais à toi aussi de faire des efforts !

Le ton de ma voix s'est durci, ce qui n'échappe pas à Josselin qui s'enfonce dans son siège en ronchonnant.

Un panneau indique une aire de repos à deux kilomètres. Il est temps de faire une pause pour se dégourdir les jambes et se changer les idées. Devant le mutisme de Josselin, je me gare, attrape mon sac sur la banquette arrière et sors de la voiture. Il n'a pas l'air de vouloir bouger et je décide de rentrer dans la boutique sans plus m'en préoccuper.

Josselin se cale confortablement contre le dossier en fermant les yeux. Il entend une mélodie étouffée et en cherche la provenance. En tâtonnant sous le siège, il met la main sur le portable d'Estelle. Un appel en absence. Hervé à nouveau. Après un bref regard en direction du magasin, il porte l'appareil à l'oreille et écoute le message.

« Salut Estelle, c'est Hervé. Écoute, ce que j'ai à te confier est un peu délicat et je préférais te le dire de vive voix. J'espère que tu auras au moins ce message.

Depuis ma sortie de l'hôpital, je n'ai qu'une idée en tête. Il se trouve que pour une question de place, j'ai stocké à deux endroits différents les échantillons d'eau glissés dans votre veste le jour de la visite du laboratoire. La partie conservée dans le labo a été détruite par l'incendie, mais l'autre partie placée dans le congélateur de la maison est intacte. Avec une glacière, je me suis rendu chez un copain qui a du matériel, et j'ai analysé les cristaux. Et c'est incroyable ! Ton échantillon, je m'en doutais, a donné naissance à de magnifiques cristaux. Une pure merveille, un entrelacs d'étoiles finement ciselées. J'aurais aimé que tu voies ça. Les cristaux de Josselin, eux, ne laissent rien présager de bon… Il dégage vraiment quelque chose de néfaste.

Et puis, il y a autre chose… Josselin est venu me retrouver dans l'incendie pour me jeter dans les flammes… Si tu n'étais pas arrivée, je serais mort… »

Sans hésiter, Josselin supprime le message puis éteint le téléphone et le glisse dans son sac de voyage.

Assise dans le salon, une tasse de thé fumante à la main, Tess abandonne le ton arrogant avec lequel elle a accueilli Xavier. Elle paraît fragile, nerveuse.

– C'est bien plus compliqué que ça, commence-t-elle.

– On a tout notre temps, souffle Xavier.

Tess se redresse, croise les jambes, allume une cigarette et détourne son regard.

– J'ai construit de toutes pièces la malédiction selon laquelle les hommes de la famille Montalban meurent à l'âge de quarante ans.

– Pardon ? s'écrie Xavier, les yeux écarquillés.

Tess se lève et, d'un pas militaire, vient se poster devant la porte-fenêtre. Dans l'air empreint d'humidité, elle exhale un nuage de fumée. Elle poursuit d'une voix atone :

– Quelques jours avant son quarantième anniversaire, Jean-Marc m'a annoncé qu'il voulait nous quitter, Josselin et moi. Il avait décidé de partir aux États-Unis avec sa maîtresse… Il semblait avoir oublié que je lui avais sauvé la vie.

Elle soulève son chemisier et montre la cicatrice qui lui barre la hanche droite.

– Ça ne comptait pas pour lui ? se met-elle à crier. Je lui ai donné un rein pour qu'il vive, j'ai frôlé la mort avec cette infection qui m'a clouée deux mois à l'hôpital… Terminé, mon métier ! Terminée, la vie que j'avais construite. Il ne me restait que la solitude en perspective.

Xavier et Agathe écoutent sans mot dire les confessions de Tess. Le temps n'a pas altéré la colère froide que l'on devine derrière chaque mot.

– Jean-Marc n'en avait cure. Je… je n'ai pas supporté d'être abandonnée à nouveau, pas après tous ces sacrifices. J'ai déguisé sa mort en accident…

– Quoi ! s'emporte Xavier.

Tess regarde les nuages défiler dans un ciel lourd.

– Il avait passé la soirée à m'humilier, il n'avait pas le droit de faire ça. Je me suis souvenue que son père était mort quelques semaines après avoir fêté ses quarante ans. Sur fond de tragédie familiale, mon rôle de veuve n'en était que plus poignant. Tout de suite cette malédiction a pris corps. J'entendais partout : « la pauvre Tess ». L'accident était devenu doublement évident : Jean-Marc était écrasé par l'histoire familiale, et il avait trop bu.

– Mais s'il avait trop bu, c'était réellement un accident ? fit Xavier.

– Oui, il avait bu, mais pas au point de perdre le contrôle de son véhicule. J'ai ajouté un somnifère dans son verre. La route était longue, et avec la dose que je lui avais mise, il n'avait aucune chance de s'en sortir.

Tess se tait, soulagée d'avoir avoué. Xavier et Agathe n'ont pas bougé, ni même touché à leur thé.

– Pourquoi avoir caché à Josselin que son grand-père était en vie ?

– J'ignorais son existence, Jean-Marc me l'a toujours cachée. La honte qu'il ne soit pas mort sur un champ de bataille, la honte de la folie, la honte d'un carnage dont il aurait été responsable pendant la guerre d'Algérie. Dans ce genre de famille, on tait ce qui fait désordre. Quand Jean-Marc est mort, je me suis occupée de ses papiers. C'est à ce moment-là que j'ai découvert que son père vivait dans un asile psychiatrique. Que faire après toutes ces années ?

Agathe intervient :

– Vous ne vous êtes pas rendu compte que vous faisiez peser sur les épaules de votre fils la certitude qu'il allait mourir à quarante ans comme son père et son grand-père ?

Tess arpente le salon puis s'arrête à côté d'une console sur laquelle sont exposées des figurines représentant le roi Louis XIV et sa cour. Elle prend un des personnages et joue avec.

– À l'époque, Josselin avait douze ans, c'était mon petit garçon. Je savais qu'il n'était pas concerné par cette malédiction, puisque je l'avais inventée, pour brouiller les pistes et attirer la compassion. Je n'en avais pas mesuré les conséquences. Mais la machine était enclenchée, je ne pouvais plus l'arrêter.

– Au contraire, rétorque Agathe, vous auriez dû tout lui avouer.

– Que sa mère est une criminelle ? Vous pensez qu'un enfant peut entendre ça ?

– Pourquoi l'avouer aujourd'hui ? demande Xavier.

– Parce que les erreurs que j'ai commises n'ont plus d'importance maintenant. Ce qui compte, c'est de sauver Josselin, et vous devez m'aider.

Agathe s'insurge.

– Il est en sécurité avec mon amie, laissez-le prendre sa vie en main !

– Mademoiselle, j'ai de bonnes raisons de croire qu'il est en danger, avez-vous une idée de l'endroit où il se trouve ?

Dans son attitude, aucun repentir, aucune détresse, seulement la volonté de retrouver un fils qui a commis le crime de lui échapper. Agathe secoue la tête, interdite. Xavier l'imite.

Tess pousse un soupir contrarié et les raccompagne à la porte.

– Tenez-moi au courant si vous apprenez quelque chose.

Ils s'éloignent de quelques pas. Agathe, sentant dans son dos le regard acéré de Tess, attrape le bras de Xavier.

– Dis-moi que je rêve ou tu as entendu la même chose que moi ? Elle nous met dehors comme à la fin d'une réunion Tupperware. Que comptes-tu faire ?

– Ce sera à Josselin de décider ! Cependant, elle a raison sur un point, il faut qu'on les retrouve…

– Je suis détective privé, j'enquête pour La Mondiale Assistance. Tout laisse à penser que Josselin de Montalban a assassiné sa femme à Madagascar et qu'il s'apprête à faire de même avec la vôtre!

David fixe son verre vide. L'étrange visiteur au regard de rapace aurait-il versé un hallucinogène dans la boisson qu'il vient de lui faire ingurgiter?

– Pardonnez-moi, mais auriez-vous l'amabilité de bien vouloir répéter? demande David, oubliant subitement son mal de tête carabiné.

– J'ai été missionné par une compagnie d'assurances pour enquêter sur le décès d'Avana de Montalban, la femme de Josselin.

– Première nouvelle! maugrée David, qui quatre jours auparavant ne connaissait même pas le nom de cet homme.

Fernandez se lève et s'approche de la fenêtre qui donne sur le reste du bâtiment en demi-lune ouvrant sur des jardins. L'architecture contemporaine lui plaît.

– Vous ne connaissiez pas Josselin de Montalban?

– Jamais entendu parler avant que ma femme se barre avec! répond-il, un hoquet dans la voix.

Le détective hoche la tête, compatissant.

– Je vais reprendre du début… mais je veux bien un café d'abord, si c'est possible.

David se lève en vacillant. Il se retient quelques instants au dossier du canapé, comme s'il faisait ses premiers pas. Fernandez ébauche un sourire. David prépare deux cafés et revient au salon en prenant toutes les précautions pour ne pas s'étaler.

– Je ne suis pas sûr d'avoir envie d'entendre toute cette histoire.

– Vous feriez mieux de m'écouter attentivement si vous voulez avoir une chance de retrouver votre femme en vie ! Ça commence en 1984 avec le décès du père de Josselin. Accident de la route.

– Et ?

– À l'époque, rien de suspect, enquête de routine. La mère touche un capital décès.

– Et ?

– Et on commence à trouver ça un peu louche lorsque le fils se marie et contracte une assurance-vie sur la tête de son épouse à un âge où on pense plus à sortir en boîte de nuit qu'à rédiger son testament. Quelques mois s'écoulent. Le bonheur semble parfait, mais la jeune épousée, pourtant très sportive, se noie alors qu'elle est enceinte de plusieurs mois. On la retrouve sur la plage.

– Tragique. Vous avez demandé une autopsie pour vérifier la cause du décès ?

– Elle avait été demandée par les parents de la jeune femme et cela n'a rien révélé de particulier.

– Pourquoi des doutes, alors ?

– Parce qu'à Madagascar, avec un peu d'argent, on achète tout, y compris un faux compte rendu d'autopsie !

– Vous avez interrogé le médecin légiste ?

Fernandez acquiesce.

– Il était tellement saoul le soir qui a suivi l'autopsie qu'il a été malade pendant trois jours et ne se souvient plus de rien. Le type semblait sincère.

David reprend ses esprits.

– Vous n'avez rien de concret, alors ?

– C'est pour cette raison que je poursuis mon enquête. Quand on suit l'itinéraire du beau gosse, on découvre qu'il change régulièrement de pays de résidence, et que sa personnalité est beaucoup plus ambiguë qu'il n'y paraît au premier abord. Et certains faits étayent mes soupçons : en 1992, une plainte est déposée par une étudiante pour tentative de viol. Faute de preuve, l'affaire sera classée sans suite. Il a assuré que la victime monnayait ses services, et on a passé l'affaire sous silence. Pour le défendre, il s'était dégoté un as du barreau qui a réussi à faire des miracles.

Fernandez boit une gorgée de café brûlant et sort une copie du dépôt de plainte. David la parcourt rapidement.

– Ensuite ?

– À cette époque, il étudie en faculté de médecine. C'est un camarade de promotion de votre épouse.

David cille légèrement.

– Avez-vous des renseignements sur la nature de leur relation ?

– D'après les témoignages que j'ai pu obtenir, Josselin de Montalban était un coureur de jupons qui s'intéressait particulièrement aux jeunes filles issues de la haute bourgeoisie. Il semblerait que votre femme n'en faisait pas partie.

David hoche la tête. Diego reprend :

– En 1995, pour une raison inconnue, il part aux États-Unis et entreprend des études de commerce international. Une nouvelle plainte pour viol est déposée à l'encontre de Josselin par une jeune fille de bonne famille.

– J'espère que cette ordure a fait de la taule !

Diego secoue la tête.

– Une transaction financière a été conclue… C'est souvent le cas là-bas. Toutes les poursuites ont été abandonnées. C'est Mme de Montalban mère qui a mis la main au porte-monnaie.

– La suite est pire ?

– Oui. Il s'est tenu à carreau pendant quelques années. La perspective de la prison ou l'intervention maternelle ont, semble-t-il, été salutaires, mais ses vieux démons ont fini par ressurgir, de façon plus violente encore.

David baisse la tête. Il frémit d'angoisse en pensant à Estelle. Où est-elle en ce moment ? Elle devrait être en mesure de déceler les agissements d'un individu dangereux. Il a un bref moment d'espoir.

– La société ne peut-elle pas intervenir avant que des drames se reproduisent ?

– Hélas, non ! À aucun moment il n'a été condamné. De plus, les actes ont été commis dans deux pays différents. Difficile de recouper les faits.

David se lève, il a recouvré ses esprits. Le médicament commence à faire effet et les révélations du détective privé lui glacent le sang. D'un geste machinal, il époussette la plante verte.

– Que s'est-il passé à Madagascar ? demande-t-il, sans oser regarder le détective.

– Là-bas, il a épousé une jeune Malgache. Une femme superbe mais issue d'une famille modeste. Sa beauté devait compenser l'absence de fortune. Tout s'est bien passé jusqu'au jour où elle est tombée enceinte. Apparemment, il s'était opposé à cette idée, et lorsque sa femme a affirmé son désir de garder l'enfant, le comportement de Josselin a radicalement changé. Il s'est renfermé, devenant odieux. Il a commencé à ignorer sa femme et à la tromper. Ça a été la fin de leur couple. Elle était sur le point de le quitter lorsqu'elle s'est noyée.

– Comment pouvez-vous affirmer qu'il l'a tuée ?

– J'ai seulement des soupçons. Je cherche une preuve pour établir sa culpabilité. Je veux que justice soit faite et qu'il ne puisse pas toucher le capital décès auquel il prétend. C'est un individu pervers et il fait partie de ces gens pour qui l'abandon est insupportable. Une fois que l'objet de son désir lui échappe, il est capable du pire.

David se passe la main dans les cheveux, stupéfait.

– Vous voulez un autre café ?

Fernandez accepte d'un signe de tête.

– Mais tout de même, sa femme portait son propre enfant !

– Cet homme est dénué d'affect, il n'est pas structuré comme vous et moi ! La venue d'un enfant contrariait ses plans...

– Comment savez-vous tout cela ? demande David depuis la cuisine.

– Ça fait cinq mois que j'enquête, cinq cent mille euros ça vaut le coup. Je suis allé aux États-Unis et à Madagascar, pour obtenir des témoignages de personnes qui l'ont connu. Les femmes qui ont partagé sa vie à un moment ou un autre sont unanimes : son charme les attire d'une façon irrésistible puis, lorsqu'elles sont amoureuses, elles deviennent sa chose.

David revient avec les cafés qu'il pose sur la table basse.

– Pourquoi êtes-vous venu me voir ?

Diego met un sucre dans sa tasse et tourne vivement sa cuillère. Il pousse un soupir.

– J'ai cherché à joindre votre femme à plusieurs reprises pour l'avertir, mais elle n'a jamais répondu. Elle est probablement comme toutes celles qui ont été sous sa coupe…

– C'est-à-dire ? s'enquiert David.

– Follement amoureuse.

David encaisse. Dignement.

– Mais vous oubliez qu'elle est psychiatre, elle verra clair dans son jeu !

– Il cherche justement à lui faire croire qu'il la consulte en tant que psychiatre. Sous ce prétexte, elle ne peut pas se dérober. C'est comme ça qu'il tisse sa toile. Il utilise toutes ses cartes, le charme pour attirer, la fragilité pour susciter l'instinct maternel et protecteur.

– Il a tout de même fait une tentative de suicide !

– Je n'y crois pas un instant. C'était un piège. Il s'est remis à chasser, et sa nouvelle proie, c'est votre femme ! Tant qu'elle ira dans le même sens que lui, elle n'est pas en danger ! Priez pour qu'elle le suive les yeux fermés et qu'on arrive à temps…

Le téléphone de David vibre. Il décroche et éloigne l'appareil de son oreille. Il lui faut plusieurs secondes pour calmer son interlocutrice. Agathe parvient à remettre ses idées en ordre. Elle lui fait un compte rendu détaillé des stupéfiantes révélations de la mère de Josselin. Il remercie Agathe et lui promet de retrouver Estelle le plus rapidement possible. Il raccroche puis s'affale dans le canapé, abasourdi. Il fixe le détective de ses yeux exorbités.

– Agathe, la meilleure amie d'Estelle, sort à l'instant du domicile de la mère de Josselin qui vient d'avouer le meurtre de son mari !

– Décidément, c'est de famille !

D'une main fébrile, David farfouille parmi les numéros préenregistrés de son portable, mais Fernandez, devançant son intention, le stoppe.

– Que faites-vous ?

– Je préviens Estelle. Vous n'y êtes pas parvenu, alors je m'en charge !

Il lui prend le téléphone des mains et le prie de s'asseoir pour le calmer.

– Vous n'avez pas compris. Elle ne va pas vous croire, elle va penser au contraire que vous agissez comme un mari jaloux qui veut l'empêcher de soigner son patient. Elle ne vous écoutera pas, elle est sous l'emprise de ce type ! Il n'y a plus qu'une chose à faire maintenant que mes soupçons se confirment : partir à leur recherche !

L'espoir anime le regard de David.

– Et comment ? Personne ne sait où ils se trouvent.

– On va commencer par vérifier les communications téléphoniques de votre femme, j'arrose régulièrement des contacts auprès des opérateurs. Je m'occupe de ça et vous, de votre côté, allez prendre une douche, vous en avez besoin…

David ressort de la salle de bains quelques minutes plus tard, rasé de près, parfumé, habillé d'une chemise, d'un jean et de baskets. Il jette un regard au détective qui fait les cent pas dans le salon, le téléphone collé à l'oreille, se dirige vers la cuisine, sort du pain, du beurre, du jambon, et prépare deux sandwiches.

Au ton que Fernandez emploie pour remercier son interlocuteur, David comprend qu'il y a du nouveau. Il le rejoint dans le salon et lui propose un sandwich. Les yeux du détective brillent d'une lueur particulière.

– La dernière personne à avoir tenté de joindre votre femme est un dénommé Hervé Dutilleul. Je viens de lui parler. Josselin et Estelle ont passé deux nuits dans le Vercors avant de prendre la route pour rejoindre une amie de votre femme dans le Var.

– Qui est ce Dutilleul ? demande David.

– Je ne saurais vous dire. Le bonhomme était survolté et inquiet pour Estelle. Son usine et son laboratoire ont brûlé cette nuit, il a failli périr dans l'incendie. Je vous parie à cent contre un que le feu ne s'est pas déclaré accidentellement !

Il mord dans le sandwich que lui tend David puis ajoute, la bouche pleine :

– Allez faire votre sac, on s'envole dans deux heures pour Toulon !

La baie de Cannes apparaît à la sortie d'un virage qui surplombe la colline de Mandelieu-la-Napoule. La mer s'étire, scintillante, entre les îles de Lérins et l'Esterel.

Josselin m'adresse un regard confiant et amoureux. J'y décèle l'espoir d'un bonheur à venir auquel il semble m'associer.

– Je te promets de chasser mes fantômes pour conquérir ton cœur, dit-il avec sincérité en me prenant la main. Lorsque je ne serai plus ton patient, je pourrai devenir ton époux.

Je sursaute et retire ma main.

– Tu oublies que je suis mariée !

Il plisse les yeux, dévoilant un sourire irrésistible, avant de répondre :

– Toi aussi, cette nuit, tu as oublié que tu étais mariée…

Son rictus m'horripile et je décide de l'ignorer. Je redresse la tête, me concentre sur la circulation en faisant la moue. Nous descendons le boulevard Carnot jusqu'à la vieille ville. Les panneaux indiquent le port.

Au bout de la rue, j'aperçois des mâts qui se dressent comme des tiges d'agapanthe. Une fourgonnette blanche déboule de la droite, force le passage, fait vingt mètres et allume ses feux de détresse. Le conducteur, l'air mal aimable, descend sans un regard, ouvre les portes arrière pour livrer des colis dans un magasin, bloquant toute la rue.

– C'est pas vrai ! dis-je, excédée, en tapant sur le volant.

– Tu as entendu ce que je t'ai dit ? insiste Josselin. Je te fais le serment de t'aimer d'un amour que tu ne connaîtras jamais avec aucun autre homme.

Les bras m'en tombent. Il a l'air tout ce qu'il y a de plus sérieux. Je ne sais plus où j'en suis. Seul mon fils, qui me manque terriblement, me rattache à ce que j'ai construit. David, l'hôpital, mes patients, tous sont relégués dans une zone floue où je suis incapable de mettre de l'ordre.

Et que dire de Josselin ? Son comportement me déroute et m'attire. L'épisode de cette nuit en est l'illustration parfaite. J'ai envie de sonder la profondeur de ses sentiments.

– Tu ne crois pas que tout cela est trop brutal ?

Son regard se perd dans un coin de ciel, il suit les acrobaties des mouettes.

– Ce qu'il s'est passé entre nous il y a dix-sept ans n'était pas anodin… C'était l'embryon d'une histoire qui se poursuit aujourd'hui. De mon côté, j'avais soif de liberté et de découvertes. C'est chose faite. Aujourd'hui, je suis meurtri dans ce que j'avais de plus cher et j'ai besoin de me reconstruire. Ta présence m'apaise et je me rends compte que tu m'as manqué. Ton expérience, ton parcours, ta sensualité… Je suis loin d'y être insensible, comme tu as pu le remarquer. J'ai envie que nous remplissions les points de suspension laissés depuis le jour de l'examen. Je conçois volontiers que ça puisse te paraître fou, mais la vie ne nous a pas réunis par hasard…

Mon cœur s'emballe à chaque mot qu'il prononce. J'aurais pu lui tenir précisément le même discours en ajoutant le vertige qu'il suscite chez moi. Une sorte de pudeur m'empêche de lui répondre.

Après avoir remué ces souvenirs, une brusque envie de parler à mon fils s'empare de moi. Je cherche avec fébrilité le téléphone dans mon sac à main alors que les voitures qui attendent la fin de la livraison commencent à klaxonner. Je ne parviens pas à le trouver. Je renverse le contenu de mon sac sur la banquette.

Rien.

Je regarde sous mon siège. Josselin se déhanche également pour m'aider.

– Depuis quand tu ne t'en es pas servie? demande-t-il.

– La dernière fois, c'est toi qui as consulté un message d'Hervé chez Liane.

– Ensuite je te l'ai rendu, tu l'as mis dans ton sac, je m'en souviens très bien.

– Il devrait être dans mon sac, dis-je en me remémorant les gestes et les endroits où je suis allée.

– Tu as acheté quelque chose à la boutique de la station essence?

– Oui, une bouteille d'eau... Rien d'autre.

– C'est à ce moment-là! tonne Josselin en frappant du plat de la main la tablette de la voiture dans un geste de colère.

– Quoi?

– J'ai vu deux petits Roumains crasseux sortir en trombe de la boutique avec un air victorieux... Tu peux être certaine qu'ils étaient derrière toi à la caisse et qu'ils ont piqué ton téléphone pendant que tu réglais...

Je ferme les yeux pour essayer de me souvenir de la scène. Le trou noir. Je secoue la tête et regarde mon reflet dans le miroir du rétroviseur. Teint pâle, lèvres serrées, cernes sous les yeux. Josselin remarque mon désarroi, il tente de me réconforter en brandissant son téléphone.

– Ce n'est pas la peine, je ne connais pas le numéro de David… Il a changé récemment, je ne l'ai pas appris par cœur.

Des coups de klaxon furieux et des appels de phares me sortent de ma torpeur. La fourgonnette blanche démarre. D'un geste rapide, j'enclenche la première pour me faufiler dans les petites rues en direction de la mer. Josselin finit par me demander où nous allons. Il ne m'a pas encore posé la question depuis notre départ précipité de Gonfaron.

– Tu verras, c'est indescriptible ! dis-je d'un air mystérieux.

Nous nous garons à proximité du port et déambulons d'un pas nonchalant jusqu'aux premiers bateaux. Ici, on offre sa peau blanche aux premiers rayons d'un soleil généreux. Là, on joue à la pétanque sous les larges platanes. Plus loin, on s'interpelle d'un bateau pour boire un pastis et grignoter. La jeunesse rit, se bouscule, s'ébroue dans des tenues légères. On dit que Cannes est superficielle. Elle est heureuse, alanguie. Le sourire d'une petite fille en train de pêcher, assise à côté d'un seau vide, me rassure. Les enfants sont ici comme partout ailleurs.

J'attrape la main de Josselin et le conduis à l'embarcadère des navettes à destination des îles de Lérins. Nous arrivons au pas de course, juste à temps pour observer le sillon mousseux du dernier bateau pour les îles.

Mon dépit doit se remarquer à des kilomètres. Un pêcheur, qui répare un filet usagé, se propose de nous conduire.

– Vous n'en aurez pas d'autre avant demain matin ! juge-t-il bon d'ajouter.

J'observe sa barque. Ventrue, bleue, encombrée de filets et de bouées.

– Vous allez où ?

– Saint-Honorat.

– C'est plus loin ! dit-il pour justifier les cent euros qu'il réclame.

Il doit lire sur mon visage de touriste fraîchement débarquée que j'ai un problème qu'il est le seul à pouvoir résoudre, car il gonfle ses joues recouvertes d'une barbe rouge de corsaire, et se replonge dans le reprisage de ses filets.

Une minute passe, puis une autre. Il n'a pas bougé d'un centimètre et ses doigts potelés jouent adroitement avec les nœuds et les mailles.

– C'est OK pour cent ! intervient Josselin dans mon dos.

Le pêcheur lève d'un bond les cent dix kilos concentrés sur son abdomen, jette son filet au fond du pointu et me tend la main pour m'aider à monter. Son air de triomphe facile m'agace. Je fusille Josselin du regard.

– Vous savez qu'il n'y a pas d'hôtel sur l'île, et que c'est interdit de dormir sur la plage ! dit-il en observant mon tout petit bagage.

Tant pis, il est trop tard pour faire marche arrière. En posant les pieds dans une eau croupie qui baigne le fond de la barque, je m'entends répondre :

– Oui, je sais, mais nous sommes attendus…

Josselin évite l'eau sale et s'installe à côté de moi en me prenant par les épaules. Il me sourit comme si nous partions en lune de miel. Après avoir largué les amarres, le pêcheur s'installe sur une planche à l'arrière. Le moteur fait un bruit de tondeuse à gazon qui hoquette et crachote, couvrant les rumeurs de la ville. Nous dépassons des yachts dont le comble du raffinement est d'afficher une ligne racée et une couleur métallique. Fini le blanc et l'élégance, nous glissons entre des monstres bleu acier, gris ou noirs.

Dès la sortie du port, le paysage s'offre à nous, grandiose. Sur notre droite, les monts dentelés de l'Esterel plongent vertigineusement dans les eaux profondes. Droit devant, à quelques encablures, les îles Sainte-Marguerite et Saint-Honorat déploient leur verdure, semblables à deux nénuphars posés négligemment sur la surface calme d'un étang. C'est une sensation étrange que de quitter la terre ferme. Le bruit de la civilisation s'estompe doucement. Il n'y a plus de limites, plus de barrières, plus de routes, plus de début ni de fin. Que trouverons-nous là-bas ?

Une ombre sur la gauche, massive et mystérieuse, attire mon attention. Du haut de sa muraille qui défie les flots, le château fort de Sainte-Marguerite se dresse face à la baie de Cannes.

Josselin me fixe avec gravité. Il s'approche de moi, emprisonne mon visage dans ses mains et m'embrasse de ses lèvres chaudes.

– Épouse-moi ! souffle-t-il dans mon cou. Je ne peux pas envisager l'avenir sans toi à mes côtés…

Sa précipitation me déconcerte. Tout me paraît fou. Nous nous sommes retrouvés il y a seulement quatre jours, mais son souvenir m'habite depuis si longtemps. Cette barque qui nous emporte loin de tout emporte aussi les bribes de ma raison. Pourquoi lutter ?

L'image de David s'effiloche, je prononce son nom comme on jette une bouée à la mer, en espérant qu'il me sauvera du naufrage de ma conscience. Josselin entend le nom de mon mari comme un obstacle à mon consentement.

– David ne nous posera aucun problème, je te le promets.

Le ton assuré de sa phrase me fait frémir.

– Qu'entends-tu par là ?

– Chut ! Ne t'occupe plus de rien, dit-il en m'embrassant à nouveau.

Arrimée à l'homme que j'aime au-delà de toute raison, je me laisse bercer de promesses de bonheur.

La chaleur du vent chargé d'un parfum de ciste et de thym nous cueille au moment où nous posons le pied sur le minuscule port de Saint-Honorat. Le pêcheur nous souhaite un bon séjour et s'en retourne vers le continent dans un halot bleu. Nous restons quelques instants à écouter le bruit de pétarade qui s'estompe, avant de retrouver le silence. Le départ des promeneurs par la dernière navette permet à ce bout de terre long de quinze cents mètres et à ses vingt et un moines de goûter à une totale sérénité.

– Et maintenant? demande Josselin.

– Tu voulais la paix intérieure? Eh bien, tu vas être servi, dis-je en remontant l'allée bordée de lauriers-roses qui serpente entre les vignes, les pins parasols et les micocouliers.

Au détour du chemin, par-dessus les cimes d'une futaie de chênes verts, émerge le clocher de l'abbaye surplombant un toit de tuiles rouges. Plus loin, comme une grande sœur, une tour fortifiée veille à la quiétude des lieux. Finalement, la forêt s'ouvre pour livrer une pleine vue sur le monastère encadré de larges bâtiments. Nos pas craquent sur des aiguilles de pins jusqu'aux lourdes grilles en fer derrière lesquelles nous distinguons une allée menant à une cour intérieure. Dans notre dos, le soleil entame sa longue descente vers les contreforts de l'Esterel. Après un dernier regard vers la mer, je secoue énergiquement la cloche.

Nous attendons quelques minutes dans un silence intimidant. Josselin m'adresse une série de regards dubitatifs avant que les grilles s'ouvrent sur le visage bienveillant d'un moine.

– Bonsoir, dit-il en souriant, je suis le frère Marie-Pâques. Que puis-je pour vous ?

J'ai conscience de l'importuner à l'heure de la prière, je toussote pour éclaircir ma voix.

– Je suis désolée de vous déranger, mais nous venons de loin et nous cherchons le frère Cyprien.

Josselin me regarde avec étonnement. Le frère Marie-Pâques baisse les yeux sur ses sandales. Je perçois un malaise.

– Ah, vous tombez mal, le frère Cyprien est malade. Il n'a pas quitté sa chambre depuis deux jours…

Cette nouvelle me désole. J'avais besoin de son aide pour éclairer les zones d'ombre du passé de Josselin. La perspective de poursuivre seule le travail d'hypnose me terrifie. Le frère Marie-Pâques prend mon immense lassitude pour de la compassion à l'égard du frère Cyprien.

– Ne vous inquiétez pas, ajoute-t-il. Ce n'est rien de très grave. Des crises de goutte le font terriblement souffrir mais il sera sur pied dans quelques jours.

Je suis soulagée d'apprendre que ce cher professeur n'a pas une maladie incurable, mais malheureusement je ne pense pas pouvoir attendre quelques jours. Le comportement de Josselin a trop rapidement évolué. À quoi rime cette demande en mariage ? Pourquoi une telle précipitation alors que la veille il se disait incapable d'éprouver le moindre sentiment ? Fait-il vraiment des projets ou formule-t-il des rêves inaccessibles pour se convaincre que plus rien ne le retient ?

Le moine perçoit ma perplexité et me demande :

– Vous avez besoin d'un endroit pour passer la nuit ?

J'acquiesce.

– Suivez-moi ! Notre communauté n'a jamais laissé personne dormir dehors, sauf ceux qui le voulaient. Je vais vous montrer vos chambres. Vous ne serez pas surpris de les trouver quelque peu rudimentaires, le luxe c'est en face, dit-il en pointant du doigt le continent. Dans l'enceinte du monastère, je vous demande de respecter le silence que la règle de saint Benoît nous impose.

Nous le suivons à travers un cloître ouvert sur un jardin où roses et jasmin exhalent un parfum délicieux. Le silence qui nous entoure m'impressionne et m'oppresse. Josselin n'a pas dit un mot depuis notre arrivée. Il se laisse guider avec amusement. Nous montons un escalier et longeons un couloir. Nous n'entendons que le bruit de nos pas sur le dallage en pierre que foulent les moines depuis des siècles. Dans un bruissement d'étoffe, il s'arrête devant deux portes.

– Voici vos chambres, nous dînons dans une demi-heure, dit-il.

Il fait demi-tour après nous avoir expliqué où se trouve le réfectoire. Je précède Josselin dans une petite pièce sommairement meublée d'un lit, d'une table, d'une chaise et d'un crucifix. Elle est baignée par le soleil couchant. Les branches des arbres sont projetées en ombres chinoises sur le mur enflammé par le rougeoiement du soleil.

Je m'assieds sur le lit et m'étire comme un chat qui sort de sa sieste.

– C'est qui, ce frère Cyprien ? demande Josselin en fermant la porte pour qu'on ne nous entende pas parler.

– Je ne pense pas que tu l'aies connu. Il était prof à la fac de médecine. Andreï Rospov. Un Russe.

Ce nom ne lui évoque rien.

– Des rumeurs couraient à son sujet. On racontait qu'il était psychiatre du temps de l'Union soviétique et qu'il aurait travaillé pour le KGB en utilisant des méthodes d'interrogatoire spéciales. Selon certains, il aurait bénéficié de l'asile politique et on lui a attribué un poste honorifique d'enseignant. Mais pas de doute, le bonhomme était doué.

– À quel cours as-tu assisté ?

– Seulement quelques modules sur l'hypnose.

Josselin passe sa main sur sa barbe de deux jours.

– Pourquoi lui demander de l'aide ? Tu t'es parfaitement débrouillée la dernière fois…

– Compte tenu de ta réaction, on peut en douter !

– Es-tu certaine de vouloir tout connaître, Estelle ? demande-t-il, à genoux devant moi pour prendre mes mains.

– Oui, bien sûr. Pourquoi ?

– Parce que si tu es mon médecin, tu devras garder le silence… comme ici, ajoute-t-il en montrant l'enceinte du monastère.

Il enserre mes mains, et malgré mon cri de douleur, ne relâche pas la pression. Une terreur déforme son visage. Le voir souffrir de la sorte me bouleverse. Je pose mon front contre le sien avant de souffler tout bas :

– Tu n'as rien à craindre. Je serai toujours là pour t'aider, et ça restera entre nous.

– Entre toi et moi pour toujours… comme le secret de ton diplôme ?

– Oui, Josselin.

Il me faut lui répéter plusieurs fois la même phrase pour qu'il consente enfin à poser sa tête sur mes genoux et retrouve une respiration normale. Je caresse sa nuque et ses cheveux jusqu'au moment où nous entendons la cloche annonçant le repas.

À peine sortis de l'aéroport de Hyères-Toulon, David et Fernandez louent une voiture puis prennent la route de Gonfaron. Ils ont trouvé les coordonnées de Liane Chambellan sur Internet et il leur reste tout au plus une trentaine de kilomètres à parcourir. Concentré sur sa conduite, Diego regarde le long ruban de bitume défiler à une vitesse vertigineuse. Il se rapproche de celui qu'il espère confondre après des mois d'enquête. Jamais le détective n'a été confronté à un homme qui maîtrise à ce point la dissimulation et le mensonge et s'empare de l'âme des gens qu'il croise… et ç'aurait pu être Carlita. Sa petite princesse, sa fille chérie. L'imaginant dans les filets de ce monstre, il frissonne.

– Pourquoi s'en prend-il à ma femme ? demande David.

– Difficile à dire à ce stade. On peut seulement émettre des hypothèses. Après avoir fui Madagascar, il a sans doute besoin de soutien et de retrouver certains repères. Un élément de leur passé commun doit lui donner à penser qu'elle se pliera à ses désirs malgré le temps écoulé.

David est d'accord avec lui, ce n'est pas une simple camaraderie qui les lie. Mais alors quoi ? Il secoue la tête, pensif. Le reste du trajet se déroule en silence. Ils distinguent la bergerie en pleine campagne à flanc de coteau et se garent sous le chêne vert.

Liane est dans l'enclos des tortues. Ils se présentent rapidement et expliquent la raison de leur visite. Liane examine David en cherchant à comprendre ce qui a poussé Estelle à se faire la malle avec ce connard de Montalban.

D'une voix où sourdent colère et chagrin, elle leur explique l'incident avec son chien. Après avoir pratiqué une autopsie, elle a la certitude que Josselin l'a tué. La pauvre bête a eu les cervicales brisées avant d'être jetée dans la mare. Les deux hommes se regardent horrifiés. David sent une sueur froide couler le long de son dos. Les allégations du détective se confirment. Il devient urgent de retrouver Estelle. Fernandez ne perd pas une seconde et questionne méthodiquement Liane en espérant glaner des informations sur leur prochaine destination. À leur grande déception, elle ne peut leur fournir aucun indice, car ils sont partis précipitamment.

Fernandez interroge à nouveau son contact chez Orange pour connaître l'historique des appels téléphoniques. Il demande à un ami policier de localiser les signaux émis par les téléphones. En attendant que ce dernier les rappelle, Liane leur offre un rafraîchissement. Un bon quart d'heure plus tard, l'info tombe. Ils perdent toute trace des deux téléphones simultanément après 16 h 20, soit deux minutes après le coup de fil d'Hervé. La dernière localisation provient d'une borne située sur l'autoroute A8 en direction de Nice, à la hauteur de Vidauban. David regarde sa montre. Cela fait maintenant trois heures qu'ils ont coupé tout contact. Il a dû se produire un événement qui a obligé Josselin à se montrer plus vigilant. Se sentant menacé, il aura forcé Estelle à éteindre son téléphone. Elle est prise au piège. David sonde Fernandez. Ce dernier hausse les épaules, impuissant. Leur piste s'arrête chez Liane, jusqu'à ce qu'il se produise un autre événement. David ferme les yeux, sans oser demander de quel *genre d'événement* il pourrait s'agir.

Devant leur mine déconfite, la vétérinaire propose de les héberger pour la nuit. David accepte, il a besoin de se confier à quelqu'un qui connaissait Estelle. Elle n'est pas seulement sa femme ou la mère de son fils, elle est sa joie. Subtile et têtue, autoritaire et conciliante, impétueuse et patiente. Elle lui manque atrocement. Elle n'est pas là. Elle lui a préféré un fou.

Nous pénétrons dans la salle voûtée du réfectoire. Les tables alignées contre les murs forment un U. Dans le fond, au-dessus du père abbé qui préside et bénit le repas, une fresque gigantesque représente Jésus au milieu des apôtres. Nous sommes en retard, et notre entrée trouble la bénédiction. Le père abbé s'interrompt pour nous souhaiter la bienvenue, puis reprend, en baissant la voix. Chaque moine nous adresse un signe de tête auquel nous répondons. Le frère Marie-Pâques vient à notre rencontre et nous indique deux places libres. Nous nous installons en silence.

Un religieux, commis à la cuisine et au service, nous apporte une soupe de légumes. Josselin esquisse une grimace. La texture n'a rien d'un consommé délicat. La première cuillère m'arrache un haut-le-cœur. Qu'est-ce qu'ils ont bien pu y mettre pour que ce soit aussi mauvais ? Je regarde Josselin qui semble tout aussi dégoûté que moi. Vingt paires d'yeux sont rivés sur nous. Je m'empresse d'enfourner une deuxième cuillère et de l'engloutir aussi sec. Comment font-ils pour avaler cette bouillie infâme sans broncher ? Je ne vois qu'une réponse, la dévotion brûle les papilles gustatives.

Un des frères se lève en silence et se dirige vers une chaire en bois, puis il ouvre un livre pour faire la lecture. Je caresse l'espoir d'oublier la soupe en me concentrant sur les textes sacrés, mais c'est un échec cuisant. Elle est décidément immangeable et l'Évangile selon saint Jean n'y change rien. Heureusement, le reste du repas se passe sans encombre et la cloche sonne la réunion dans la salle capitulaire où sera donnée la lecture d'un chapitre de la règle de saint Benoît. Les moines se lèvent, après une œillade discrète dans notre direction, et suivent le père abbé en rang serré. L'image de ces religieux, en robe blanche, revêtant leur capuchon au moment de passer la porte, me ramène plusieurs siècles en arrière. La cloche, le silence, le bruissement des étoffes, le frottement des sandales sur le dallage, les murmures, les prières, rien ne semble avoir changé depuis le Moyen Âge. Nous attendons qu'ils aient quitté le réfectoire pour pousser un soupir et rire enfin. Josselin, redevenu sérieux, me prend dans ses bras et m'embrasse sur le nez en me fixant.

– Ouf… C'était interminable, ce repas ! Tu m'en réserves combien, des épreuves comme celle-ci ? Ne compte pas sur moi pour m'éterniser ici.

J'ouvre la bouche, prête à en découdre, mais il se moque éperdument de mes explications. Il me prend par la main et m'entraîne dehors. À travers les jardins, nous suivons une allée pavée qui mène jusqu'au rivage. Des lavandes colonisées par une myriade de papillons multicolores nous montrent le chemin. Derrière une haie de cyprès florentins destinée à protéger l'abbaye du vent d'est, je devine la mer. Je perçois tout d'abord un léger clapot, celui de vaguelettes qui viennent lécher les rochers, puis c'est le parfum prononcé des algues qui picote mes narines. Enfin, la mer se dévoile, auréolée des couleurs du couchant.

Je m'arrête et regarde Josselin, lui-même perdu dans cette contemplation. Au même instant, une silhouette massive habillée d'une robe de moine sort d'un bouquet de cyprès et se plante devant nous. À contre-jour, je ne distingue pas les traits, mais je vois un immense sourire. Les cheveux sont courts, poivre et sel, les joues remplies dénotent un certain embonpoint. C'est à ses yeux d'un bleu inoubliable que je le reconnais immédiatement.

– Ma chère enfant, quel plaisir de vous revoir !

Andreï Rospov me serre vigoureusement dans ses bras et me décoche plusieurs tapes dans le dos à m'en décoller la plèvre. Je ris de cet accueil si chaleureux après quinze ans. Josselin s'écarte de quelques pas et nous observe en silence. Je le présente à Rospov qui le regarde à peine et se tourne immédiatement vers moi.

– Racontez-moi tout, qu'est-ce qui vous amène ici, dans ce paradis perdu ?

– Et vous ? dis-je en guise de réponse. Je vous croyais alité.

Une lueur malicieuse éclaire ses yeux.

– Je leur fais régulièrement croire que je suis malade, ça me permet d'échapper à quelques corvées... Cette semaine, j'étais de service au réfectoire.

Je le regarde, éberluée. Il n'a pas changé : une bonne dose de roublardise et une capacité sidérante à s'adapter à toutes les situations. Ses facéties me laissent penser qu'il ne peut se conformer aux règles et aux dogmes.

– Et vous, dis-je, qu'est-ce qui vous amène ici ? C'est tellement improbable...

Il m'entraîne par le bras un peu plus loin, le long du chemin où les plantes grasses s'agrippent aux pierres.

– Ma chère enfant, il y a un temps pour tout, c'est ce que j'ai appris après avoir côtoyé chaque jour la souffrance humaine. Quand on est jeune, on a un idéal que l'on met au service d'une cause. Je pense avoir été, comment dire, un peu trop idéaliste dans cette période trouble de l'URSS. Ensuite, j'ai été heureux d'enseigner, avant d'être gagné par le remords…

Il fait une pause, pousse un grand soupir, reprend son chemin, avec moi à son bras.

– Mon passé comporte des zones d'ombre, et aujourd'hui, c'est le temps du repentir. Seul Dieu peut m'apporter la paix et le chemin d'une conscience retrouvée. Je sais qu'ici Il me pardonne quelques petites incartades à la règle de saint Benoît…

Il éclate de rire. Inutile de chercher à en savoir plus, ça lui appartient.

– Mais vous, chère enfant, c'est vous qui m'intéressez. Je veux tout savoir sur votre vie depuis la faculté. Je me souviens parfaitement des éloges des autres professeurs à votre sujet…

Après avoir rougi sous le feu des compliments, j'entraîne Rospov vers un promontoire rocheux duquel nous dominons la mer. Quelques minutes suffisent à lui résumer ma vie, la fin de mes études, mon mariage, mon fils, mon travail. Une vie remplie, sereine, heureuse. Il s'arrête, me jauge, puis pointe du doigt Josselin qui nous attend patiemment sur un banc de pierre en mâchouillant quelques brins d'herbe sèche.

– Et lui ?

– Lui ?

Alors là, c'est difficile à résumer. Josselin, c'est cette partie de moi-même qui m'a manqué pendant dix-sept ans. Il était un rêve inachevé, une fracture dans ma vie. J'ai été broyée par son départ précipité, par son geste inexpliqué, par ce baiser dont la saveur s'est estompée avec l'incompréhension. Avant Josselin, j'étais solitaire, mais je m'assumais dans ma différence. J'avais réussi à dompter mon passé : l'absence de mon père et la folie de ma mère n'étaient plus ces pensées obsédantes qui m'empêchaient d'avancer. Je pensais avoir trouvé ma liberté. Puis Josselin a bouleversé ce fragile équilibre atteint au prix de nombreux efforts. Il a suffi des quelques secondes où il a échangé nos copies pour qu'il s'installe dans mon cœur. Il est entré dans ma vie en la marquant à l'indélébile.

Rospov attend ma réponse. Je tricote avec mes mains, penche la tête en souriant, et hausse les épaules. Il sourit.

– C'est ta chimère à toi, n'est-ce pas?

Une larme roule sur ma joue. Il me prend dans ses bras en caressant mes cheveux.

– Bah, bah, bah, chuchote-t-il, tout va s'arranger. Tu es là pour trouver des solutions, sinon tu n'aurais pas fait tant de chemin. Mais je suppose que tu as quelque chose de précis à me demander?

Parler de Josselin devient plus aisé, je retrouve une voix assurée et lui explique ce qui nous amène: sa tentative de suicide, sa mère autoritaire et dangereuse, ma décision de l'enlever, la malédiction qui pèse sur lui, la nécessité de l'aider et ma proposition d'hypnothérapie.

Rospov lance quelques œillades à Josselin puis me dit:

– Tu sais que l'on mesure le degré d'amour aux risques que l'on est prêt à prendre pour l'être aimé? Toi, tu es au maximum! J'espère que tout ça vaut le coup.

Je regarde la mer au loin, les bateaux perdus au milieu du bleu infini. Je sais tout cela, je connais les risques encourus, mais je les crois nécessaires.

– Vous savez, en découvrant Josselin à moitié mort dans un lit d'hôpital, j'ai pris conscience de deux choses. Tout d'abord à quel point il m'a manqué. Ensuite qu'il n'est pas question de le voir m'échapper à nouveau sans avoir compris qui il est réellement. D'ailleurs, il ne le sait peut-être pas lui-même. Être psychiatre et ne pas connaître l'homme que j'ai aimé secrètement pendant dix-sept ans est devenu inconcevable. Et pour ça je suis prête à tout mettre en œuvre. À travers lui, c'est moi que je suis venue chercher…

Je le sens hésitant, mais mes arguments doivent être convaincants, car il répond :

– Tu sais que les prières ont remplacé mes cours d'hypnose, j'ai probablement perdu la main, si je puis dire. Je ne te garantis pas que nous parvenions à un résultat, mais on peut essayer.

Je pousse un cri de joie et le remercie chaleureusement. Avec son aide, il ne fait aucun doute que Josselin retrouvera la sérénité. Je l'embrasse sur la joue et nous retournons là où nous avions commencé de faire les présentations. Cette fois, Rospov engage la discussion avec Josselin et reprend avec lui les grands principes de l'hypnose en lui proposant de les mettre en œuvre dès le lendemain matin. Josselin me regarde, surpris. Il n'avait probablement pas imaginé être guidé par une autre personne que moi. Il est tendu. Ses gestes saccadés lorsqu'il répond aux questions de Rospov dénotent une grande agitation. J'ai des doutes.

Les questions fusent. Josselin répond du tac au tac, sur la défensive. Puis, petit à petit, j'assiste à un miracle : Rospov parvient à pénétrer le monde de Josselin. Grâce à des phrases anodines, il instille des métaprogrammes qui lui permettent de connaître les différents systèmes de perception, de représentation sensorielle, de tri primaire, d'orientation dans le temps du patient et d'éviter les erreurs de communication.

Et je constate que ça marche. Enfin, Rospov regarde sa montre et bondit du rocher sur lequel il était perché.

– Mes amis, il faut que je vous laisse, je ne voudrais pas que mes frères me voient en pleine forme, à papoter avec vous. On se retrouve demain matin. Rejoignez-moi à la scierie, au-delà des vignes, dans la forêt de pins.

– Mais que faites-vous dans une scierie ? dis-je avec étonnement.

– Ma chère enfant, il faut être touche-à-tout au sein d'une communauté. Je m'occupe des menus travaux de charpente, je répare les meubles, je coupe le bois pour l'hiver… Vous comprenez pourquoi parfois je m'accorde des petites pauses.

Et il disparaît derrière la rangée de cyprès en sautillant. Frère Cyprien. L'abbaye de Lérins est le dernier endroit où j'aurais imaginé le voir.

– Alors, qu'en penses-tu ? dis-je en me tournant vers Josselin.

– Étonnant personnage ! Les cours en fac devaient être animés avec un tel énergumène.

– Tu as raison, mais il nous faisait peur lorsqu'il se mettait en colère. Je peux te dire que là, on entendait les mouches voler.

– Bon, on verra s'il est aussi doué que tu le prétends !

Sa voix se durcit et son ton frise l'arrogance, comme si l'admiration que je voue à Rospov le dérangeait. Il se lève, me tourne le dos et marche en direction de la pointe.

Le ciel s'obscurcit, malgré le voile bleuté à l'ouest. Les premières étoiles apparaissent. D'un geste, Josselin me désigne la forteresse éclairée par les rayons d'une lune argentée. Ses murs hauts d'une vingtaine de mètres plongent dans les flots. Nous suivons le sentier littoral. Le chant des grillons nous accompagne. À la faveur d'un vent léger, des parfums inconnus nous parviennent, exacerbés par l'humidité de la nuit tombante. Josselin m'aide à franchir une barre rocheuse et nous nous retrouvons au pied de l'imposant édifice.

Des marches remplacent les échelles qui permettaient d'accéder à la porte située à quatre mètres de haut. Avec l'impression de violer un tombeau, nous pénétrons dans une petite cour carrée et nous montons dans les étages par un escalier extérieur. Après avoir traversé un cloître à colonnades de marbre blanc et une chapelle, nous débouchons sur une plateforme entourée de créneaux et de mâchicoulis. Chaque pierre témoigne d'une histoire riche et mouvementée.

Je m'assieds sur la corniche, adossée à un créneau. La côte scintille. Je vois les lumières de la Croisette depuis la pointe rouge en face de l'île Sainte-Marguerite jusqu'au vieux port. Ici, la nuit est paisible. Josselin s'approche de moi et me prend dans ses bras. Nous passons un long moment l'un contre l'autre à compter les signaux lumineux des phares depuis le cap d'Antibes jusqu'à l'Esterel.

La brise marine se renforce. Je frissonne.

– Rentrons, me dit Josselin en frictionnant mes bras. Il commence à faire frais.

Nous retrouvons notre chemin grâce à un rayon de lune qui éclaire nos pas. Nous suivons le couloir qui mène à l'étage. Devant la porte de ma chambre, Josselin me souhaite bonne nuit et disparaît dans la sienne sans me proposer de le rejoindre.

En me glissant sous les draps râpeux, je pense à mon fils, à David, à Hervé. Demain il faudra renouer avec la civilisation.

Une fois la porte refermée, Josselin s'assoit sur son lit, dans une demi-pénombre. Il observe ses pieds, l'air accablé, puis lève lentement la tête en direction du crucifix accroché au-dessus de la table de chevet. Il marmonne quelques mots indistincts et attrape le téléphone dans sa poche. On lui a envoyé les signes, il a voulu les ignorer, mais maintenant l'heure approche. Il doit choisir.

Il n'y a qu'à voir cet imbécile d'Hervé qui s'est mis en travers de son chemin et doit son salut à la seule irruption d'Estelle. Puis ce chien à qui il a dû tordre le cou. Et finalement ce moine, le frère Cyprien, encore une menace. Il faut tenir quelque temps, pour Estelle. Dans un coin de son cerveau, elle a longtemps représenté le rivage de tranquillité vers lequel il se tournerait lorsque les épreuves seraient trop dures. Elle l'aime, elle acceptera tout de lui, elle le soignera s'il le faut. Oui, elle le soignera, elle seule peut comprendre.

Il allume son portable et écoute ses messages. Son ami Xavier l'a appelé à trois reprises. « Salut Joss, j'espère que tu vas bien. Il faut que tu me rappelles, j'ai quelque chose d'important à te dire. Fais vite. »

« Mais qu'est-ce que tu fous, Joss, arrête de déconner, rappelle. »

Sur le troisième message, le ton monte d'un cran.

« Tu déconnes complètement, mais puisque tu ne rappelles pas il faut au moins que tu saches : ton grand-père n'est pas mort à quarante ans mais à quatre-vingts ! Tu réalises ce que ça veut dire, Joss ? Il n'y a pas de malédiction, tu es libre… Tu peux vivre sans crainte. Et puis, il y a autre chose aussi. Ta mère nous a fait des révélations graves, inquiétantes. Ça concerne ton père… Ce n'est pas à moi de te le dire. Allez, vieux frère, appelle quand tu peux, ce sera plus simple, et surtout, prends soin de toi. »

Josselin raccroche, tourmenté par ce qu'il vient d'apprendre. Pourquoi lui a-t-on caché l'existence de son grand-père ? Pourquoi l'apprend-il aujourd'hui par l'intermédiaire de Xavier ? Il reprend son téléphone et écoute le dernier message. Celui de sa mère.

« Bonjour mon petit garçon ! Les événements s'affolent… Ce n'est pas bon signe. Tu dois rentrer à la maison avant que ça devienne ingérable. Je te promets de trouver des solutions, mais il faut que tu te soignes. Ça ne peut plus continuer comme ça. Je n'ai pas confiance en cette fille, elle est prête à te faire faire n'importe quoi. Tu allais mieux quand Sacha s'occupait de toi. Reviens vite, je t'en prie. Il accepte de te prendre dans sa clinique le temps que tout s'arrange. Je crois qu'il n'y a plus d'alternative, Josselin. J'ai tout essayé mais je ne peux plus te laisser poursuivre, je n'ai plus la force… »

La voix se tait puis reprend avec des sanglots mal maîtrisés :

« J'ai reçu la visite de Xavier et d'une de ses amies. Ils ont découvert un élément qui m'a obligée à parler de la mort de ton père. Tu sais, pour l'accident… Ils savent que j'en suis à l'origine. Rentre vite maintenant… »

Josselin lâche son téléphone sur son lit. La messagerie défile. Brutalement, il attrape le portable, le jette contre le mur et se lève précipitamment pour l'écraser sous des coups de talon furieux. Puis il s'agenouille, tête levée vers le crucifix. Sa mère a toujours été la seule sur qui il pouvait compter, elle l'a protégé au-delà de tout et elle lui demande de les débarrasser d'Estelle.

Des mots, puis des phrases se forment et dansent dans sa tête. Sa bouche se contracte. Il s'ébouriffe les cheveux et s'en arrache une poignée qu'il examine avec attention avant de la laisser tomber.

Je vous supplie de l'épargner. Je sais que l'appel est proche, vous m'avez montré les signes… Pas elle… Elle est tout ce qui me reste… Vous m'aviez promis de veiller sur elle, pourquoi changer d'avis aujourd'hui ? Pourquoi tant de sacrifices…

Sa voix ressemble à celle d'un petit garçon, ses yeux roulent dans leurs orbites. Les bras grands ouverts, paumes de mains tournées vers le ciel, il semble attendre une réponse.

Il doit appeler la Vierge Marie. Encore et encore… Elle changera d'avis cette fois. Dans sa bonté, elle épargnera Estelle.

Les phrases se mêlent et s'entrechoquent. La prière s'impose une première fois, puis une deuxième, puis d'autres encore jusqu'à ce que la litanie transcende son corps qu'il ne sent plus.

Je vous salue Marie, pleine de grâce ;
Le Seigneur est avec vous.
Vous êtes bénie entre toutes les femmes,
Et Jésus, le fruit de vos entrailles, est béni.

Aura-t-il le courage de répondre à son attente ? Malgré tous ses efforts, la douleur s'installe. Il pousse un gémissement et pose sa tête contre la pierre pour trouver la fraîcheur. Il connaît par cœur les commandements auxquels il doit obéir, mais c'est désormais au-dessus de ses forces.

Sainte Marie, Mère de Dieu,
Priez pour nous, pauvres pécheurs,
Maintenant et à l'heure de notre mort.
Amen.

Ce qu'il redoute vient de se produire. Le rouge apparaît toujours après la douleur, explosant comme un feu d'artifice puis retombant comme une marée de sang. Il sait qu'il n'y a plus d'espoir.

Le chemin est marqué par le sang pour écarter le danger.

Il doit choisir. Comme les fois précédentes.

Il hume la trace des chiens qui le suivent. Il se sait pris au piège s'il reste. Partir, oublier cette femme… Elle n'est qu'illusion, comme toutes les autres… Elle s'est fait belle pour le séduire, pour le retenir. Elle l'abandonnera à la première difficulté. Comme Avana. En épousant Avana, il pensait pouvoir compter sur elle, quelles que soient les épreuves qu'ils traverseraient. Une épouse ne doit-elle pas se préoccuper des désirs de son mari à n'importe quel prix ? N'était-ce pas ce qu'avait fait sa mère pour son père ? Elle lui avait permis de vivre en lui donnant un rein. Avana, au contraire de sa mère, s'était révélée difficile. Elle discutait continuellement ses ordres. Pire, elle les transgressait alors qu'il avait affirmé ne pas vouloir d'enfant. Elle voulait le quitter, elle aurait dû savoir que ce n'était pas possible. Il lui avait pourtant dit à maintes reprises. Pourquoi ne l'avait-elle pas pris au sérieux, pourquoi l'avait-elle humilié avec ce rire diabolique ? Avana ne méritait plus sa confiance, il n'avait fait qu'exécuter la sentence. Ses affaires étaient prêtes, elle était sur le point de partir. Elle prenait un bain, le dernier, avait-elle dit. Il avait fermé les yeux au moment de maintenir sa tête sous l'eau, au moment où elle ouvrait grand les siens, horrifiée. Puis il avait transporté son corps sur la plage, l'immergeant dans une eau peu profonde. Rien ne paraîtrait suspect, elle se baignait tous les jours.

La douleur dans sa tête s'amplifie subitement, jusqu'à devenir insupportable. Il s'écroule sur le sol et se recroqueville comme lorsqu'il était enfant. Puis il s'empare du crucifix et se frappe le dos, les jambes, le torse. Un filet de sang s'écoule le long de ses épaules, il sent le liquide visqueux glisser sur sa peau et former un tableau macabre sur les dalles grises. Il frappe encore. Il offre son sang pour épargner celui d'Estelle.

Il reste prostré jusqu'à ce que la chambre se retrouve dans l'obscurité complète. Alors, il se lève et nettoie ses plaies.

Une fois encore, il m'est impossible de trouver le sommeil. Mes pensées s'échappent, prennent des chemins de traverse et virevoltent jusqu'à revenir inlassablement à la scène du suicide de Josselin. La même qui m'est apparue dans le Vercors. Et là encore, la scène prend vie.

Josselin regarde sa montre, prépare une corde qu'il sort de son sac rouge, l'enroule autour de la mezzanine, confectionne un nœud, place une chaise.

Mais cette fois, je vois la suite.

Josselin prend un couteau, le place à côté de la chaise. Il écoute les pas dans l'escalier, aperçoit par la porte entrouverte une silhouette qui monte les bras chargés de pizzas. Précipitamment, il revient vers la mezzanine, monte sur la chaise, passe la corde autour de son cou et bascule dans le vide au moment où le livreur de pizzas entre dans l'appartement.

D'un bond, je me redresse dans le lit. La scène disparaît subitement. Dans mon esprit, tout s'éclaire. Josselin a minutieusement mis en scène une tentative de suicide. La montre, la surveillance de l'extérieur, le couteau placé à côté de la chaise… Rien n'a été laissé au hasard. Il serait secouru par le livreur de pizzas dont il guettait les pas dans l'escalier.

Mais pourquoi ? Dans quel but ?

Les minutes passent, mon rêve s'estompe. Je finis par m'endormir, persuadée que je suis dépassée par mon imagination. Il est grand temps de refaire surface et de retrouver la réalité. Demain.

Mercredi

Le tintement de la cloche me réveille en sursaut. Je m'assieds dans mon lit et mets quelques secondes pour réaliser que je ne suis pas chez moi. Je regarde ma montre, il est neuf heures. Mon cœur bondit. Comment ai-je pu dormir si tard ? Je prends une douche et m'habille à toute vitesse. Tout en mettant mes sandales, je me dirige vers la chambre de Josselin et frappe à la porte. Elle est entrouverte. Je la pousse doucement en l'appelant, mais la pièce est vide. Une odeur âpre, désagréable, est suspendue dans l'air.

Je sors en courant dans le couloir à la recherche de Josselin. Pourquoi est-il parti sans me prévenir ? Je dévale les escaliers et file au réfectoire. Personne. Je croise des robes blanches et ralentis le pas en leur adressant un petit signe de tête. Je meurs d'envie de leur demander s'ils ont aperçu Josselin, mais je n'ose pas les déranger. Rapidement, je fais le tour du monastère. En vain.

Il ne reste plus qu'une solution. La scierie.

Je me dirige vers les vignes puis oblique à l'est. Je franchis les grilles du monastère pour emprunter le chemin de terre à l'ombre des pins parasols. Le soleil est déjà haut dans le ciel, la journée promet d'être chaude. Les cigales ont entamé leur chant qui enfle derrière chaque arbre. J'aperçois au loin un petit groupe de moines qui sarclent les pieds de vigne, traquent les mauvaises herbes et s'inclinent à tour de rôle dans un ballet parfaitement orchestré. J'entre dans une forêt de pins maritimes, de mimosas et d'eucalyptus. L'air embaume la résine. J'aperçois finalement un petit bâtiment et un entrepôt où s'entassent pêle-mêle troncs d'arbres, souches et planches. Plus loin, je vois un abri où sont rangés de vieux tracteurs usés jusqu'à la dernière vis.

La porte battante de la scierie est ouverte. Des milliers de particules de poussière dansent dans les rayons obliques du soleil. Je passe la tête en frappant plusieurs coups secs. Je reconnais sa voix. Il discute avec Rospov.

– Alors vous voilà ?

– Entre, Estelle, me dit Andreï. Nous faisions plus ample connaissance en t'attendant. Josselin préférait que tu te reposes. Il m'expliquait que tu en avais besoin en ce moment.

La conversation roule encore quelques minutes sur les sujets les plus divers, puis Rospov, les yeux brillants d'une sorte de fièvre, s'adresse à Josselin :

– On y va ?

Josselin hoche la tête. Je lui trouve une petite mine et lui demande tout bas s'il est prêt. Il pince les lèvres d'un air sec et élude ma question. Il me repousse du bras lorsque je m'approche de lui. Mon cœur s'emballe. C'est moi qui lui ai imposé cette séance en dépit des signes d'inquiétude qu'il m'envoie. Il cherche probablement à se surpasser pour me faire plaisir. Je le supplie de reporter l'exercice s'il ne s'en sent pas capable. Il m'écarte brutalement pour s'installer sur le siège que lui tend Rospov dans un petit bureau qu'il s'est aménagé. Un pan de mur est consacré à des croquis de meubles, des plans de bâtiments et des photos des restaurations réalisées.

Josselin m'ignore et s'assied. Je prends une chaise à côté de Rospov, qui entame le processus d'induction. Je note au passage qu'il lui laisse une grande liberté pour s'imaginer le lieu dans lequel il a envie de se trouver pour l'introspection. Josselin se décrit dans une petite maison de bois au bord d'une plage, le temps est calme, la température agréable. Il est en short et tee-shirt, pieds nus.

Josselin réagit parfaitement à cette première phase. Il ferme les yeux, les muscles de son cou et de ses épaules sont détendus, sa tête bascule légèrement sur le côté. Rospov lui propose de déterminer lui même la date, l'époque et le lieu qu'il a envie de revisiter avec les moyens dont il dispose aujourd'hui pour les éclairer d'un sens nouveau.

D'une voix que je ne lui connais pas, Josselin nous entraîne le jour du quarantième anniversaire de son père.

– Nous sommes dans l'ascenseur pour descendre au garage. Personne ne parle. Maman me tient la main. Papa, devant nous, tourne le dos en attendant que les portes s'ouvrent. Elle me lance un clin d'œil destiné à m'apaiser, elle sait que je ne comprends pas mon père lorsqu'il marche vers cette voiture bleue sans nous regarder et depuis qu'il n'ouvre plus la portière à ma mère.

– Pourquoi ne le fait-il plus ? demande Rospov.

Josselin hésite avant de répondre. Il perd son air enfantin et sa bouche se crispe.

– Avant, il ouvrait toujours sa portière, il avait des sourires pour elle, des mots gentils…

– Tu veux dire qu'avant il était amoureux ?

– Oui, c'est ça, avant il était amoureux.

– Et tu penses qu'il ne l'est plus ? Te souviens-tu de quand datent ces changements ?

Josselin se contracte, sa voix se durcit.

– Six mois avant. Je me souviens d'un événement marquant le jour où j'ai supplié maman d'aller au zoo. C'était la première fois que papa n'était pas rentré pour dîner, nous l'avions attendu une partie de la soirée avant que j'aille me coucher. Vers minuit, la porte de l'appartement avait claqué avec un tel fracas que ça m'avait réveillé.

– Tu sais pourquoi il est rentré si tard?

– J'entends maman demander des explications et papa se mettre en colère. C'est leur première dispute, je me cache derrière la porte et je colle mon oreille pour entendre ce qu'ils se disent…

– Qu'entends-tu, Josselin?

Josselin secoue la tête.

– Je n'entends rien.

La voix de Rospov se fait rassurante.

– Je pense que si, Josselin, tu peux le dire maintenant…

Plusieurs secondes passent dans un silence total, puis Josselin reprend d'un ton plus assuré.

– Je ne comprends pas que le mot «maîtresse» cause tant de chagrin à ma mère. Je me souviens qu'elle se met à pleurer, et qu'elle ne s'est plus arrêtée. J'en veux terriblement à cette maîtresse d'école qui lui fait tant de mal. À partir de ce jour-là, il n'a plus ouvert la portière de maman.

Sa voix s'étiole jusqu'à devenir inaudible.

– Revenons à la journée d'anniversaire, Josselin, si tu veux bien. Que s'est-il passé ensuite?

– Maman prend le volant, elle explique qu'elle est seule à connaître l'adresse du restaurant où elle a réservé. Elle parle beaucoup. À moi surtout, car papa ne répond pas aux questions, sauf par oui ou par non. Je devine qu'elle est triste, car ils viennent de se disputer et papa a menacé de ne pas nous accompagner. Je pressens la catastrophe, car maman lui a fait une surprise. Elle a organisé une réception dans un château avec leurs amis.

– Tu as envie de prolonger cette séance en nous racontant la suite? demande doucement Rospov.

– Nous quittons Paris et sa banlieue pour nous engager sur une route de campagne. Ça me semble interminable, personne ne parle. Coincé à l'arrière, j'ai réellement mal au ventre maintenant. Enfin, nous arrivons en vue d'un magnifique château illuminé. Une centaine de personnes nous attendent sur la terrasse. Ils applaudissent quand nous sortons de la voiture, et là, mon père sourit. On l'embrasse, on le félicite, les hommes l'envient, les femmes le dévorent des yeux.

Une ride profonde creuse le front de Josselin. Sa respiration s'accélère. Les mots deviennent difficiles. Rospov intervient.

– Josselin, tu n'es pas obligé de rentrer dans ce château. C'est toi qui décides si tu te sens en confiance avec nous et si tu disposes des ressources suffisantes. Lève ta main droite pour continuer ou la gauche pour arrêter. Nous respecterons ton choix. Prends tout le temps dont tu as besoin.

Les secondes s'écoulent, nos yeux sont rivés sur ses gestes. Finalement, sa main droite se lève doucement. Rospov me lance un clin d'œil et m'adresse un grand sourire.

– Tu vois les portes de ce château, Josselin ? demande Rospov. Tu peux les franchir désormais. Je suis là et je veille sur toi. Vas-y, quand tu es prêt.

Josselin hoche la tête en gardant les yeux fermés. Il reprend.

– Il règne une ambiance de fête. Tout le monde a l'air de s'amuser. Sauf maman. Elle se tient droite sur une chaise, superbe mais drapée dans une mélancolie qui lui donne des airs de statue grecque. Elle répond poliment à son voisin qui essaie de meubler la conversation. L'autre chaise à côté d'elle est vide. C'est celle de papa. Il n'est pas resté plus de cinq minutes avec elle depuis le début de la soirée. Elle se mord les lèvres pour ne pas pleurer. Je viens la chercher, j'ai envie de vomir. Je remarque qu'elle tient fébrilement un morceau de papier dans ses mains et le cache dans son sac dès qu'elle m'aperçoit. Me voyant si pâle, elle se précipite vers moi. J'ai du mal à tenir debout, mais les couples qui dansent forment une masse mouvante, compacte, prête à l'engloutir. L'un d'eux la retient par le bras pour lui parler, elle n'écoute pas et se dégage sans prononcer un mot. En se frayant un passage, un homme la bouscule. Elle perd l'équilibre. Le temps s'arrête, sa chute dure des heures. Dans ses yeux, je lis ses espoirs déçus, ses rêves brisés, et le vide incommensurable qui l'habite désormais. Je voudrais courir vers elle, la rattraper, mais je suis tétanisé. J'assiste impuissant à sa douleur, à ses larmes, au sang qui coule de son genou. Je cherche papa du regard, le supplie d'apparaître pour l'aider à se relever. J'attends, j'invoque, j'espère, je prie, mais rien ne vient. Rien.

Enfin je m'élance vers elle, mains plaquées sur le ventre. Chaque pas m'arrache une grimace, mais seule ma mère compte à mes yeux. Oui, je parviendrai à remplacer mon père pour lui rendre ce sourire qu'il lui a volé. La foule s'écarte sur mon passage. Mes pas sont plus assurés, mes jambes me portent, mais j'arrive trop tard. Un inconnu l'aide déjà. Je parviens enfin à me jeter dans ses bras, et elle me serre contre elle avec une force que je ne lui connais pas. Elle embrasse longuement mes cheveux en les caressant. Elle est douce, elle est ce que j'ai de plus précieux au monde. Je sors un mouchoir de ma poche et le lui tends. Elle me sourit de ses yeux humides. Elle prend ma main et m'emmène dans le château.

Josselin s'agite. Rospov tente de le calmer.

– Je sais que tu as peur d'entrer, Josselin, mais tu es seulement un observateur désormais, tu ne ressens plus de douleur. Si tu veux y aller, je suis là et je t'accompagne.

Ces paroles apaisent Josselin. D'une voix encore hésitante, il reprend :

– Elle cherche papa pour qu'il m'examine. Mon teint livide l'inquiète. Nous entrons dans la grande salle à manger. Les invités nous regardent d'une drôle de façon. Nos mines sont épouvantables. Un filet de sang coule le long de la jambe de maman, ses mains sont écorchées, sa jolie robe est tachée d'herbe, mais elle ne s'en préoccupe pas. Elle balaie du regard chaque pièce traversée. Elle me dit que papa va s'occuper de nous. Elle m'assied sur une chaise et me demande de ne pas bouger en attendant qu'elle revienne. Elle me confie son sac et retourne sur la terrasse. Dès qu'elle disparaît de mon champ de vision, une nausée me submerge, je cherche mon mouchoir pour le mettre devant ma bouche, mais je l'ai donné à maman. Alors j'ouvre son sac et je fouille pour en trouver un autre. Une maman a toujours des mouchoirs dans son sac. J'écarte les clés de la voiture, son porte-monnaie, sa boîte de somnifères, et je trouve une feuille chiffonnée, celle qu'elle tenait tout à l'heure. Je sais que je n'ai pas le droit, que ça ne m'est pas destiné, mais une force me pousse à déplier le papier froissé. Je lis une phrase, une horrible phrase. Un flot visqueux et nauséabond sort aussitôt de mes entrailles et se répand sur ma chemise, mon pantalon et le parquet de la salle de bal.

– Je tiens dans mes mains le message qui détruit ma vie. Quelques mots, trois lignes à peine, enterrent mes rêves et ceux de ma mère.

« Pardon Tess, je n'en peux plus de faire semblant. J'ai l'intention de divorcer et de partir aux États-Unis. J'ai reçu une proposition qui ne se refuse pas à Boston. Je pars, avec celle que tu appelles ma maîtresse. Vous ne manquerez de rien, Josselin et toi. » Le couperet tombe.

Je lève les yeux, maman apparaît au seuil de la porte et me voit, l'air hagard. Elle me rejoint en quelques enjambées et remarque le bout de papier froissé tombé à terre. Elle comprend immédiatement. « On s'en sortira, ne t'inquiète pas », dit-elle en me faisant signe de la suivre. Nous quittons la salle aux plafonds ouvragés, aux moulures dorées, aux lustres de cristal, et nous grimpons les marches de l'escalier qui mène à l'étage. « Nous allons trouver une salle de bains pour te nettoyer », ajoute-t-elle avec un sourire confiant. Nous ouvrons des portes au hasard. Chambre, boudoir, bibliothèque. À la quatrième, maman hésite un quart de seconde, comme si elle se doutait de ce que nous allions découvrir.

Nous entrons dans une chambre sombre, aux lourds rideaux vermillon. Elle est faiblement éclairée par deux lampes de chevet.

Un lit à baldaquin occupe une grande partie de la pièce. Un son rauque provient de la pièce voisine. Je retiens la main de maman un instant, mais elle ouvre la porte à toute volée. La lumière puissante nous éblouit d'abord. Une femme nue est assise sur le rebord d'un lavabo et tient entre ses jambes, un homme, le pantalon aux chevilles. Et cet homme qui pousse des grognements, c'est mon père.

Ma mère me cache les yeux de ses mains, me repousse brutalement dans la chambre, m'attrape par le bras et se met à courir. Nous descendons les marches à toute vitesse et faisons irruption dans la cuisine où s'activent des serveurs qui, surpris, s'interrompent face à nos mines défaites. Elle me confie à une employée, le temps d'aller chercher mon pyjama dans la voiture. Lorsqu'elle revient, je suis débarbouillé et prêt à me changer dans l'arrière-cuisine.

Je me cache derrière une étagère remplie de casseroles, de poêles et de fait-tout. Pendant que j'enfile mes vêtements, j'entends les premières notes d'un *Happy Birthday* sur lesquelles une foule survoltée se met à chanter à tue-tête en appelant mon père. Les serveurs m'annoncent que l'on vient d'amener le gâteau dans la salle de bal et que ma mère m'y attend. J'avance péniblement à travers ce couloir, ne sachant pas si j'aurai la force de pénétrer dans la grande salle.

J'hésite.

Si je n'y vais pas, après tout, personne ne le remarquera. Je découvre une porte dérobée et m'y engouffre, soulagé. Cette pièce en forme de boudoir jouxte la salle de bal. Je découvre avec stupéfaction un œilleton creusé à travers le mur qui me permet d'assister à ce qui se passe à côté sans être vu. Les invités sont regroupés autour d'une grande table sur laquelle mon père se tient debout. On l'acclame, on l'applaudit, on réclame un discours.

Josselin est à bout de force. Rospov perçoit son désarroi et lui suggère de s'arrêter s'il en ressent la nécessité. Josselin secoue la tête. Après plusieurs inspirations profondes, il reprend d'une voix d'outre-tombe :

– Maman est au premier rang. Elle est métamorphosée, arborant un air confiant. Elle s'est refait une beauté. Tandis que mon père prononce le discours tant attendu, elle s'éloigne, prend deux coupes de champagne sur un guéridon et s'approche du mur derrière lequel j'observe tout. Elle pose les verres sur une console, tourne le dos aux invités captivés par les paroles de mon père, ouvre son sac et verse dans l'un d'eux une poudre blanche qui se dissout après qu'elle l'a remuée à l'aide d'une petite cuillère. Elle s'approche d'une glace, fait mine de se recoiffer, et revient vers le groupe. Elle attend patiemment les derniers mots de mon père accompagnés par un tonnerre d'applaudissements et lui tend une coupe de champagne qu'il lève, en suggérant aux convives de l'imiter lorsqu'il la porte à ses lèvres.

– Sais-tu ce qu'il y a dans ce verre, Josselin ?

Il acquiesce mais aucun son ne sort de sa bouche. J'insiste car il doit aller au bout si son subconscient accepte. Il poursuit.

– Des somnifères réduits en poudre.

Josselin s'interrompt, il est encore plus pâle que tout à l'heure. Sa mère a drogué son père, ce qui a sans aucun doute provoqué l'accident qui lui a coûté la vie. Sans même regarder Rospov, je prends la parole.

– Ce sont ceux que tu avais vus dans le sac de ta maman en cherchant un mouchoir ?

– Oui.

– Que s'est-il passé ensuite ?

– Papa boit son verre d'un trait. Le goût du champagne altéré par les somnifères lui arrache un rictus de dégoût, mais il se garde de faire un commentaire devant cette assemblée qui n'a d'yeux que pour lui. Mon père parade, parlant fort et riant. Le temps passe, il est accaparé par toutes ces personnes qui l'entourent, le sollicitent. Au bout d'un long moment, maman lui fait signe qu'elle veut lui parler. Ils s'écartent légèrement mais tout le monde entend qu'elle lui demande d'arrêter de boire et de rentrer à la maison. Il se met dans une colère noire et l'accuse de l'empêcher de vivre. Elle lui tient tête en affirmant qu'il est saoul, que je suis malade, et elle attrape les clés dans son sac, les secoue sous son nez et le somme de venir avec nous. Elle tourne les talons, me fait signe de la suivre, et nous montons dans la voiture garée au pied des marches de la terrasse. Les invités assistent médusés au triste spectacle de mes parents qui se déchirent : mon père, humilié devant ses amis, empêche maman de prendre le volant et s'installe à sa place, avec un air provocateur. Il fait hurler les trois cents chevaux de sa BMW en mettant le contact. Maman sait que rien ne pourra raisonner mon père décidé à conduire. Elle ouvre ma portière et m'ordonne de descendre immédiatement. Nous regardons la voiture disparaître dans un crissement de pneus sur les graviers.

Les invités derrière nous se sont tus, les rugissements du moteur s'estompent dans la nuit. Puis plus rien, plus un son. Papa est parti, à la stupeur générale. Maman, étourdie par ce qui vient de se passer, déambule au milieu de la foule sans entendre les mots de réconfort qu'on lui adresse. Elle remonte les marches vers le château et appelle un taxi. Lorsqu'il arrive une demi-heure plus tard, nous nous échappons avec soulagement. Je pose ma tête sur ses genoux et m'endors quelques instants plus tard.

Ce qui me réveille, c'est le changement de vitesse de la voiture. Elle ralentit puis s'arrête. Nous sommes en pleine campagne. Le chauffeur ouvre sa fenêtre et demande à un gendarme posté près d'une rangée de cônes de signalisation ce qui se passe. Il répond qu'un accident vient de se produire et que la circulation se fait sur une seule voie. Il recommande de rouler doucement sans regarder. « Surtout pour l'enfant », ajoute-t-il.

La soudaine crispation de ma mère me fait lever la tête. Ensuite, c'est son cri, ou plutôt son hurlement, qui viendra hanter mes nuits. Elle ouvre la portière, se précipite vers un petit groupe d'hommes qui s'affairent autour d'une voiture calcinée. Je m'approche à mon tour.

L'amas de tôle repose les quatre roues en l'air, au milieu de fumerolles. Personne ne remarque ma présence. Deux gendarmes ceinturent ma mère. Je me demande si elle a fait quelque chose de mal. Je voudrais l'aider, mais mon regard est attiré par la masse informe à l'avant retenue par la ceinture de sécurité. Je me rapproche pour mieux voir quand je sens des bras puissants me soulever de terre. C'est un pompier en uniforme qui me porte jusqu'à l'arrière d'une camionnette de gendarmerie. J'ai peur qu'on m'emmène en prison. Je suis soulagé quand maman me rejoint et me serre dans ses bras. Je vois bien qu'elle veut me dire quelque chose sans y arriver. Alors c'est un gentil monsieur qui prend la parole pour m'annoncer que mon père est mort. Cette voiture carbonisée est la sienne. Il m'attrape la main en me disant que je dois être courageux et ajoute que je suis presque un homme à mon âge. Je réalise alors que l'espèce de momie à la place du chauffeur est tout ce qui reste de mon père.

La voix de Josselin s'étrangle dans un hoquet.

À la fin de la séance d'hypnose, nous sommes abasourdis par ces révélations. Josselin, encore sous le choc, souhaite prendre une navette pour retourner sur le continent. Restée seule avec Rospov, je fais le point sur cette surprenante confession, mais je me heurte à son mutisme. Son visage grave trahit une grande émotion. Il se referme et secoue la tête à chacune de mes questions. Son long séjour parmi les moines a-t-il altéré le talent qu'il possédait autrefois ? Il répète qu'il lui faut du temps. Pour quelle raison ? Ce n'est pas lui le patient. Je ne comprends plus rien à son attitude. Il reprend le ponçage d'une statue de bois sans plus m'adresser la parole. Je le laisse à ses occupations.

Mes pas me dirigent vers l'extrémité de l'île, là où des pins maritimes abritent une chapelle. En poussant la porte, je suis frappée par la sérénité qui s'en dégage. Un rayon de soleil filtre à travers le vitrail représentant la Vierge et l'Enfant, et éclaire l'autel d'un voile rouge. Je m'assieds sur un banc en bois et je prie, pour la première fois de ma vie. Je prie pour Josselin qui avait enfoui au plus profond de sa mémoire le crime commis par sa mère. Je prie pour qu'il puisse maintenant reconstruire sa vie.

Mes pensées virevoltent d'une séquence à une autre. Le faux suicide de Josselin, les somnifères dans le verre de champagne, l'incendie de l'entrepôt d'Hervé. Quelque chose ne tourne pas rond et me fait penser qu'il me manque un élément susceptible de relier ces événements.

Dans l'atelier, Rospov passe nerveusement le papier de verre sur les plis des vêtements de la statue en bois qu'il espère terminer pour la prochaine procession de la Vierge le 15 août. L'ouvrage est bien avancé mais certains détails le chiffonnent, notamment les pieds et les mains, qu'il estime encore grossiers.

Autre chose le taraude. La séance d'hypnose avec Josselin. Il n'a pas voulu s'en ouvrir à Estelle et il a bien remarqué qu'elle en a été blessée, mais c'est la seule façon qu'il a trouvée de l'écarter, le temps de mettre de l'ordre dans ses pensées. Il doit en appeler à Dieu. Lui seul est en mesure de l'aider à démêler l'entrelacs de fils tissés par la mémoire de Josselin.

Car Josselin a menti. Rospov en est certain. Autrefois, il était le meilleur pour déjouer les stratégies les plus élaborées. Il ne peut plus compter le nombre d'hommes et de femmes qui ont tenté de sauver leur vie au moyen des mensonges les plus variés. Si parfois il a eu des doutes, dans le cas de Josselin, trop de signes trahissent la mise en scène. Le gaillard a été habile, il s'est rudement bien rencardé sur la façon dont on se comporte en pareille situation. Modification du rythme cardiaque, tressautement des paupières, détente absolue… Seul un œil aguerri peut détecter qu'il en a trop fait. Josselin, loin d'être entré en contact avec son subconscient, a débité une histoire toute prête.

Dans quel but ? Il est venu de son propre gré. Pourquoi mentir, sinon pour tromper Estelle ? Ça n'augure rien de bon. Il arrête son geste, pose le papier de verre sur l'établi. Il doit lui en parler sans tarder, l'informer des dangers qu'elle court. Il passe sa main dans la poche de son habit à la recherche de son téléphone. Soudain, il se raidit. Il sent une présence dans son dos et voit une ombre se dessiner sur le sol.

La sérénité de la petite chapelle me rassure un temps, mais mes pensées m'empêchent de trouver le repos dont j'ai besoin. Je suis allée trop loin, je dois renouer avec la réalité, prendre des nouvelles des miens.

D'un pas décidé, je marche vers le monastère. Mes sandales soulèvent des volutes de poussière dans l'air sec. En longeant les vignes, j'ai une pensée émue pour les moines qui s'affairent sous cette chaleur écrasante. Quelques centaines de mètres plus loin, j'aperçois le clocher et j'ai hâte de m'engouffrer dans l'imposant édifice pour m'abriter du soleil. À l'intérieur, les murs épais diffusent une douce fraîcheur. Je longe un couloir sombre pour trouver le bureau du frère Marie-Pâques qui est le secrétaire de la communauté. Il est occupé à remplir des registres de comptes mais se détourne de sa tâche lorsqu'il m'aperçoit. Un doux sourire illumine son visage. Il accepte tout de suite de me laisser utiliser leur téléphone et me cède sa place en refermant la porte derrière lui.

Mes doigts tremblent lorsque je compose le numéro d'Agathe que je connais par cœur. Elle décroche à la première sonnerie.

– Mon Dieu, Estelle, tu appelles enfin ! Où es-tu ?

– Dans un endroit où l'on prie toute la journée…

– Pourquoi tu ne réponds plus à ton portable ?

– Je l'ai perdu.

– Tu ne pouvais pas en racheter un ?

Au ton de sa voix, je réalise qu'elle est terriblement angoissée. Dans mon implacable volonté de secourir Josselin, j'ai négligé ceux que j'aime.

– Tu réalises ce que tu fais subir à David ? me reproche-t-elle.

– Comment va-t-il ?

– Tu devrais lui demander toi-même. Qu'est-ce que tu attends pour l'appeler ?

– Je n'ai pas son numéro, il vient d'en changer et je ne le connais pas de mémoire.

J'entends Agathe fouiller dans son téléphone puis me le donner d'une voix sèche. Je griffonne maladroitement les chiffres sur un bout de papier.

– Je suppose que tu n'as pas eu les messages que j'ai laissés ? demande Agathe.

– Effectivement… J'ai eu pas mal de problèmes à gérer, je t'expliquerai…

Elle n'insiste pas mais son silence trahit sa réprobation.

– Bon, je suppose que tu as fait ce que tu as pu… Oublions ça ! Tu m'avais demandé de mener ma petite enquête sur Mme de Montalban, et là-dessus, je dois dire que tu as eu le nez creux. On a mis la main sur un relevé bancaire d'une régularité déconcertante durant trente ans. Chaque mois un unique virement crédité et un unique paiement débité au profit d'une société. J'ai découvert que celle-ci était une maison de retraite. On a été sur place avec Xavier. L'établissement avait fermé ses portes entre-temps, mais un ancien employé nous a révélé l'existence, jusqu'en 2004, d'un certain Théodore de Montalban, pensionnaire au sein d'un hôpital psychiatrique et non d'une maison de retraite.

Je réfléchis à toute vitesse mais ce prénom ne me dit rien.

– Il s'agit du grand-père de Josselin ! poursuit Agathe, surexcitée.

Je reste bouche bée. Je fais un rapide calcul pour établir que son grand-père est mort à l'âge de quatre-vingts ans, et non quarante comme on l'a laissé croire à Josselin. La malédiction selon laquelle les hommes de la famille Montalban meurent à l'âge de quarante ans est inventée de toutes pièces.

– Tu es toujours là ? demande Agathe.

– C'est incroyable. Tu en es sûre ?

– Aucun doute ! Mais ce n'est rien en comparaison de ce qui suit. Tu es assise ?

– Vas-y, balance, mais je pense être au courant...

– C'est elle qui a tué son mari en versant un somnifère dans son verre, sachant pertinemment qu'il allait reprendre la route et s'endormir au volant.

Ainsi, cette version des faits est confirmée. Mme de Montalban avait prémédité le meurtre de son mari. Je pousse un long soupir.

– Josselin va être effondré lorsqu'il va apprendre tout ça...

Agathe s'enflamme à l'autre bout du fil.

– Mais comment se fait-il que tu ne sois pas au courant pour le grand-père ? demande-t-elle précipitamment.

– Que veux-tu dire par là ?

– Hier soir, Xavier a laissé un message à Josselin l'informant que son grand-père a vécu jusqu'à l'âge de quatre-vingts ans et que de ce fait il est libéré de cette malédiction qui pèse sur lui depuis des années. Il aurait dû t'en parler immédiatement, c'est tout de même une des raisons qui l'ont poussé à faire sa tentative de suicide.

La remarque d'Agathe sonne juste. Mais peut-être n'a-t-il pas consulté ses messages ? Je formule cette hypothèse à Agathe, dont l'hésitation suggère autre chose.

– Tu crois qu'il a voulu me cacher cette information ? dis-je du bout des lèvres.

– Estelle, je ne sais pas… Seulement, ça m'étonne qu'il n'ait pas écouté les différents messages de Xavier, surtout quand on connaît la complicité qui les lie. Mais c'est toi le psy. Bon, il faut que je te laisse. Et surtout, sois prudente.

– Attends, Agathe. Dis-moi comment va mon petit garçon.

– Il va bien, ton Tim, il sait que tu as beaucoup de travail et que tu viendras le chercher plus tard. Mes parents sont ravis d'avoir un petit pensionnaire. Ne t'inquiète pas, ils s'en occupent comme si c'était leur petit-fils. Allez, je t'embrasse… À plus tard et courage !

Le silence qui succède aux effusions d'Agathe me laisse songeuse. Toutes ces révélations me dépassent. Un grand-père oublié dans un hôpital psychiatrique, une malédiction montée de toutes pièces, une femme qui a assassiné son mari. Et Josselin dans tout ça ? Et David ? Je n'ai plus le droit de le laisser dans l'incertitude. Je saisis le bout de papier sur lequel j'ai inscrit son numéro et compose la série de dix chiffres. La perspective d'entendre le timbre de sa voix me revigore. Il décroche à la première sonnerie.

Rospov cherche son téléphone dans sa poche tout en sachant qu'il n'aura pas le temps d'avertir Estelle. Il ne prend pas la peine de se retourner. Il devine des yeux rétrécis, une bouche serrée, une détermination froide. Le fonctionnement de ces individus lui est familier. Dans sa première vie, il a côtoyé des tueurs prêts à appuyer sur la gâchette sans sourciller. Il leur a confié des intellectuels ou des opposants au régime communiste qui avaient avoué des crimes qu'ils n'avaient peut-être pas commis.

Rospov lui-même était-il capable d'affect ? Quelle différence entre celui qui condamnait et celui qui exécutait ? N'était-ce pas pour se réconcilier avec lui-même qu'il avait décidé d'entrer dans les ordres ?

Rospov entend une respiration saccadée qui le fait frémir malgré la chaleur. Il a soudain envie de se griller une cigarette. Vingt-cinq ans qu'il ne l'a pas fait. Il a arrêté de fumer en quittant Moscou, aussi facilement qu'on tourne la page d'un livre. Ça lui manque tout à coup. Le bruit familier du briquet qu'on referme d'un claquement sec, la première bouffée brûlant les poumons.

– Ainsi te voilà ? demande Rospov, comme s'ils avaient rendez-vous.

– À quel moment avez-vous compris ? aboie Josselin d'une voix rauque en tapant machinalement la pointe de ses chaussures contre l'établi pour se débarrasser des copeaux de bois qui collent à ses semelles.

Rospov fait volte-face et plonge dans le regard mort de celui qui le menace d'un couteau de plongée.

– C'est toi qui as tué ton père, n'est-ce pas, Josselin ? assène le moine, mû par une soudaine intuition.

Josselin fait un pas pour contourner la table en bois recouverte d'outils qui les sépare.

– Je me demande ce qui a bien pu me trahir. Il était pourtant bien rodé, mon scénario. Tout est exact à l'exception d'un détail…

Rospov se saisit d'un ciseau à bois avant de reculer de trois pas.

– Tu as interverti les rôles et tu appelles ça un détail ? Ce n'est pas ta mère, mais toi qui as versé le somnifère dans le verre de ton père, n'est-ce pas ?

Josselin affiche une moue admirative.

– Je suis venu voir si vous aviez deviné mon petit secret, et il faut croire que oui. C'est dommage, je vais vous tuer alors que je déteste supprimer les gens brillants. Vous n'étiez pas prévu dans mon plan et ça m'a contrarié que vous vous joigniez à cette mascarade.

Rospov sent des gouttes de sueur perler le long de sa nuque. Il sait que Josselin va l'attaquer d'un instant à l'autre, son regard s'est allumé d'une flamme meurtrière. Il doit réagir. Au corps à corps, Josselin a l'avantage de la jeunesse, de la robustesse, de la rapidité. Il faut le faire parler, trouver une faille et en tirer profit. Il passe sa langue sur ses lèvres desséchées par la peur.

– Tu n'étais qu'un enfant, Josselin, tu as voulu protéger ta maman, c'est tout à fait normal. Tu ne pouvais pas mesurer la portée de ton geste… C'était un accident, en quelque sorte…

Josselin fixe le moine d'une façon étrange, passe une main rapide dans ses cheveux et plisse la bouche dans une grimace de souffrance.

– Maman s'était réfugiée dans la pièce contiguë à la salle de bal le temps de se remettre du choc. C'est alors qu'elle m'a vu verser le somnifère dérobé dans son sac et offrir une coupe de champagne à mon père. Elle s'est précipitée pour tenter de l'empêcher de boire ce verre, mais n'est pas arrivée à temps. Consciente du danger s'il prenait le volant, elle a insisté pour rentrer rapidement, prétextant mes maux de ventre. Prise d'une panique indescriptible, elle a brandi les clés de la voiture devant les invités et mon père a interprété ce geste comme un ordre. Il s'est senti humilié, lui a arraché le trousseau des mains et a décidé de conduire pour ne pas perdre la face devant ses amis. Devant la tournure des événements, maman a seulement eu le temps de me faire sortir de la voiture.

– Pourquoi faire un tel secret de ce tragique événement ? demande Rospov en se déplaçant d'un pas sur la gauche pour s'éloigner de son adversaire.

Josselin fait un bond de félin sur le côté, bloquant toute sortie. Une colère noire déforme ses traits.

– On va bientôt se marier, Estelle et moi. Elle ne doit jamais savoir. Je voulais qu'il disparaisse, qu'il arrête de faire souffrir maman ! J'étais prêt à tout pour ça. Il n'avait pas le droit de nous abandonner. Vous comprenez, il n'avait pas le droit !

– Mais tu ne pouvais pas savoir qu'il allait prendre le volant !

– Bien sûr, je le savais ! Il venait de glisser à l'oreille de sa maîtresse qu'ils partaient tous les deux après le gâteau, en ajoutant que maman et moi n'avions qu'à nous débrouiller pour rentrer. Maman lui avait donné sa propre chair pour qu'il vive. Elle était trop faible avec lui… Elle lui pardonnait tout. Il fallait que ça cesse, j'avais reçu l'ordre, plus aucun doute possible…

– À quoi fais-tu allusion, Josselin ?

Josselin esquisse un sourire énigmatique et pointe l'index vers le plafond.

– Vous êtes bien placé pour savoir de qui je parle. Il a désigné certains d'entre nous pour exécuter Sa justice. Je fais partie de ceux-là.

Rospov profite de l'instant où Josselin regarde en l'air pour lancer le ciseau à bois. Il sait qu'il n'aura pas d'autre occasion. L'outil part à une vitesse fulgurante, tournoyant sur lui-même. Le moine prie pour que ce soit la partie tranchante et non le manche qui se plante dans la chair. Mais Josselin a fait semblant de détourner le regard, utilisant une technique développée dans les faubourgs d'Antananarivo, dans ces lieux de perdition où, pour quelques dollars, il s'offrait des jeunes filles. En plus d'avoir réalisé que tout peut s'acheter, il a appris à manier le couteau, pas comme cet imbécile de Rospov. Il n'a aucune peine à éviter le ciseau qui vient s'écraser contre les étagères.

Rospov assiste, impuissant, à l'échec de sa tentative. Il sait que ses chances de survie sont minces. Il ne peut contenir son effarement face à la progression menaçante de Josselin, tandis que lui-même recule de quelques pas vers l'atelier. Il trébuche sur un rondin de bois, se rattrapant au chambranle d'une porte. Son épaule vient heurter violemment un meuble en fer. Il masse la partie endolorie de sa main droite, mais lorsqu'il aperçoit Josselin s'apprêter à lancer son couteau, il rassemble son énergie et se met à courir à travers l'entrepôt, slalomant entre les machines, les planches et les morceaux de bois brut. Il veut atteindre les deux grandes portes à battants, mais il ne les a pas débloquées ce matin. Cette manipulation lui prend quelques précieuses secondes qui le laissent à la merci de son adversaire. Cependant c'est la seule issue possible. À moins qu'il choisisse de sauter par la fenêtre. Sans hésiter, il opte pour la fenêtre et ajuste l'angle de sa course vers la gauche. Il lui faut prendre de l'élan pour atteindre la hauteur suffisante, le cadre en bois et les petits carreaux en mauvais état céderont facilement, il lui suffit de se protéger le visage des bris de verre avec ses avant-bras.

Il se retourne et aperçoit le visage calme de Josselin, quelques mètres derrière lui, presque souriant. Puis la douleur le stoppe net dans sa course. Brutale, fulgurante, dans le bas du dos. Sous le choc, il perd l'équilibre et échoue sur le plateau de l'énorme scie circulaire qui lui sert à débiter des troncs. Il sent alors l'objet planté à quelques centimètres de sa colonne vertébrale. D'un geste sec, en hurlant de toutes ses forces, il parvient à l'ôter. Il regarde avec stupéfaction la lame recouverte de son propre sang qui s'écoule par la profonde entaille et mouille abondamment ses fesses sous le tissu. Il se sent défaillir mais est brutalement rappelé à la réalité, retourné et plaqué contre le métal de la machine par une poigne d'une force surhumaine.

Il ferme ses yeux quand il entend l'effroyable vrombissement de la scie circulaire que Josselin vient de mettre en route, avalant centimètre par centimètre le tissu de la robe blanche, puis happant la peau, la chair et l'os de son épaule. Une fraction de seconde suffit pour que son bras se désolidarise du reste de son corps aussi simplement qu'une branche de son tronc. Une douleur incommensurable irradie dans tout son être, le réduisant à néant. Il se sent glisser au sol comme un pantin désarticulé. Sa tête s'écrase par terre, soulevant un nuage de sciure. Dans un effort prodigieux, il parvient à se soulever légèrement pour apercevoir la silhouette de son bourreau s'enfuir par les portes désormais grandes ouvertes. Au milieu de ce carnage, il perçoit un bruit doux comme le murmure d'une fontaine. Il comprend qu'il s'agit de son propre sang se répandant sur les copeaux de bois et les teintant d'un rouge vif. Sa vie lui échappe par l'ouverture béante de son épaule. De son bras valide, il parvient à dessiner dans la poussière de bois trois lettres : « JOS ».

À bout de force, il repose sa joue à terre et regarde une dernière fois la statue de la Vierge qu'il n'a pas eu le temps de terminer.

– **Allô ?**

Entendre la voix de David me fait l'effet d'un électrochoc. Je réalise qu'il m'a terriblement manqué.

David. David. David.

Ces deux syllabes tintent avec une douceur inattendue. Avec la violence d'un amour trop longtemps contenu, mes sentiments pour David surgissent avec une puissance nouvelle, attisés par les événements de ces derniers jours. Il a fallu que je revoie Josselin pour me libérer de son emprise et jouir enfin de ce que j'ai construit et qui m'appartient.

– C'est moi… Estelle, dis-je doucement.

La surprise l'empêche de répondre. J'entends un souffle puis un bruit qui ressemble à un sanglot.

– Merci mon Dieu, c'est toi… Enfin…

Sa voix s'étrangle à nouveau. Il se racle la gorge et bafouille avant de parvenir à se maîtriser.

– Comment vas-tu ?

Je cherche mes mots, je ne sais par où commencer. Comment lui expliquer qu'un baiser a cristallisé mes rêves de jeune femme et m'a empêchée d'aimer un autre homme pendant toutes ces années ? Comment lui dire en quelques phrases au téléphone que j'ai poursuivi une chimère pour découvrir la vérité et savoir qui j'étais ? Quelle aurait été ma vie si Josselin était resté ? Ces questions, je n'ai eu de cesse de me les poser toutes ces années. David a comblé l'absence, le vide laissés par Josselin. Je ne lui ai jamais accordé la place qu'il méritait. Alors que David m'a offert le véritable amour, celui qui apporte la plénitude, la joie, l'envie de construire et partager. Aujourd'hui, j'ai enfin réglé les comptes avec mon passé, remis les compteurs à zéro. À y réfléchir, je sais au fond de moi que l'illusion qui m'a si longtemps habitée est en train de s'effriter.

– Estelle, tu es toujours là ? demande David, affolé.

– Oui, pardon… Oui, je suis là… C'est seulement que… je ne sais pas comment raconter ce qui s'est passé…

Il a tout compris, et avec son élégance habituelle, il m'évite une pénible explication.

– Je ne veux rien savoir, Estelle. Tu as fait ce qui était nécessaire. Ce qui m'importe, c'est que tu ailles bien. Où es-tu ?

Sa question me choque. Il ne semble pas avoir compris le sens de ma démarche.

– Peu importe où je suis, dis-je d'une voix sifflante. Je t'appelle pour te dire que je vais bien et que mon geste a seulement pour objectif de… J'ai une dette à l'égard de Josselin, je m'en acquitte aujourd'hui.

Voilà, c'est dit. Ce qui pèse sur ma conscience depuis des années vient de m'échapper.

– Qu'entends-tu par « j'ai une dette à l'égard de Josselin » ? murmure-t-il.

J'hésite, je pèse, je mesure, j'ai encore la possibilité de repousser l'échéance de cette vérité qui m'a trop longtemps fait honte.

– C'est grâce à Josselin que j'ai obtenu la première place du concours d'internat.

David se tait. Il mesure l'importance de ce que je viens de lui dire. Il sait à quel point le travail, la rigueur, l'honnêteté sont des valeurs que j'ai toujours revendiquées.

– Mais comment est-ce possible ? C'était un concours… Il a trafiqué les résultats ?

À mon tour d'éclaircir ma voix.

– Nous étions voisins de table, on a échangé nos copies. Il a pris la mienne, j'ai pris la sienne. Il s'est sacrifié pour que je puisse poursuivre…

– Mais tu n'avais pas besoin de faire ça, tu as toujours été excellente !

– Pas cette fois-là, je suis tombée sur une impasse.

– Pourquoi a-t-il fait ça ?

– Je ne l'ai jamais su, il a quitté la faculté après l'examen et je l'ai retrouvé dans mon service vendredi dernier après une tentative de suicide. Il fallait que je comprenne… Toutes ces années à ressasser la même question…

Ma phrase reste en suspens. Ai-je vraiment progressé dans ma quête de vérité ? David perçoit mon désarroi.

– Pourquoi ne m'en as-tu jamais parlé ?

– J'avais tellement honte…

Ma voix déraille. La tristesse m'envahit comme une lame de fond. Je me sens écartelée entre la présence rassurante de David et cette obsession à comprendre le geste de Josselin, au risque de perdre ce qui m'est le plus cher.

David interrompt ma réflexion.

– Estelle, il faut que tu saches des choses importantes au sujet de Josselin. Il n'est pas celui que tu imagines…

Cette fois, il me déçoit. Josselin est un rival, c'est de bonne guerre, après tout. Seulement je n'ai pas fait tout ce chemin pour entendre un discours de mari jaloux. Irritée, je coupe court à cette tentative d'intimidation.

– Comment peux-tu savoir ce que j'imagine? Je te trouve assez mal placé pour ce genre d'exercice!

– Je t'en prie, Estelle, ne monte pas sur tes grands chevaux. Ce que j'ai à te dire est d'une importance capitale et je détiens des informations que tu n'as pas.

– Tu sembles bien sûr de toi, dis-je sur la défensive, mais interpellée par son ton catégorique.

Et pendant dix longues minutes, David m'apprend qu'il se trouve chez mon amie Liane en compagnie d'un détective privé. Il me rapporte les allégations de ce dernier à l'encontre de Josselin. Josselin serait un criminel, élevé par une mère qui lui aurait montré le chemin à suivre. Il aurait été poursuivi pour viol. Il aurait assassiné sa femme qui voulait le quitter.

Mais David n'en est pas à faire des suppositions. Il affirme, assène, et déforme. Cette voix autoritaire sonne faux, comme s'il utilisait sa dernière cartouche pour m'empêcher de faire une bêtise. Ça sent la manipulation à plein nez, il a certainement bénéficié des conseils d'un détective engagé afin de retrouver sa femme infidèle. David, le mari discret et attentionné, se révèle calculateur et possessif. N'y tenant plus, je le mets en garde contre ce genre de procédé qui, loin de m'effrayer, risque de m'éloigner davantage de lui, quand je suis en train de faire le point sur notre couple. Il se défend maladroitement, parle de preuves, de dossiers. Il a raté sa vocation, il aurait dû être juriste.

Comment ai-je pu me tromper sur son compte? J'active le haut-parleur et pose le combiné sur le bureau pour écouter ses dernières élucubrations. Une voix inconnue – le détective privé, je suppose – donne force détails extravagants. David, pourquoi compliques-tu les choses ? Le visage du frère Marie-Pâques s'inscrit dans l'encadrement de la porte. À la mimique qu'il m'adresse, je comprends qu'il a besoin du bureau. Je mets fin à la conversation en lui raccrochant au nez avec une certaine satisfaction.

Ce sentiment de joie s'estompe rapidement pour laisser place à un doute affreux. David a-t-il réellement engagé un détective privé pour me retrouver ? Pourquoi pas, après tout. Mais cette histoire de crime… Il ne l'aurait pas inventée dans le seul but de me faire rentrer. Ça n'a pas de sens. Je traverse le long couloir qui mène aux chambres. J'ai besoin de m'allonger, au calme, et de réfléchir. Avant d'entrer dans ma cellule, je regarde machinalement la porte de Josselin. Qu'est-ce qui, à ce moment-là, m'incite à la pousser ? Comme tout à l'heure, une odeur forte, indéfinissable, me dérange. Mon regard se porte sur le mobilier sommaire. J'en note les menus détails. Une anomalie me saute aux yeux. Le lit.

Les draps sont défaits mais ils ne sont même pas froissés. Où Josselin a-t-il passé la nuit, si ce n'est ici ? Je cherche un indice, et remarque une tache rouge qu'on a cherché à effacer. Ça ressemble à du sang. Dans le minuscule placard, je distingue son sac de voyage. Une serviette de toilette maculée de sang en dépasse. Mon pouls s'accélère. Je vide le contenu du bagage sur le lit. Cette fois, mon cœur s'arrête lorsque je découvre au milieu de son linge un objet qui m'appartient.

Que fait mon téléphone caché dans la poche d'un pantalon de toile ? Josselin ne voulait pas m'empêcher de téléphoner, il m'a proposé d'utiliser le sien. Il ne voulait pas que je reçoive d'appels. Pourquoi ? Que craignait-il ?

Je tente d'allumer le téléphone, mais il n'a plus de batterie. Je fonce dans ma chambre et branche le chargeur. Il y a une avalanche de messages dont ceux d'un certain Diego Fernandez, enquêteur auprès d'une compagnie d'assurances. Les informations données par David se recoupent : ce monsieur avait cherché à me joindre bien avant d'entrer en contact avec lui. Rien à voir avec un mari jaloux. Mais alors, que penser de ses soupçons à l'égard de Josselin ?

En faisant défiler la liste de mes appels, je retrouve ceux de mon assistante à l'hôpital, d'Agathe, de David, d'Hervé. Celui d'Hervé m'intrigue particulièrement, mais aucune trace de son message. Je sais pourtant qu'il m'en a laissé un puisque Josselin l'a consulté quand j'ai fait un malaise chez Liane. L'aurait-il effacé ? Je m'assieds sur le lit, dépitée, et compose le numéro d'Hervé pour faire la lumière sur cette affaire. Ma gorge se noue à mesure que les tonalités s'égrènent dans le vide. Pas de réponse, je tombe sur sa messagerie. Je n'ose pas l'alarmer, je demande seulement qu'il me rappelle dès que possible.

Au moment où je raccroche, une icône s'affiche sur l'écran tactile. Il s'agit d'un message qui contient une vidéo. Avec étonnement, je constate qu'il émane de Liane. « Ça te permettra de te faire une idée de l'individu qui t'accompagne », marque-t-elle laconiquement, suivi de trois points d'exclamation. Le temps de chargement de la vidéo est interminable. Lorsque enfin les premières images apparaissent, je sens que ce que je vais découvrir ne va pas me plaire.

La vidéo semble provenir d'une caméra de surveillance. J'aperçois l'angle d'un bâtiment et un espace grillagé. L'écran est petit, je distingue de petits monticules noirs derrière le grillage et finis par comprendre qu'il s'agit de l'enclos des tortues. Les images suivantes montrent Josselin marchant avec quelque chose dans la main. Il met sa main en porte-voix pour appeler. Il n'y a pas de son. Il tourne autour de l'enclos et répète son geste et son appel. C'est alors qu'apparaît sur l'écran un chien, et lorsque je reconnais Taïga, mon cœur se serre de pitié pour cette pauvre petite bête.

Intrigué, l'animal approche, méfiant, puis recule. Josselin s'accroupit et tente de l'amadouer en détachant des morceaux de viande. Le chien renifle doucement et avale gloutonnement les gourmandises. Josselin pose par terre les restes du repas, se relève et lance un coup de pied d'une violence inouïe dans les flancs de Taïga. Projeté contre le grillage, il tangue sous le choc et cherche à se défendre. Un second coup de pied aussi puissant que le premier l'atteint à la tête. Il s'écroule. Josselin se jette dessus, le coince sous son bras et d'un geste précis lui brise le cou.

Je suis sidérée par ce que je viens de voir. Qui est cet homme d'une telle cruauté ? L'enquête du détective privé prend subitement tout son sens. J'entends encore les paroles de David : « Sa femme a été retrouvée morte sur la plage alors qu'elle était sur le point de le quitter, Diego pense qu'il l'a assassinée… Sois prudente, Estelle… »

Je commence à y voir clair. La complexité du personnage est fascinante. Qui mieux que moi aurait dû relever les incohérences de son comportement ? L'échange de copies déjà n'était pas un acte banal, mais j'avais voulu y voir le geste d'un homme amoureux. Jour après jour, je me suis confortée dans mes illusions, jusqu'à en oublier la réalité, et à me laisser berner. Ma colère froide se mue en un sentiment d'amertume. Mon univers s'écroule, ses personnages aussi.

Soudain, j'ai peur. Josselin est un monstre et, moi, aveuglée, je l'ai aimé sans me poser de questions malgré tous ces indices ! Les séquences de nos jours passés me reviennent, et je recolle un à un les morceaux des épisodes incohérents. Josselin est déséquilibré et dangereux. Jusqu'où aurais-je pu cautionner sa folie ? Cette question me fait frémir.

Je revois le visage de Josselin et ses yeux qui ont changé de couleur ce matin après la séance d'hypnose. Et d'intensité aussi. Ils brillaient d'une sorte de fièvre. L'évidence me frappe. Rospov a deviné quelque chose au cours de la séance d'hypnose et n'a pas voulu m'en parler. C'est la seule façon d'expliquer son brusque changement d'attitude et sa contrariété.

Comme un automate, je me dirige vers la scierie. Un soleil de plomb m'oblige à marcher tête baissée tout le long du trajet. Rongée par l'inquiétude, je décide de couper à travers le bois de pins parasols et de mimosas par un petit sentier que j'ai repéré ce matin. Le sol est couvert d'aiguilles formant un épais tapis. J'écarte sans ménagement les cistes et les euphorbes aux feuilles râpeuses.

Enfin, j'aperçois le toit pentu de la scierie. J'entends le lointain grondement d'une machine, Rospov doit être en plein travail. À l'idée de sa silhouette replète penchée sur son ouvrage, j'esquisse un sourire. Les portes coulissantes sont grandes ouvertes, mais je ne distingue aucun mouvement à l'intérieur. L'obscurité gêne ma vue. Cependant, plus j'approche, plus je perçois le bruit de la scie rotative fonctionnant à plein régime. Je franchis les deux cents derniers mètres qui me séparent du hangar en courant et je m'accroche au montant de la porte en fer pour reprendre mon souffle.

Rien ne bouge. Je devine qu'il y a un problème. J'appelle Andreï avec la certitude de n'obtenir aucune réponse. Je traverse le bureau dans lequel nous étions ce matin et y constate un désordre plus grand encore. Croquis éparpillés, outils par terre, chaise renversée. Cette fois, j'ai l'intime conviction d'une catastrophe. Je fixe la porte, au fond de la pièce. J'avance vers le vacarme assourdissant de la scie. Mes yeux se posent immédiatement sur la lame circulaire qui tourne dans le vide. Une substance brunâtre en recouvre les pointes et le plateau. À mes pieds gît le corps de Rospov, baignant dans son sang. Plus loin, son bras tronçonné attire les mouches. Son regard vitreux me donne la nausée. Je n'ai ni la force ni le courage de lui fermer les yeux.

Que s'est-il passé ? Je note tant bien que mal les détails qui pourraient m'éclairer. Rospov n'est pas en tenue de travail, il a gardé son habit de moine. En homme avisé, il n'aurait jamais manipulé un outil aussi dangereux sans prendre les précautions d'usage : lunettes, combinaison. Mais alors, qui l'a mise en route ?

Tandis que je cherche le bouton d'allumage, une inscription dans la sciure maculée de sang me saute aux yeux. Trois lettres qui signent la scène : « JOS ».

Tout me revient. Le Josselin lumineux qui m'avait séduite en fac de médecine, brillant, sportif, charismatique. Je revois mes larmes s'écraser sur ma copie le jour de l'examen, le sourire de Josselin, ses signes d'encouragement, l'intensité de son regard lorsqu'il m'embrasse. Mais aussi cet autre visage, celui que je n'ai pas voulu voir, celui qui a mis en scène son suicide pour obtenir de moi ce qu'il désirait, celui qui a violé, celui qui a tué. Car la mort de sa femme ne peut plus être un accident.

Je m'écroule à genoux dans la poussière, et me mets à pleurer. Des larmes de douleur, pour Avana, pour Rospov, dont la vie a été volée. Puis des larmes de soulagement. Je suis libre. Totalement libre. Le Josselin que j'ai aimé n'a jamais existé. J'ouvre les yeux. Rospov, étendu devant moi, est la victime collatérale de tout cela.

Puis je sens sa présence. Je reste étonnamment calme. Je parviens à sourire en ne voyant chez lui que l'être irresponsable qui a besoin d'aide, le malade, comme ceux que je côtoie tous les jours à l'hôpital. Lui-même est surpris par ma sérénité. Ça le rassure. Il me prend le bras et m'aide à me relever.

– Viens, Estelle, on a encore beaucoup de choses à faire, dit-il d'une voix neutre.

Il éteint la machine et efface du pied les trois lettres qui le dénoncent. Ma seule chance de survie dépend de ma capacité à lui faire croire que j'adhère à son monde.

– Pauvre Rospov, dis-je en guise d'introduction.

– Oui, quelle idée de travailler en habit de moine ! C'est terrible, la scie a emporté son bras. Allons chercher nos affaires, il faut partir.

Je hoche la tête en signe d'assentiment. Nous sortons du hangar et la brutalité du soleil m'arrête sur le seuil. Josselin me serre le bras avec une telle force que la douleur m'arrache un cri de stupeur. Il se confond immédiatement en excuses.

– Pardonne-moi, ma chérie. Viens vite, un bateau nous attend au port. Je me suis occupé de tout, et j'ai réservé deux places sur un vol pour le Brésil. Nous nous marierons là-bas, ce sera plus simple. Nous partons dans deux heures, juste le temps de nous rendre à l'aéroport.

– Mais je n'ai pas mon passeport !

– Tu vois, tu t'inquiètes pour rien, ajoute-t-il avec un sourire exalté, je te dis que j'ai tout prévu.

Et il sort de sa poche le passeport que j'avais mis dans mon sac avant de partir, confirmant qu'il a fouillé partout. Sa détermination me fait froid dans le dos. Nous rejoignons le monastère, tandis qu'il assène une série d'ordres et de recommandations. Je deviens sa femme, faisant fi de mon fils et de mon mari. Nous percevons au loin le bruit des pales d'un hélicoptère. Immédiatement,

Josselin s'arrête. Son regard se durcit. Sans même savoir de quoi il s'agit, il fait demi-tour et, me tenant fermement contre lui, il m'entraîne cette fois vers le port.

– Laissons nos affaires, nous risquons d'être en retard.

Le bruit de l'hélicoptère se rapproche. Nous atteignons le champ de vignes lorsque émerge au-dessus de nous sa silhouette gracile, soulevant un tourbillon de poussière. Je reconnais David à côté du pilote, puis je distingue une troisième personne derrière lui. Que fait-il ici ? Comment a-t-il retrouvé ma trace ? Ses gestes désespérés trahissent son inquiétude. Josselin me fusille du regard et ajoute d'une voix tranchante :

– Ce n'était pas raisonnable de l'appeler, Estelle ! Quand on me pousse à bout, je n'ai plus d'autre choix… C'est terrible, cette tendance qu'ont les gens à toujours comprendre trop tard. Comme Avana… Je l'avais pourtant avertie, elle n'avait pas le droit de partir.

Soudain, il lâche ma taille et met ses mains contre ses oreilles. Il vacille, pris d'une douleur fulgurante.

– Je l'entends encore rire dans sa baignoire, se moquer de moi, dire que je ne suis pas à la hauteur. Elle riait, elle riait. D'habitude, j'aimais son rire, mais là, c'était intolérable. Il fallait qu'elle se taise. Je l'ai embrassée sur le front une dernière fois et j'ai maintenu sa tête sous l'eau pour ne plus l'entendre. J'ai appuyé, encore et encore. Je me souviendrai toujours de l'ovale parfait de son visage et de son regard effrayé. Elle s'est débattue un moment, puis ses bras sont retombés, ses jambes ne bougeaient plus.

Josselin se reprend, masse ses tempes puis passe son bras sous mon épaule, me soulevant à moitié de terre, pour m'entraîner en direction de la mer. Je suis horrifiée par ce qu'il vient d'avouer mais je ne dois en aucun cas lui montrer.

– Personne n'a le droit d'humilier son mari de la sorte ! m'indigné-je.

Il poursuit son monologue d'une voix tonitruante pour couvrir le vacarme de l'hélicoptère.

– Tu sais, je l'aimais plus que tout au monde. J'aurais donné n'importe quoi pour la faire revenir. Je ne voulais pas ça, mais c'était trop tard… Tu comprends, Estelle, et maintenant j'ai besoin de toi. Dès que j'ai perdu Avana, j'ai compris qu'il n'y avait plus que toi pour m'aider, pour que ça ne se reproduise plus. Tu es la seule en qui j'aie confiance. Toi et moi, on est liés depuis cet examen. On a signé un pacte, que tu le veuilles ou non… C'est comme ça, c'est la vie qui en a décidé ainsi…

Sa folie, son machiavélisme me donnent des haut-le-cœur. Il a tout prémédité pour faire de moi sa nouvelle proie. En simulant une tentative de suicide, il savait que je flancherais. Voler au secours de celui qui m'avait permis de devenir médecin devait créer une confusion dont il profiterait. Le plan était imparable.

– Tu m'aimes, Estelle, n'est-ce pas ? Tu m'as toujours aimé ? demande-t-il avec un rictus de satisfaction qui ne souffre pas la contradiction.

La terreur et le désespoir forment dans ma gorge un amalgame qu'il interprète comme un cri d'amour à son égard. Il semble rassuré. L'hélicoptère a disparu derrière les arbres, le silence est revenu. Que fait David ? Ont-ils trouvé un endroit pour se poser ?

– Toi, au moins, tu n'es pas comme Avana ou mon père, explique Josselin d'une voix cassante. Ils ont tous les deux oublié qu'ils avaient une famille, ils étaient prêts à partir loin…

– Pourquoi reparler de ton père ? demandé-je à Josselin en espérant faire retomber sa colère versatile.

Il me fixe alors d'un regard glacial.

– Tu n'as pas compris alors ? siffle-t-il.

Je secoue la tête et, à son air affligé, je devine que j'ai posé la question qui signe mon arrêt de mort.

J'ai posé la question qui le replonge dans son monde de violence et de folie.

– Ma pauvre Estelle, tu me déçois, dit-il en tordant mes doigts et en posant son index sur mes lèvres pour m'empêcher de crier. Ton camarade Rospov était bien plus perspicace, mais ça lui a coûté cher…

Il explose d'un rire sardonique et accélère. Je trébuche et mon genou s'abîme sur une pierre saillante. Une auréole de sang tache mon pantalon de lin blanc. Malgré la vive douleur, je ne dois surtout pas montrer le moindre signe de faiblesse. Josselin me relève sans ménagement et me pousse brutalement.

– Ma mère aurait été incapable de verser un somnifère dans le verre de mon père. Elle était terrorisée, elle lui trouvait sans cesse des excuses. Il l'humiliait chaque jour, et pourtant elle ne réagissait pas. Il allait nous abandonner. Tu comprends, ce n'était pas possible, je ne pouvais pas le laisser faire.

Josselin s'arrête et tend l'oreille. Moi aussi j'ai entendu des voix. Il se retourne et scrute les bois derrière nous. Des branches mortes craquent comme des coups de fusil dans l'air sec. Mon cœur bondit. David est à notre recherche. Je bénis sa présence d'esprit, son courage et sa persévérance. Comment ai-je pu douter un instant de lui ?

Avec horreur, je vois Josselin fouiller dans sa poche et en sortir la lame brillante d'un couteau de plongée qu'il enfonce dans mon flanc gauche. La pointe me cisaille les côtes, je ferme les yeux en pensant à mon fils. Son visage, ses yeux doux, son sourire innocent m'enveloppent de bonheur et de courage. Je refoule mes larmes. Je ne veux plus écouter Josselin relater dans les moindres détails les sévices qu'il a fait subir aux deux jeunes femmes qu'il a violées. Sa colère atteint un paroxysme qui n'est plus maîtrisable.

Lorsque nous apercevons le petit port dans lequel nous attend la vedette que Josselin a louée, je jette un regard en arrière, espérant voir surgir David et une cohorte de policiers. À mon grand désespoir, le chemin reste désert. Josselin me somme de monter dans le bateau tandis qu'il largue les amarres. Il me rejoint d'un bond et met les deux moteurs en route. Je pense à nouveau à mon fils. Et à mon mari. Au milieu de mes peurs et de mes souvenirs, une intuition surgit avec une force insoupçonnée. Je lui martèle le dos de mes poings avec une violence comparable à celle qu'il a utilisée pour me faire avancer.

Je sais qu'il existe une faille chez cet homme et je viens de la trouver.

Josselin se retourne vers moi. Il s'apprête à me frapper. Je vois sa main se lever, mais je suis plus rapide que lui et m'accroche à son bras pour l'en empêcher. De l'autre main, je brandis mon téléphone et lui montre la photo en fond d'écran.

Celle de Tim qui m'envoie un baiser avec sa main.

J'entends David hurler mon nom et je vois Josselin resserrer le manche du couteau qu'il tient fermement.

– Tu vois, Josselin, c'est mon fils. Il s'appelle Timothée, il a huit ans. Si je pars avec toi aujourd'hui, je l'abandonne… Et aucun parent n'a le droit de faire ça… Tu ne peux pas me demander de t'accompagner. Tu n'as pas le droit!

David se rapproche, il nous a repérés. Il est suivi de deux autres personnes, dont l'une est armée. Josselin retrouve son calme. Il regarde le petit groupe se rapprocher. Avec une rapidité déconcertante, il me tord le bras dans le dos, plaque la lame du couteau contre ma gorge et, tout en me faisant reculer, me force à m'asseoir sur le bord du bateau. David est à quelques dizaines de mètres, j'aperçois son visage livide, rongé par l'inquiétude. Il s'arrête et demande aux autres de ralentir. Aux tremblements de Josselin et à l'impulsion qui traverse son bras pour trancher ma gorge, je comprends que je vais mourir. Josselin a décidé de me sacrifier plutôt que de me voir lui échapper.

Je serais morte à cet instant-là si mon téléphone ne s'était pas mis à vibrer. La sonnerie désamorce le bras de Josselin et je décroche. Nous entendons la voix fluette de mon petit garçon.

– Allô, allô… Maman c'est toi? Tu me manques trop… Tu rentres bientôt?

Mon cœur fait un bond dans ma poitrine. La voix de mon petit bonhomme me fait oublier Josselin, le couteau, la peur de la mort. Je réponds sans aucune hésitation:

– Oui, mon bébé, ne t'inquiète pas, j'ai terminé mon travail, je rentre demain…

Josselin m'arrache le téléphone des mains et le jette par-dessus bord. Il s'assied à côté de moi, les épaules voûtées.

– Je trouve qu'il me ressemble au même âge. Tu penses que tous les enfants sont innocents? demande Josselin, bouleversé.

Mon bras enfin libre, je peux poser ma main sur la sienne.

– Bien sûr, Joss, bien sûr…

Je n'ai pas le temps de terminer ma phrase, je sens ses lèvres pressées sur les miennes. Cette fois je sais qu'il s'agit d'un baiser d'adieu. Soudain, je me sens propulsée en arrière, jetée à l'eau. Le temps que j'atteigne la surface et réalise que je suis vivante, le bateau lancé à pleine vitesse disparaît derrière le quai.

J'entends des hurlements, un plongeon, et les bras de David m'enserrent. Il me regarde, il n'ose pas parler. J'éclate de rire en même temps que je pleure. Je pose ma tête contre sa joue.

Nous acceptons les mains tendues pour nous hisser sur le quai. L'un contre l'autre, mains en visière, nous suivons la trajectoire du bateau qui se dirige vers le cap d'Antibes. Tous les quatre immobiles, comme hypnotisés, nous observons le navire creuser un sillon neigeux jusqu'à devenir un point mouvant sur la mer.

Je pousse un cri d'étonnement et leur montre du doigt le bateau qui se dirige droit vers la Fourmigue, minuscule îlot surmonté d'un phare rouge et gris, signalant des récifs en plein milieu du golfe. Ne l'aurait-il pas vu ? Impossible, c'est l'unique obstacle dans cette immensité d'azur.

Je passe ma main sur ma gorge, là où quelques instants auparavant une lame de couteau a laissé une marque indélébile. Si le bateau ne modifie pas sa trajectoire, la collision est inéluctable. Tous les regards sont fixés sur ces deux points qui se rapprochent dangereusement. David passe une main autour de ma taille, et je m'y accroche.

Au loin, un éclair jaillit, suivi d'un second, puis d'une explosion et d'une gerbe de feu.

Sans hésiter, le pilote de l'hélicoptère part en courant et propose à Diego de l'emmener sur les lieux de l'accident. Nous restons seuls, David et moi. Mes jambes ont du mal à me porter, je m'assieds sur un petit mur en pierre sèche, à l'ombre d'un pin. La brise marine apporte un peu de fraîcheur. David s'inquiète pour moi, il m'examine et remarque le filet de sang qui s'écoule dans mon cou. Il appelle les pompiers puis signale au commissariat de police l'accident de bateau ainsi que le meurtre de Rospov que je viens d'évoquer en quelques mots.

Il s'installe à côté de moi et me serre fort dans ses bras. J'ai envie de m'endormir contre lui et de ne me souvenir que de cette délicieuse sensation. Pourtant, une pensée parasite, insidieuse, perturbe cet instant de bonheur tranquille. J'entrouvre mes lèvres pour poser une question à David.

A-t-il vu comme moi un tout petit point noir s'éjecter du bateau avant l'impact ? Non, il faut croire que non. Je regarde la colonne de fumée s'élever toujours plus haut dans le ciel.

Un an plus tard

Une volée de cloches sonne la fin de la messe de baptême. Un petit cortège que je préside remonte l'allée centrale jusqu'au parvis de l'église de La Chapelle-en-Vercors. La pluie a cessé. Une éclaircie nous cueille en haut des marches. Dans mes bras, emmitouflé dans une robe tout en dentelle, babille un joli bébé à la peau mate et aux yeux rieurs.

Valentina, ma filleule. Elle a trois mois, j'en suis dingue.

Après un dernier baiser sur son front, je la confie à sa maman. Agathe, un immense sourire aux lèvres, récupère son petit trésor. À ses côtés, Xavier essuie discrètement une larme. C'est la même chose à chaque fois que son regard se pose sur sa femme et sa fille. Dans un mélange de joie et de crainte à l'idée de les perdre, il s'étonne encore d'avoir droit à tant de bonheur.

D'un coup d'œil, je balaie l'assemblée.

Tim fait des grimaces pour me faire rire. Il y parvient sans difficulté. Il a décidé de devenir grand reporter et photographie cet événement majeur. David prend un malin plaisir à poser, il sait que je le regarde comme je ne l'ai jamais fait. Depuis quelque temps, j'ai remarqué quelques rides au coin de ses yeux. Ça lui donne plus de charme encore. Ses étudiantes ont l'air de partager mon avis. Il est toujours entouré d'une cohorte de jeunes filles qui gloussent et se pâment d'admiration dès qu'il ouvre la bouche.

En septembre, nous avons déménagé pour nous installer ici. David enseigne trois jours par semaine à la faculté de sciences économiques de Grenoble.

Et moi… moi, je me suis associée à Hervé, à qui j'ai racheté la moitié des parts de la source. Il cherchait un investisseur pour réhabiliter ses locaux et augmenter la production. Ma présence lui a permis de voyager dans le monde entier pour collecter de nouveaux échantillons d'eau et faire connaître ses travaux. Je me suis passionnée pour ses découvertes et nous nous attelons désormais à sensibiliser les autorités des pays qui nous accueillent. Nos photos ont soulevé un véritable enthousiasme qui s'est propagé comme un raz-de-marée. La notoriété d'Hervé a maintenant largement dépassé les frontières de la France et je l'assiste dans cette entreprise qui n'en est qu'à ses balbutiements. À travers les photographies, l'eau nous a dévoilé une partie de son mystère.

Hervé a finalement consenti à me montrer celles prises au contact de l'énergie de Josselin. J'ai eu un choc en les découvrant. Les lignes étaient tellement fragmentées qu'il était impossible d'y percevoir la moindre forme. Je me suis souvent demandé quelle aurait été ma réaction si j'avais vu ces photos avant.

Josselin a disparu de ma vie aussi brutalement qu'il y est entré, emportant avec lui ses secrets que je ne parviendrai jamais à percer.

Remerciements

Un grand MERCI...

... À ma famille, toujours présente et bienveillante en toutes circonstances,

... À Catherine Sans, pour son soutien et son oreille attentive,

... À Lilia Parisot pour sa joie de vivre,

... À Marie-Françoise Nogues, psychothérapeute ; à Marie-Christine Hamel, psychanalyste ; à Évelyne Thion, psychiatre pour leurs lumières,

... À Héloïse d'Ormesson et Gilles Cohen-Solal pour leur confiance,

... À toute la sympathique équipe d'Eho avec une pensée particulière pour Sarah Hirsch,

Merci à vous tous.

Achevé d'imprimer
sur Roto-Page
par l'Imprimerie Floch
à Mayenne,
en février 2014.

Dépôt légal
avril 2014.
Numéro d'impression
86411

Imprimé en France